KB235253

한국 현대 이미지스트 시인 연구

이 도서의 국립중앙도서관 출판시도서목록(CIP)은 e-CIP 홈페이지(http://www.nl.go.kr/cip.php)에서 이용하실 수 있습니다. (CIP제어번호 : CIP2010003023)

한국 현대 이미지스트 시인 연구

한영옥

A Study on Modern Korean Imagist Poets

푸른사상
PRUNSASANG

여타의 문예사조와 관련된 용어들처럼 이미지즘, 이미지스트도 역사적 의미와 영원한 것으로서의 의미를 갖는다. 특히 시라는 장르가 생성될 때부터 이미지는 다른 장르와의 변별점을 마련해주는 지표와도 같은 것이었으며 자율성의 미학이 고조된 순수시의 경우에는 더욱 그러할 것이기에 이미지즘은 영원한 것으로서의 위상을 또한 확보하게 된다.

역사적 의미로서의 이미지즘은 영미 시단에서 일어난 운동으로서 1909년부터 1917년까지 신장되었던 반 낭만주의적 흐름을 견지한 사조였음은 주지의 사실이다. 간략하게 볼 때 이 운동에서 강조된 구체적 이미지의 제시는 비단 이 사조에 국한하지 않음은 말한 바와 같다. 특정한 시공간에서 갑작스러워진 정신과 방법들은 사실상 갑작스럽게 출현한 것이 아니다. 이미 있어왔던 것, 이후로도 지속될 것임에 틀림없는 일반적인 사실들이 특정한 상황에 힘입으며 응축되고 부상되었을 뿐이다. 20세기 현대시의 서장을 열어준 이미지즘 역시 그렇게 위상을 얻는다. 역사적인 것으로서의 의미는 언제나 영원한 것으로서의 의미를 보강하여 선명한 틀로 거듭나면서 그 시대와의 악수를 통해 구체화된다.

본서에서 '한국 현대 이미지스트 시인'을 호명하는 일은 역사적인 의미로서의 이미지즘과 관련하여 행해졌다. 물론 이 자리에서 다 호명하지는 못하였으나 나름대로 한국 현대시에서의 이미지즘의 계보를 작성해보려는 의도에서였다. 그러나 이장희로부터 노향림에 이르는 길에서 단순히 20세기 초반의 이미지즘의 권역 안에서만 그들을 만나는 일은 몹시 불편했다. 때문에 이 권역과 상관없이 각자가 펼쳐낸 낯선 세계의 진면목과도 즐겁게 만났을 것이다.

이 책의 글들은 영미의 이미지스트들이 설파한 바의 '정확하다는 의미는 대상물이 시인의 마음에 그 자체를 보여준 대로 독자에게 그 대상물의 효과를 가져오는 것으로서의 정확'이라는 의미에 많이 힘입었다. 이어서 '의식에 나타난 사실 그 자체로서의 이미지에 주목하면서 이미지를 산출시키는 의식의 지향성'에 대해 탐색하는 '이미지 현상학'에 많이 기댔다. 즉 이미지즘으로서의 시편들을 읽어가는 방편으로 자연스럽게 이미지현상학이 뒤따랐던 것이라 하겠다.

본서에서 다룬 10명의 시인들은 거의 20여 전부터 현재에 걸쳐 독립된 논문으로 작성한 것들이다. 다시 살펴보니 펼쳐놓기가 민망할 정도다. 특히 논문마다 반복되는 논거들이 몹시 거슬렸는데도 다시 서두에 연구를 위한 개관을 놓으면서 이 거슬림을 또 피하지 못하였다. 동일한 연구 방향을 설정해놓은 채로 매번 독립된 글을 쓰다 보니 불가피해진 사항이었는데 다시 연구를 위한 개관에서도 이는 불가피한 일이었다. 이 외에도 이런저런 부끄러움이 도처에 있어 이를 누르지 않고서는 한 권의 책을 엮는 일이 불가능했을 것이다.

끝으로 책의 출간을 기꺼이 허락해주신 푸른사상사의 한봉숙 사장님, 미루던 일에 박차를 가하도록 차분하게 도와준 제자 김세영에게 감사의 마음을 드린다.

2010년 여름
한영옥

이장희론 – 감각화된 생의 의지

정지용론 – 산정으로 오른 정신

박남수론 - 상승과 하강의 변증법

김종길론 - 초탈과 '슴슴함' 의 기율

김요섭론 – '빛' 이미지와 대비의 구도

조영서론 – '부재'의 전경화

노향림론 – '고통'의 건조한 외양들

한국 현대 이미지스트 시인 연구를 위한 개관

영미 이미지즘의 개요

D. 파킨스는 『현대시의 역사』에서 이미지즘은 시의 기본 원리를 가르치고 훈련시키는 현대시의 문법학교와 같다는 내용을 언급한다.[1] 이미지즘이 내내 강조한 자유시 형식, 이미지의 간결성, 명료성, 구체성은 현대시가 갖추어야 할 기본 장비에 해당하기 때문일 것이다.

이미지즘의 이론적 바탕은 T. E. 흄의 논문 「낭만주의와 고전주의」로부터 마련된다고 볼 수 있는데 그 근거가 확연히 드러나는 부분은 아래와 같다.

미의 관념을 거론하기 위해서는 두 가지 함정을 피해야만 한다. 하나는 미란 어떤 표준적인 고정된 형태에 일치하는 것에 의하여 정의된다고 보는 낡은 고

---

1 David Perkins, *A History of Modern Poetry*(The Belknap : Press of harvard Uni, Pr., 1976), 329면.

전적 견해이다. 다른 하나는 무한을 끌어들이는 낭만적 견해다. 나는 이들 사이에서 내가 지적했던 신고전주의적 시의 유형이 용어상 어떤 모순도 내포하지 않는다고 일관성 있게 주장하는 것을 가능케 할 만한 형이상학을 찾아내야만 한다. 미란 작고 메마른 사물들 속에 있다고 하는 사실을 입증하는 것이 중요하다. 커다란 목표는 정확하고, 명료하며 한정된 묘사이다.[2]

이 논문에서 흄은 내내 간결, 견고, 시각적, 정확한 묘사, 새로운 비유, 직관적 언어에 초점을 모으며 새로운 시대의 시에 대한 의견을 개진한다. 위의 글에서 그가 찾아내야만 한다고 말한 형이상학의 일관성은 바로 이와 같은 핵심어로 지탱되는 시론일 것이다. 흄은 전대의 낭만주의와 고별하고 새로운 시대를 선도해갈 고전주의의 정신을 표상하기 위한 시의 방법론을 제시, 이후 새로운 시의 전범을 유도해낸 것이다.

흄은 런던 문학계에 알려지게 되자 시인클럽을 조직하는 데 협력하도록 요청받아 명예 간사로 선임, 실질적인 지도 인물로서 1908년 '시인클럽(Poets' Club)'을 만들어 시를 낭송하고 논평하는 모임을 주재한다.[3] 이 모임은 회원들의 열의에 의하여 小文集으로 『1908년 크리스마스호』를 발간하였는데 여기에 이미지즘의 대표시로 거론되는 흄의 「가을」이 게재된다. 여러 요인에 의해 첫 모임의 열의가 식어가자 흄은 1909년 다시 '후속클럽(Sucession Club)'을 만들게 되는데 이 모임이야말로 이미지즘의 초석을 놓는 데 기여한다. 이 모임을 통해 흄은 F. S. 플

---

2 T. E. 흄, 「낭만주의와 고전주의」, D. 로지 엮음, 윤지관 외 옮김, 『20세기 문학 비평』(까치, 1984), 63면.
  이 책에 의하면 「낭만주의와 고전주의」가 집필된 시기를 1913년에서 14년으로 추정하고 있다.
3 김재근, 『이미지즘 연구』(정음사, 1973), 162면 참조.

린트와 합세하고 또한 E. 파운드와 만나게 된다. 3년 후인 1912년 파운드는 그의 시집 『반발(*Riposites*)』의 서문에서 1909년의 시인클럽의 후계자들이 이미지스트들(Les Imagistes)이라고 말하며 '이미지스트'라는 용어를 내세우기에 이른다. 여기서 시인클럽의 후계자는 바로 후속클럽의 시인들을 말하는 것이다.

한편 1912년에는 H. 먼로에 의해서 잡지 『시(*Poetry*)』가 시카고에서 창간되는데 파운드의 관여와 함께 초기 이미지즘 운동의 온상으로 자리잡게 된다. 다음해인 1913년 이 잡지에는 그 유명한 이미지즘의 3개 조항이 게재되기에 이른다. 이 조항은 플린트의 「이미지즘」이라는 제목의 글 속에서 제시된다.[4] 이 조항은 파운드가 착상한 것으로서 1908년 런던에 온 이후 그가 흄을 위시한 시인들로부터 얻은 슬로건들에서 착안한 것으로 추정된다.[5] 한편 같은 지면에 에즈라 파운드의 「이미지스트 시인이 해서는 안 될 몇 가지 금제 조항」이 실리는 데 널리 회자되는 '이미지는 한순간에 제시되는 지적 정서적 복합체'의 출처이기도 하다. 이미지는 한순간에 제시되는 지적 정서적 복합체라는 언급은 이후로 단순히 대상의 외관만을 묘사하는 것이 아닌, 의미가 충전된 것으로서의 이미지여야 한다는 사실을 보강하면서 이미지즘의 경직성을 극복해가는 요체로 작용한다. 이는 나아가 T. S. 엘리엇이 설파한 '감각화

---

4 이 글에서 플린트는 이미지스트들은 몇 가지 원칙을 가지고 있었으나 발표하지 않고 있었다고 말하면서 자신이 발표하는 형식으로 현대시사의 한 기념비적인 사건이라 할 다음의 3개 원칙을 발표한다.

    ① 주관적인 것이거나 객관적인 것이거나 대상을 직접 표현 구상할 것.

    ② 표현 형태에 알맞지 않는 말은 절대로 사용하지 말 것.

    ③ 리듬들에 대해서는 연속되는 음악적인 음절로 쓰고 박절기의 연속으로 쓰지 말 것. (김재근, 위의 책, 26~27면 참조.)

5 D. 파킨스, 잎의 책, 333면 참조.

된 사상으로서의 이미지'를 선취한다.[6]

파운드는 여기저기 발표된 이미지스트들의 시편들을 모아 1914년에 『이미지스트 사화집』을 발간하여 이미지즘 유파의 한 결실을 맺어주기에 이른다. 1915년 이듬해의 사화집 『이미지스트 시선집』에서는 이미지즘의 신조를 다시금 명확하게 진술하여 그 영향력을 크게 전파시키게 되는데 R. 올딩턴이 발표한 6개 조항이 그것이다. 올딩턴이 발표하는 형식을 취하고 있었으나 파운드의 것으로 짐작되는 이 6개 조항은 앞서의 3개 조항의 연장선상에서 이를 보다 구체화한 것이라 하겠다.[7] 그럼에도 이들은 6개 조항이 미흡하다고 여겨 1916년도 사화집에서 이를 다시 보충하여 설명한다.

이미지즘의 시는 단순히 회화적인 표현을 의미하는 것이 아니다. 이미지즘의 시는 주제에 대해서보다는 표현 양식에 중점을 둔다. 작자가 전달하려고 하는 것은 무엇이든지 명백하게 표현할 것을 의미하는 것이다. 확실하지 않은 정조를 전달하기를 바랄 때는 그러한 분위기 아래서는 그 시는 정확한 것이 못 된다. 시인이 끊임없이 움직이고 변하는 광선과 풍경을 독자 앞에 보이려 하고 강렬한 감동을 느낀 사람의 변하는 마음의 태도를 표현하려고 할 때는 그의 시도 이것을 명백히 표현하는데 움직이고 변하여 가게 된다. 정확하다는 말은 본질적으로 대상물을 정확하게 서술한다는 말을 의미하는 것이 아니다. 그 말은 시인이 시를 쓸 때 시인의 마음에 그 자체를 보여준 대로 독자에게 그 대상물

---

6 이창배, 『20세기 영미시의 형성』(민음사, 1981), 114면 참조.
7 6개 조항의 대략은 다음과 같다.
　① 일상용어를 사용할 것, 그러나 정확한 말을 사용할 것, 정확에 가깝거나 또 단순히 수식적인 말은 사용하지 말 것. ② 새로운 리듬을 지어낼 것. 시인의 개성은 인습적인 형식으로서보다는 자유시로서 더 잘 표현될 것이라고 믿을 것. ③ 주제의 선택을 자유롭게 할 것. ④ 이미지를 제시할 것(이 이미지라는 말에서 이미지스트라는 말이 온 것이다). ⑤ 명백하고 견고한 시를 지을 것. ⑥ 시의 본질은 집중력에 있다는 신념을 가질 것. (김재근, 앞의 책, 26~28면 참조.)

의 효과를 가져오는 정확이라는 말을 의미하는 것이다.[8]

이상의 내용은 이미지즘 시가 단순히 즉물적인 인상만을 그려내는 것이 아니라 시인의 마음에 그 자체를 보여준 대로 묘사하되 객관성·보편성을 견지함으로써 독자에게 충분히 전달될 수 있을 만큼의 정확성이 확보되어야 한다는 사실을 설파하는 것이다. 이와 같은 보충설명은 이미지즘에서의 이미지가 단순히 정적인 풍경이나 인상을 그리는 그림이라는 초기의 오해를 불식시키기는 계기를 베푼다.

이미지스트 사화집은 차츰 A. 로웰의 주도로 이어지며 1917년까지 지속되다가 종료되는 데 이미지즘의 시기를 1909년에서 1917년으로 잡는 것은 이와 무관하지 않다. 이후로 파운드는 "이미지즘 운동을 로웰에게 넘겨주고 W. 루이스와 함께 볼티시즘 운동"[9]으로 진입해버린다. 결국 파운드가 소용돌이파(Vorticism)에 흡수되면서 운동으로서의 이미지즘은 막을 내리게 된다. 그럼에도 파운드의 "'소용돌이(VORTEX)', 찬란한 결절(Node) 또는 덩어리로서의 그것 안으로 돌입하는 관념(Idea)의 형상화"[10]는 여전히 명확한 이미지로 제시된다는 사실은 변하지 않을 것이다.

이미지즘은 그 운동의 종료, 혹은 비판적인 지적들과는 무관하게 "언어의 절약과 감정절제, 표현에 있어서의 정확성과 명료성, 자유시형 등은 이미지즘이 오늘날의 문학에 가져다 준 유산"[11]임을 부인할 수

---

8 위의 책, 39~40면.

9 김재근, 앞의 책, 286면.

10 D. 파킨스, 앞의 책, 466면.

11 이철, 「이미지즘의 형성과 발전과정 연구」, 강릉대인문과학연구소, 『인문학보』 제30집 (2000), 88면.

없을 것이다.

한국 현대시와 이미지즘

　이미지즘이 우리에게 처음으로 이입된 것은 1919년 『매일신보』에 황석우가 '시의 초심자에게'란 부제를 달고 연재한 「詩話」에서였다. 이 자리에서 이미지즘은 형식에 특히 중점을 둔 유파로서 '寫像派'라는 명칭으로 소개된다. 황석우는 이어 1920년 『폐허』에서 寫像主義라는 용어를 통해 이미지즘을 다시 언급한다. 이후로 보다 구체적인 소개는 1924년 『개벽』, 박영희의 글에서였다. 여기서 그는 흄의 논지인 정확, 명료한 한정적 묘사에 대해 언급하고 이미지스트 시인으로 로웰, 둘리틀, 올딩턴, 플린트를 소개함으로써 이미지즘의 윤곽을 좀 더 확연하게 보여준다. 1925년에는 김기진이 『개벽』 4호에 이미지스트로서 이상화를 언급하면서 환각파라는 용어를 사용하는데 같은 해에 양주동은 『조선문단』에서 '이미지즘이란 표현형식에 관한 자유시 운동에서 나온 것이지 결코 시상이 환상이든 현실이든 그것이 문제가 아니다'라고 그 오류를 지적한다. 정인섭은 1929년 『신생』에 「금년의 英文단」이란 제호 아래 '사상파란 표현의 형식이 명확 단순하며 직접 사람이 느낀 영상을 단적으로 그리는 유파'라고 설명하면서 이미지즘의 기법을 구체적으로 설명하기에 이른다. 나아가 이미지즘이 보다 총체적으로 소개된 것은 1930년, 이하윤에게서였다. 그는 『동아일보』에 「현대시인연구─사상파 시인들」이라는 제목으로 이미지즘의 6개 조항을 소개하면서 1916년의 이미지지스트 사화집에서의 '시인의 마음에 나타난 이미지를 독자에게 그대로 떠오르도록 여실하게 묘사해야 한다'는 내용을 덧붙인다. 대략 살펴본 것에 불과하지만 이만한 정도에서 보더라도 20년대 우리에게 이입된 이미지즘의 실상은 비교적 충실한 것이었다. 이와 같은 20년대의 산발적인 이입과 더불어 30년대에 이르러서는 이 사조가 정착되는 국면을 맞이하게 된다.

30년대 이미지즘의 활발한 논의는 우선 김기림에 의해 주도된다. 30년대 비평활동을 총 정리해놓은 그의 『시론』을 통해 보면 이곳저곳에서 이미지즘과 관련된 현대시의 이론과 접하게 된다. 한편 김기림은 「시의 회화성」에서 이미지즘이 감정의 세계를 완전히 벗어나지 못하고 서정시의 범주에 머물러 있다고 일견 폄하하는 태도를 보여주기도 한다. 그러면서도 같은 자리에서 이미지즘은 그 내부에 서정시의 강한 적을 기르고 있었다고 말을 바꾸면서 회화성, 조소성에 대한 경사를 드러낸다. 또한 같은 자리에서 파운드의 멜로포이아, 파노포이아, 로고포이아를 소개, 설명하면서 우리 시가 요망하는 것은 파노포이아와 로고포이아에 속하는 것이라고 단정 짓는다.[12] 결국 김기림은 이와 같은 논지에 기저하며 모더니즘 시론으로 세워나갔다고 볼 수 있다. 그리하여 30년대 한국시단의 평가와 진단을 주도했던 김기림의 영향력에 의해 "한국 근대시에서의 외래적 요소는 모더니즘 시운동이 그 비중으로 작품 성과에서 우세"[13]할 수 있었다. 물론 이때의 모더니즘은 주로 이미지즘에 근거를 둔 것이었다. 김기림이 "모더니즘이라는 용어로 논한 대부분의 글은 이미지즘과 관련된 네오 클래식에 관한 것"[14]이었던 것이다. 이 사실은 그의 「모더니즘의 역사적 위치」에서 보다 잘 증명된다. 이

---

12 김기림, 『김기림전집 2』(심설당, 1988), 103~106면 참조.
13 김윤식, 『한국현대시론비판』(일지사, 1976), 242면.
14 오세영, 『20세기 한국시연구』(새문사, 1999), 142면.

글에서 그는 로맨티시즘과 편내용주의를 거부하고 모더니즘은 언어예술로서의 시를 자각하고 있다고 말하는 가운데 모더니즘 유파를 거론하면서 이미지즘을 염두에 두고 '영국의 20세기 시는 이미지스트에서 시작되었다'고 덧붙인다. 이어 우리나라의 경우 모더니스트들에 의해 20세기 문학이 의식적으로 추구되었다고 보면서 모더니즘은 집단적인 모양은 갖지 못했지만 몇 사람의 우수한 시인과 그 시풍을 한 개의 유파로서 개괄하는 것은 타당한 일이라며 모더니스트들을 짚어가기에 이른다. 바로 여기에 정지용, 신석정, 김광균, 장만영, 박재륜, 조영출이 거론되는데 이들의 시를 진단해가는 이론상의 거점은 이미지즘의 그것이었다. 이 글의 말미에서 모더니즘과 사회성의 결합이라는 방향을 역설하지만 특별한 대안을 제시하지 않으면서 이 역시 모더니즘으로부터의 발전일 수밖에 없다고 모더니즘에의 경사를 나타내 보인다.[15] 이때 그가 염두에 둔 모더니즘 시의 핵심이 객관적, 과학적, 주지적 향방에 초점을 둔 주지주의 시론에 있다 할지라도 "실제 작품에 적용되는 경우, 그 모델은 이미지즘 시론"[16]이었음은 살펴온 바와 같다.

30년대의 또 다른 이미지즘의 논객으로는 최재서를 언급할 수 있다. 김기림이 모더니즘이라는 용어를 즐겨 사용하고 있었다면 최재서는 주지주의라는 용어를 내세우면서 원론의 소개에 충실성을 보여주었다. 『문학과 지성』(인문사, 1938)에서의 흄과 엘리엇의 신고전주의 문학론을 상세하게 소개한 「현대주지주의 문학이론」과 I. A. 리처즈, H. 리드를 소개한 「비평과 과학」이 그 예라 할 수 있겠다. 한편 최재서는 김기

---

15 김기림, 앞의 책, 56~59면 참조.
16 문혜원, 『한국근현대시론사』(도서출판 역락, 2007), 87면.

림의 「기상도」와 장만영의 시편들을 평하면서 이들 작품이 보여주는 신선한 감각에 대해 호의를 표한다. 전적인 호의에 의한 것은 아니지만 적어도 흄의 고전주의 이론을 환기시키는 지성과 이미지의 견고성에 대해서 동조를 보내며 이미지즘의 기법을 가볍게 여기지 않았던 것이다.

한국 현대 이미지스트 시인들

이상 1920~1930년대를 통해 이입되고 정착된 이미지즘은 우리 시단에 그 영향력을 크게 끼쳤다. 무엇보다 시 제작의 방법적 인식을 제고시키며 우리 시가 명실공히 현대시로서의 면모를 갖추게 해준 공로를 간과할 수 없다. 사실상 이미지즘으로부터 개안된 현대시에 대한 방법적인 인식은 앞서 파킨스의 언급에서 보듯 시 장르가 갖춰야 할 시 문법에 해당한다는 사실을 환기한다면 이 자장 안에서 자유로운 시들은 거의 없을 것이다. 따라서 현 시점에서 특별히 이미지스트 시인이라는 선별적인 용어는 췌사일 것이다. 그럼에도 되도록 관념을 뒤로하고 대상에 대한 적확한 묘사에 몰두함으로써 테스트 자체를 새로운 존재론으로 발현시키는 시인들을 떠올려볼 수 있을 것이다.

이미지즘과 관련하여 한국 현대시의 성과를 다시금 점검하면서 30년대와 그 이후의 족적을 살피는 데 있어서는 김춘수의 논의가 매우 요긴하다. 즉 "1930년 편석촌과 지용 및 김광균에 의하여 이미지즘은 이 땅에 상당한 양의 수작을 남긴다"[17]라는 언급과 "40년대, 50년대로 넘어가면서 이미지즘은 자연스럽게 이 땅 시의 한 저류로서 여러 시인들의

---

17 김춘수, 『시의 위상』(둥지, 1999), 75면.

기질과 어우러져 심화 및 더한 밀도를 보여준다"[18]는 논의에 힘입을 수 있기 때문이다. 그는 이와 같은 논의를 다른 자리에서 「피지컬한 시의 계열」이라는 제목 아래 구체화시킨다. 이 자리에서 J. C. 랜섬이 분류한 바의 관념시, 사물시, 형이상학시를 거론하면서 관념을 되도록 피해 감각적 표현에 기량을 보인 우리 시사에서의 시편들을 '피지컬한 시'로 명명하며 그 계보를 그어 나갔던 것이다. 여기에는 20년대의 이장희를 선두로 하면서 30년대 정지용, 김광균, 백석 그리고 이어서 박목월, 김종길, 전봉건, 김종삼, 조영서, 박용래, 김영태, 노향림이 그들의 시적 특성과 함께 나열되어 있다.[19] 20년대로부터 70년대까지의 계보가 두루 갖춰진 셈이다.

　물론 또 다른 각도에서 다른 계보를 작성할 여지는 얼마든지 남아 있을 것이다. 본서의 이미지스트 시인 연구는 김춘수의 논의와는 무관하게 20여 년 전부터 조금씩 축적해온 결과물이다. 그럼에도 대 시인이 작성한 계보에서 크게 비껴가지 않았다는 사실에 안도할 수 있었다. 물론 여타의 많은 시인이 보강되어야 한다는 과제를 남긴다.

---

18 위의 책, 77면.
19 김춘수, 『김춘수 시론전집 2』(현대문학사, 2004), 458~480면 참조.

이장희론 — 감각화된 생의 의지

이장희론 — 감각화된 생의 의지

1. 서론

20년대 시인으로서 특이하고도 성숙한 작품을 남겼던 고월 이장희는 그간 꾸준히 연구의 대상이 되어 왔다.[1] 그가 남긴 작품 수가 35여 편에 불과함에도 주목의 대상이 되었던 것은 그만큼의 역량을 보여주었기 때문일 것이다. 우선 고월은 감상주의가 주류를 이루었던 20년대의 시들과는 달리 선명한 감각으로 대상에 대한 경험을 형상화하여 그 독자성을 확보하고 있었음을 상기할 수 있다.

1924년 『금성』지에 「실바람 지나간 뒤」, 「새 한 마리」, 「불놀이」, 「무대」, 「봄은 고양이로다」를 발표하면서 고월의 시작 생활은 출발되었다.

---

1 김재홍 편저, 『봄은 고양이로다』(문학세계사, 1983)에 이장희 연구는 잘 집약되어 있다. 이 책에 수록된 이장희 연구는 다음과 같다.
  김학동, 「사계의 감각과 그 회화성」; 권도현, 「이장희 론」; 김인환, 「주제의 명징성」.

이 데뷔 작품들은 당시의 시단 분위기 속에서는 여간 참신한 것이 아니었다. 이때의 참신성은 여러 각도에서 얘기될 터이나 우선은 "감각적 경향에 있어 단연 특색을 보여주는 시인"[2]이라는 데서 찾을 수 있다. 고월을 "모더니즘과 이미지즘의 선구자"[3]로까지 명명할 수 있다면 이는 그의 시가 보여주는 감각적 이미지의 참신성에서 연유됨을 부정할 수 없기 때문이다.

시에서 감각적 표현이란 의식주체가 대상의 경험을 이미지화하는 것을 말한다. 따라서 고월의 시가 감각적 표현에 뛰어났다는 것은 이미지의 새로움을 보여준다는 사실과 맞물려 있다. 이에 본고에서는 고월 시에 나타난 이미지의 분석을 통해 시인의 대상에 대한 경험 세계, 즉 의식의 현상을 찾아보려 한다. 이른바 현상학적 방법을 원용하여 고월 시 연구에 심화를 꾀하려는 것이다.

현상학적 연구의 목적은 대상에 대한 주체의 원초적 의식, 순수한 지각을 서술하는 데 있다. 여기에 인간의 의식은 반드시 무엇에 대한 의식, 즉 의식의 지향성을 갖게 마련이라는 사실에 근거하여 문학의 현상학적 접근이 가능한 것이라 하겠다. 이때 시의 경우 대상에 대한 원초적 의식 혹은 지각으로서의 서술은 다름 아닌 이미지이며 결과적으로 시의 현상학적 접근은 이미지의 현상학에 이르게 된다. 그리고 이미지의 현상학이란 시의 이미지가 주체의 의식에 떠오르는 순간, 즉 의식 속의 이미지의 출발과 변화에 주목하는 일이다.[4] 그런데 이러한 주목은 한 편의 시를 이해하기 위하여 시를 읽는 주체의 의식에 다시 맡겨지는

---

2 조연현, 『한국현대문학사』(성문각, 1990), 271면.
3 이형기, 『시와 언어』(문학과 지성사, 1987), 233면.
4 가스통 바슐라르, 곽광수 역, 『공간의 시학』(민음사, 1990), 84면.

몫이므로 자칫 주관주의에 빠질 위험을 안고 있다. 그러나 "문학 작품을 구성하는 언어 뒤에 작가의 의도가 있음이 분명하다"[5]는 믿음에 근거할 때 작가가 외면화시킨 상상력의 세계를 분석하여 그의 의도를 짚어가는 것이 작품 이해의 길임은 어쩔 수 없다. 여기에 글 쓴 주체의 의식에 대한 읽는 이의 의식을 서술하는 현상학적 방법이 도입되는 것이다. 시인이 그의 작품 속에서 수미일관하게 드러내는 이미지와 그 변화의 모습은 결국 시인의 의도, 주제와 닿아 있는 것이기에 현상학적 접근은 더욱 타당한 시도가 될 수 있으리라 생각된다. 특히 개개의 작품은 자율적 총체가 아니라는 전제 하에 개별 작품보다는 작품의 전체성을 강조하는 현상학적 방법[6]은 마침 작품 수가 많지 않은 고월의 시작품을 총체적으로 조망하는 데 또 하나의 유리함을 주고 있다.

이상 살펴본 대로 고월의 시가 감각적 표현에 주력하고 있었던 점, 또한 작품의 수가 많지 않다는 사실 등이 현상학적 접근을 용이하게 한다고 보아 이 연구의 타당성을 마련할 수 있었다.

2. 이장희 시의 이미지 현상학

고월의 시를 현상학적으로 접근해간다는 것은 앞서 말한 대로 시인의 의식, 의도가 어떻게 대상을 향하여 움직여 나갔는가를 살피는 일이 된다. 이때 대상을 향한 의식지향은 이미지로 표상되며 이미지는 주체의 세계인식을 드러내준다. 즉 그의 시적 주제를 시사해주는 것이다.

---

5 박이문 외, 『현상학』(고려원, 1992), 114면.
6 김현, 『프랑스 비평사』(문학과 지성사, 1981), 301면.

따라서 시의 이미지는 단순한 사물적 존재가 아닌 의미적 존재가 된다. 그리고 바로 이 의미적 존재를 파악하는 것이 작품을 이해하는 길이 된다. 이는 글쓴이의 의식현상을 밝히는 일이며 또한 글쓴이의 의도를 찾아내는 시도이기도 한 것이다.

이 자리에서는 고월의 시편들에서 이미지의 근간을 이루고 있는 하늘, 모래, 저녁(밤), 고양이를 중심으로 시인의 의식이 어떻게 지향되어 갔는가를 살펴 그의 시적 주제에 접근해가기로 하겠다.

1) '하늘'의 이미지-상승과 초월

고월 시에서 빈번하게 되풀이되는 하늘의 이미지는 상승과 초월의 의지를 표상한다. 대체로 침울한 분위기로 조성되는 그의 시작품에서 '하늘'은 돌연한 의지를 표상해주고 이를 통해 의식의 승화와 초월을 암시해주고 있는 것이다. 특히 이는 '모래'의 스러짐, 소멸, 허무와 대립 구조를 이루며 시의 긴장감을 유지시키는 데 적절한 이미지로 작용한다. 따라서 그의 '하늘'은 '푸른 하늘'의 색채 이미지를 통해 '날아오름'과 '생기'를 구현해주고 있다. 이 자리에서 특별히 '푸른 하늘'과 하늘에서 변주된 '봄', '달', '안개'의 이미지가 나타난 구절을 뽑아보기로 한다.

· 푸른 하늘에 따스한 봄이 흐르고 「靑天의 乳房」
· 푸른 하늘에 날러지이다 「　　〃　　」
· 저기 푸른 안개 너머로 「여름밤 공원에서」
· 보아라 푸른 달빛과 같은 꿈이 아니뇨 「舞台」
· 푸른 봄의 생기 뛰놀아라 「봄은 고양이로다」
· 푸른 달의 속색임을 들으라는 듯 「달밤 모래 우에서」

· 들과 하늘은 서로 비취어 푸른 빛이 바다를 이루었나니 「들에서」

이상이 그의 시에서 푸른 하늘과 하늘에서 변주된 안개, 봄, 달, 바다가 표상된 부분들이다. '푸른' 이라는 색채 관형어로 수식된 하늘과 이에 유사한 대상 이미지들은 모두 희망과 상승을 암시해주고 있다. 이는 '하늘' 이 갖는 일반적인 표상과 무관하지 않을 것이다. 고월은 그의 의식 속에서 간절히 희구하는 이상적인 삶을 '하늘' 의 풍경 속에 투사시키고 있다. 그런데 고월의 시 전편에 흩어진 이 푸른 상승의 이미지는 적대적인 세계에 의하여 끊임없이 좌절된다. 따라서 시인의 의식은 적대적인 세계 앞에서의 비극성을 감지하고 '쓸쓸함', '사라짐' 으로 표상되는 모래의 이미지를 불러들이게 된다. 이 쓸쓸함과 사라짐의 허무 앞에서 시인이 희구하는 '푸른 하늘' 의 세계는 그만큼 간절할 수밖에 없는 것이며 이 간절함은 인간 의식이 지향하는 보편 정서를 환기하기에 충분한 것이기도 하다. 이렇듯 고월이 환기시키는 '푸른 하늘' 과 '쓸쓸함' 의 대비는 「靑天의 乳房」에서 단적으로 형상화되어 있다. 따라서 이는 고월의 시세계를 집약해 보여주는 작품 중의 하나라고 생각된다.

　　어머니 어머니라고
　　어린 마음으로 가만히 부르고 싶은
　　푸른 하늘에
　　따스한 봄이 흐르고
　　또 흰 볏을 놓으며
　　불룩한 乳房이 달려있어
　　이슬매친 포도송이보다 더 아름다워라
　　탐스러운 乳房을 볼지어다
　　아아 乳房으로서 달콤한 젖이 방울지려하누나

이때야말로 哀求의 情이 눈물겨웁고
주린 食慾이 입을 벌이는도다
이 무심한 食慾
이 복스러운 乳房
쓸쓸한 심령이어 쏜살같이날러지이다
푸른 하늘에 날러지이다

―「靑天의 乳房」 전문

이 시에서 "어머니", "푸른 하늘", "따스한 봄", "흰 볏", "불룩한 乳房"은 모두 등가의 계열을 이루는 어휘이며 이미지다. 이들은 모두 시인이 간절하게 희구하는 세계의 형상화이기 때문이다. 즉 시 안에서 언급된 대로라면 "주린 食慾이 입을 벌이"어 배를 채우려는 세계인 것이다. 그런데 이상적 세계를 희구하는 의식주체는 수동적으로 멈춰서 있다가 마지막의 2행을 통해 불현듯 날아오르는 비상의 의지를 보인다. 즉 "푸른 하늘에 날러지이다"로 표상된 주체의 의식지향이 바로 그것이다. 따라서 이 시에서는 어머니에서 푸른 하늘까지로 변용되는 이상세계에 대한 주체의 상상력을 짐작할 수 있다. 즉 따스한 봄, 흰 볏, 탐스러운 유방 등으로 변주되면서 간절한 희구와 열망으로 솟아오르고자 하는 의식지향을 보이고 있었던 것이다. 이를 통해 이 시가 드러내는 주제인 초월의 꿈이 적절히 암시되어 있음을 짐작할 수 있다.

2) '모래'의 이미지-생의 슬픔

'모래'는 고월 시의 공간 이미지에 있어 근간을 이루고 있다. 그의 작품에서 모래는 사막의 광막한 공허와 쓸쓸함과 맞물려 소멸의 이미지, 죽음의 이미지를 드러내준다. 이는 '푸른 하늘'의 이미지가 움직여 간 선명하고 밝은 희구의 표상과는 달리 애매하고 모호하며 어렴풋한 분위기를 자아낸다. 따라서 주체의 의식을 어둡게 침잠시키는 암흑으로의 스며듬, 혹은 사라짐의 지향성을 갖는다. 즉 '푸른 하늘'과 대조적인 이미지를 지향, 작품의 긴장감을 유지시키는 역할을 한다 하겠다. 따라서 '푸른'이라는 수식에 대신에 '쓸쓸한'이 되풀이 될 수밖에 없다.

· 시들은 꽃/ 싸늘한 묘지/ 사그러진 촛불 「실바람 지나간 뒤」
· 물가티 가란진 모래언덕 「夕陽丘」
· 쓸쓸한 모래 우에 鮮血이 흘러잇소 「고양이의 꿈」
· 그(모래)는 쓸쓸한 光景의 물결이런가 「沙上」
· 갈대 그림자 고요히 흐터진 물가의 모래 「달밤 모래 우에서」
· 봄날 허무러진 砂丘 위에 안저 「봄 하늘에 눈물이 일다」

이상은 그의 시 전편에 고루 퍼져 있는 '모래'의 이미지들이다. 고월에게 있어 '모래'의 이미지는 소멸해가는 생의 어쩔 수 없는 슬픔이라는 의식지향을 드러내고 있다. 그런데 여기서 짚고 넘어가야 할 점은 고월이 사그러지고 무너져내리는 모래의 이미지 속에 무조건 의지를 함몰시키고 있지 않다는 사실이다. 즉 그는 상상력을 통해 환상의 정조를 일구어놓고 이를 통해 생의 쓸쓸함을 승화시키고자 하고 있는 것이다. 따라서 "쓸쓸한 삶이란 것을 이장희는 극복해야 할 어떤 것으로 보지 않고 운명과 같은 것으로 받아들인다"[7]는 시점이 가능할 수 있으리라 본다. 이렇게 생각해볼 때 고월 시의 대부분이 보여주는 대상의 의

---

7 김재홍 편저, 『이상희 평전』(문학세계사, 1983), 268면.

식지향은 뚜렷함보다는 어슴프레하게 움직여짐을 감지할 수 있다. 이 어슴프레함의 흐름이 곧 생의 쓸쓸함을 환상의 세계로 변주시키는 힘이 되는 것이다. 이러한 측면에서의 특성이 선명하게 형상화된 작품으로는 「沙上」을 들 수 있다.

> 끔직한 行列이로다
> 軍隊도 안이오 旅商도 안이오 코끼리도 안이오
> 꿈가티 솟구은 피라밋트 넘으로
> 기달은 形象이 움직이는 도다
> 아아어스름 달아래
> 그는 쓸쓸한 光景의 물결이런가
> 물결은 물결을 쪼츠며 끗업시 움직이도다
> 이 全景에 흐르는 情調
> 야릇한 情調에 잠기게 하여라
> 幻想의 帆船을 띄우게 하여라
> 沙上 의 바람은 끈치지 안코
> 멀리로서 海潮의 울음 소리 들리어라

—「沙上」 전문

읽어본 대로 이 작품은 '모래'의 상상력을 역동적으로 구사하고 있다. 모래에서 사막으로, 그리고 다시 사막은, 이집트의 피라미드가 있는 사막으로 넘어가고 또다시 물결로 변주되어 배를 띄우는 바다로 변용되어 완결되는 것이다. 그리고 이 바다는 다시금 끊임없는 출렁임으로 시의 내면 속에 잠재된다. 이렇듯 쓸쓸한 모래에서 출렁이는 바다로 변주되는 역동적인 의식의 지향은 시인이 생의 의지를 되찾고자 몸부림치는 의도를 읽게 한다. 이러한 사실은 「달밤 모래 우에서」라는 작품에서 다시금 확인된다. 즉 "슬퍼하는 이마는 하늘을 우러르고/ 푸른 달의 속삭임을 들으랴는 듯/ 나는 모래우에/ 말업시 섯더이다"에서의 경우이다. 이 부분은 허무한 모래더미 위에서도 달의 속삭임을 들으려는 인간의 비극적 조건, 다름 아닌 삶의 원초적인 조건을 환기시켜 주고 있다. 이와 같이 시의 이미지가 인간의 원초적 의식을 건드려줄 때 우리는 흔히 공감을 경험하고 바슐라르의 표현대로라면 '혼의 울림'을 겪게 되는 것이다. 그리고 이러한 때에 시인의 존재는 마치 우리들 자신의 존재인 듯 여겨지는 경험을 아울러 겪게 된다 하겠다. 바슐라르는 "어떻게 한 특이한 시적 이미지의 나타남이라는 그 특이하고도 순간적인 사건이 이번에는 다른 영혼들에게 다른 사람들의 마음 속에 반응을 일으키는가"[8]라는 질문을 통해 통주관성(Transsubjectivité)이라는 용어를 그 답변으로 제시한 바 있다. 이 용어의 개념은 개별적인 주관과 주관이 합해지는 자리, 즉 공감의 자리를 가리키는 것이라 할 수 있다. 그가 말한 대로라면 이미지의 강력한 힘은 이러한 통주관성을 지닐 때에 가능한 것이 된다. 따라서 고월의 시가 환기시키는 삶의 원초적 조건에 대한 이미지는 그만큼의 힘을 지니는 것이라고 볼 수 있다.

3) '저녁'과 '밤'의 이미지—비극의 경건성

'모래'가 고월 시에서 공간 이미지의 대부분을 차지하고 있었다면 '저녁'과 '밤'은 시간 이미지의 대부분을 차지하고 있다 하겠다. 10여 편이 넘는 시에서 그는 '저녁'과 '밤'의 시간 이미지를 형상화시키고 있기 때문이다. 이는 「憧憬」, 「夕陽丘」, 「겨울밤」, 「겨울의 暮景」, 「가을

---

8 가스통 바슐라르, 곽광수 역, 『공간의 시학』(민음사, 1990), 90면 참조.

밤」, 「저녁」(Ⅰ), 「저녁」(Ⅱ), 「여름밤 공원에서」, 「벌레 우는 소리」, 「귀
뚜라미」, 「적은 노래」, 「여름밤」 등에 집중적으로 드러나 있다. 그의 시
에서 저녁과 밤의 이미지는 이 시간이 풍기는 보편적 정서를 환기시키
는 쓸쓸함과 사라짐의 소멸의식으로 드러난다.

> ·쓸쓸하고도 낡은 저녁 「憧憬」
> ·저녁은 갈수록 한숨지어라 「 〃 」
> ·빗발가튼 斜陽 「夕陽丘」
> ·검은 銳角이 미끄러간다 「겨울밤」
> ·마즈막으로 넘어가는 날볏의 얼굴 「겨울의 暮景」
> ·넓은 들에 그림자 깁허지누나 「저녁」
> ·그도 날같이 이 저녁을 쓸쓸히 지내는가 「 〃 」
> ·마침내 밤을 타서 비가 내리네 「어느 밤」

이상 고월의 작품 중에서 '밤', '저녁'의 이미지가 표상화된 경우를
골라 보았다. 그의 시가 모래 혹은 사막을 근간 이미지로 사용하고 있
었다면 이에 상응하는 시간 이미지로 '저녁'과 '밤'을 내세운 것은 당
연한 일이 될 것이다. 즉 모래가 환기시키는 소멸과 쓸쓸함의 의식 현
상은 자연히 어둠을 향해 가는 저녁, 밤과의 연결고리를 갖게 될 것이
기 때문이다. 따라서 그의 시편들은 공간 이미지로서의 모래와 시간 이
미지로서의 저녁이 맞물려 있다. 그리고 여기에 '가을'이라는 계절 이
미지가 합세하여 조화로운 분위기를 자아내게 된다. 「달밤 모래 우에
서」와 같은 시에서 이러한 예는 쉽게 찾아진다.

갈대 그림자 고요히 흐터진 물가의 모래를
　사박 사박 사박 사박 건일다가

> 나는 보앗습니다 아아 모래우에
> 잣버진 청개고리의 불룩하고 하이안 배를
> 그와 함께 나는 맛텁습니다
> 야릇하고 은은한 죽음의 비린내를
>
> 슬퍼하는 이마는 하늘을 우러르고
> 푸른 달의 속색임을 들으랴는 듯
> 나는 모래우에 말업이 섯터이다
>
> —「달밤 모래 우에서」 전문

이 시의 시간, 공간적 배경은 "갈대 그림자 고요히 흐터진 물가의 모래" 위로 설정되어 있다. "갈대"와 "갈대의 그림자"는 '가을'과 '가을의 저녁'을 암시해주는 것이기도 하다. 그리고 모래 위라는 공간은 그대로 강가의 모래 밭을 환기시키는 공간이 될 것이다. 고월의 시에서 되풀이되어 나타나는 쓸쓸한 저녁과 사그러져 가는 모래의 이미지가 가을이라는 시간 속에 집약되어 형상화된 것이다. 그리고 이러한 분위기와 유기적으로 연결되는 죽음의식이 덧붙여져 있다. 즉 "야릇하고 은은한 죽음의 비린내"에서 보듯 후각 이미지를 통해 죽음을 구체화시켜 주고 있는 것이다. 이 경우 '죽음'에의 의식은 죽음에 대한 두려움이 아닌 '야릇하고 은은한 것'으로 지향된다. 즉 이는 오히려 강렬한 삶의 의식과 맞닿은 것이 된다. 둘째 연에서의 "하늘을 우러르고" "푸른 달의 속색임을" 들으려는 의지로의 변용에서 충분히 추리되는 의식인 것이다. 그러니까 첫째 연은 둘째 연의 이미지를 강렬하게 드러내주기 위한 전제로 형상화된 부분이라 할 수 있는 것이다. 둘째 연에서의 "푸른 달"은 그런 의미에서 이미지의 효과를 증대시키기에 적절한 설정이 되고 있다. '저녁'과 '가을'에서 연유된 쓸쓸한 죽음의 의식은 "푸른 달"에 의해 경건한 생의 이미지로 환치될 수 있기 때문이다. 결과적으로 이 시는 사그러져 가는 모래 위에서도 달빛의 속삭임에 귀를 기울이는 생의 비극과 그 비극의 경건함을 선명하게 가시화하고 있는 셈이다. 이 역시 통주관성을 느끼게 하는 이미지의 강력한 힘을 창출하고 있는 예가 될 것이다.

4) '고양이'의 이미지 - 삶과 죽음의 포괄성

고월 시에서 고양이의 이미지는 「봄은 고양이로다」와 「고양이의 꿈」 두 편에서 집중적으로 구사되어 있다. 이 두 편의 시에서의 '고양이'에 대한 이미지는 고월의 의식지향을 집약해준다 해도 과언이 아니다. 이 두 작품은 그만큼 완성도를 갖는 것이기 때문이다. 묘사의 뛰어남과 치밀한 구성을 통해 주제의식이 충분히 암시화되어 있는 것이다. 특히 그의 데뷔작이기도 한 「봄은 고양이로다」는 감각적 표현, 그리고 형식미의 새로운 자각으로 높은 평가를 누렸다.

이제 고양이의 이미지가 주조를 이룬 두 편의 시가 어째서 고월 시의 의식지향을 집약해주는 작품들인가를 살펴보기로 하자.

> 꽃가루와 가티 부드러운 고양이의 털에
> 고흔봄의 香氣가 어리우도다
>
> 금방울과 가티 호동그란 고양이의 눈에
> 밋친봄의 불길이 흐르도다
>
> 고요히 다물은 고양이의 입술에
> 폭은한 봄 졸음이 뛰놀아라

날카롭게 쭉뻗은 고양이의 수염에
푸른 봄의 生氣가 뛰놀아라

— 「봄은 고양이로다」 전문

이 작품에서의 고양이의 이미지는 '고양이 = 봄'이라는 상위구조에서 '고양이의 털 = 봄의 향기', '고양이 눈 = 봄의 불길', '고양이의 입술 = 봄의 졸음', '고양이의 수염 = 봄의 생기'로 하위구조화되어 있다. 그러니까 '봄은 고양이로다'는 대전제 아래서 고양이의 각 신체 부위를 통해 봄의 구체성을 유추하여 이미지화시킨 것이다. 이때의 이미지는 다시금 은은함(1연)과 강렬함(2연), 나른함(3연)과 생기로움(4연)으로 대조되면서 다시 한 번 선명하게 살아오르고 있다. 이 대립구조에 의한 이미지의 구성은 '봄'이라는 계절에 대해 보편적으로 느끼는 양면성을 잘 구체화시키는 방법이 된다. 그러니까 1, 2, 3, 4연의 각 이미지들은 표면상으로는 상이하면서도 '봄' 혹은 '고양이'의 일반적 이미지로 환원되어 내면적 동질성을 확보하는 것이다.

시내우에 돌다리
달아래 버드나무
봄안개 어리인 시냇가에 푸른 고양이
곱다랏케 단장하고 빗겨잇소, 울고잇소
기름진 꼬리를 치들고
밝은 애닲은 노래를 부르지요
푸른 고양이는 물올은 버드나무에 스르륵 올라가
버들가지를 안고 버들가지를 흔들며
또 목노아 웁니다. 노래를 불음니다

> 멀리서 검은 그림자가 움즉이고
> 칼날이 은가티 번쩍이더니,
> 푸른 고양이도 볼수없고
> 꽃다운 소리도 들을수없고
> 그저 쓸쓸한 모래우에 선혈이 흘러잇소

—「고양이의 꿈」 전문

　2연으로 된 이 시 역시 대립적인 구조로 짜여져 이미지를 선명하게 드러내주고 있다. 즉 1연은 기름진 꼬리를 치켜든 푸른 고양이의 노래로 암시되는 삶의 정점이 형성화되어 있는 반면 2연은 '모래 위의 선혈'이라는 섬뜩한 이미지로 죽음을 가시화시키고 있는 것이다. 그러나 이 작품에서 삶과 죽음의 대비는 돌연하게 이루어지는 것은 아니다. 내면적인 연결고리를 유지하고 있기 때문이다. 즉 1연에서의 "밝은 애닯은 노래"로 표현된 고양이의 울음과 "버들가지를 안고 버들가지를 흔들며"라는 고양이의 행위가 자연스럽게 2연에서의 "모래우에 선혈"을 유도하고 있기 때문이다. 다시 말해 1연과 2연은 상상력의 역동성에 의해 내면적인 연결고리를 갖추고 있다. 그리하여 생의 정점, 환희는 곧바로 죽음과 맞닿아 있는 상황이라는 생의 보편적 국면을 일깨워준다. 이는 앞서의 작품 「봄은 고양이로다」에서 본 '생기'와 '나른함'의 유기적 연결구조와 상응하는 것이기도 하다.

　고양이는 "때로는 불길하고 때로는 유익한 모호한 규정을 지닌"[9] 영적 동물이다. 따라서 생의 모순과 실존적 상황을 암시하는데 적절한 이미지를 제공하게 되는 것이다. 즉 "조심스러움에서 신비로움에 이르기

---

9 아지자·올리비에리·스크트릭 공저, 장영수 역, 『문학의 상징·주제 사전』(청하, 1989), 101면.

까지, 공격적인 점에서 잔인한 점, 그리고 동시에 독립적이고 애무받기 좋아하고, 나른해하기도 하고 성자적이기도 한 그 어느 것도 모호한 그의 특성과 무관하지 않은"[10] 고양이는 확실히 삶의 불투명한 세계를 집약시켜 주기에 적절한 대용물이 될 수 있는 까닭이다.

그렇다면 이제 이상과 같은 고양이의 보편적 이미지가 어떻게 고월 시의 주제를 잘 압축해주고 있는가에 주목하기로 하자. 고월 시에서 고양이의 이미지는 생의 충일감과 죽음의 섬뜩함으로 드러나고 있었으며 이는 앞서서 언급된 '하늘'과 '모래'의 이미지와 동일한 구조를 갖는 것이었다. 즉 희구와 절망을 동시에 포괄하는 의식이 고양이의 이미지에서도 그대로 드러나 있었다고 하겠다. 바로 절망과 죽음을 자연스럽게 수용하면서 생의 의지를 다지려는 정신을 내재화하고 있었던 것이다.

이렇게 볼 때 고월 시의 주제는 생에 대한 섬세한 조망과 성찰이라는 사실로 일관되어 있음을 발견케 될 것이다. 그리고 이는 그의 시어가 구사해보이는 감각세계의 새로움과 더불어 20년대의 일반적인 주류를 형성했던 감상주의에서 벗어날 수 있는 계기를 마련해준 셈이었다.

3. 결론

이상으로 고월의 시에 나타난 이미지의 현상에 주목해보았다. 이는 이미지의 현상 뒤에 숨은 시인의 의식에 대한 현상을 함께 살피는 일이기도 함은 물론이다.

---

10 위의 책, 같은 곳.

　　살펴본 바에 의하면 고월 시의 상상력은 하늘, 모래, 저녁(밤), 고양이를 근간으로 하여 움직여지고 있음을 간파할 수 있었다. 그에게서 '하늘'은 봄, 바다, 안개 등의 이미지로 변주되면서 상승과 고양의식으로 지향되어 있었으며 반면에 '모래'의 공간 이미지와 '저녁'의 시간 이미지는 쓸쓸함과 사그러짐의 소멸의식으로 지향되어 있었다. 그러나 고월의 의식은 '모래 위에서 푸른 하늘을 우러르고 푸른 달빛을 듣는' 것으로 지향되어 있음을 발견할 수 있었다. 이는 앞서 언급한 대로 스러져가는 생을 슬퍼하면서도 희망을 간직할 수밖에 없는 인생의 원초적 비극성을, 그 경건함을 환기시키기에 적절한 것이었다. 결국 고월 시에서의 이미지는 '하늘'과 '모래', '저녁'으로부터 촉발되어 생의 의지를 회복하는 의식을 투사하고 있었다 하겠다. 또한 고월은 생에의 의지를 설명이나 관념에 의하지 않고 선명한 이미저리로 형상화함으로써 정서의 과잉을 통어하면서 주제의 암시화를 꾀하고 있었음에 주목된다. 이러한 사실에 의할 때 그는 20년대에서 이미 모더니즘의 암시자로서의 역할을 수행해내고 있었던 셈이었다.

정지용론 — 산정으로 오른 정신

정지용론 — 산정으로 오른 정신

1. 서론

시인 정지용에 관한 연구는 이제 더 이상 미진한 부분이 없다고 생각될 듯도 하다. 그만큼 다양한 연구가 이루어졌기 때문이다. 1987년 납·월북 문인들에 대한 해금이 취해진 이후 정지용에 대한 연구는 앞을 다투어 행해졌다. 사정이 같은 다른 시인들의 경우보다 그에 대한 연구가 훨씬 빈번했던 것은 그의 작품들이 연구자들의 표적이 되기에 알맞았기 때문이라고 말할 수 있다. 즉 현금의 분석자들의 논리를 감당해낼 만큼의 견실성을 그의 작품들은 충분히 확보하고 있었기 때문이다. 그간의 학자들의 연구[1]나 석·박사논문[2]들은 정지용의 문학이 명실

---

1 김학동 외, 『정지용 연구』(새문사, 1988) ; 김학동, 『정지용 연구』(민음사, 1987) ; 양왕용, 『정지용 시 연구』(삼지원, 1988) ; 이어령, 『시 다시 읽기』(문학사상사, 1985) 등.
2 상노준, 「정지용 시의 연구」(연세대학교 박사학위논문, 1989) 등.

공히 한국 현대시의 정점을 마련해주었음을 세밀하게 짚어내 주었다.

그간의 정지용 연구는 주로 실증주의, 신비평, 구조주의 등의 방법론이 적절하게 배합되어 이루어져 있음을 살필 수 있었다. 포괄적인 연구의 경우에는 실증주의적 방법이 우세하였고 개별 작품을 선택하여 다루는 경우에는 신비평이나 구조주의 방법이 우세한 편이었다. 그런데 내재적 방법에 의하든 외재적 방법에 의하든 정지용 시의 연구에서 일치되는 부분은 '이미지 분석'을 간과하지 않았다는 것이었다. 이는 그의 시가 "감성의 절제를 가능한 한도까지 감행해본 한국 최초의 시인"[3]이라는 사실에 연구자들이 은연중 합의하고 있었던 증거이기도 하다. 무절제한 감정의 방출을 제어하는 감성의 절제는 자연스럽게 감각으로 표상되고 이는 곧바로 이미지가 되는 까닭에 정지용의 시는 이미지 분석을 간과하고는 연구될 수 없기 때문이다. 그러한 가운데도 선행 연구물들은 이미지 연구를 시작품 전체를 해명하는 단서이기보다는 특성의 하나로 짚고 넘어가는 쪽이었다. 본고는 바로 이 점을 보완하고자 한다. 즉 그의 전 작품을 꿰뚫는 이미지의 흐름을 잡아서 정지용 시의 정신을 조합해보려고 한 것이다.

앞서 언급한 대로 정지용의 감정 절제는 대상에서 촉발되는 이미지의 전개로 드러난다. 그는 특히 참신하고 능숙한 감각으로 대상의 이미지를 포착하여 독특한 상상력으로 변형시킴으로써 이제까지 한국 현대시에서 볼 수 없었던 진경을 마련했다. 즉 그의 시 전편은 이미지의 질서와 이미지의 지향점을 분명하게 보여주었던 것이다. 이로써 "분명 정지용에 이르러 현대 한국인의 혼란된 경험은 하나의 질서를 부여받았

---

3 김윤식 · 김현, 『한국문학사』(민음사, 1979), 202면.

다.”4는 언급이 가능했을 것이다. 그리고 이 언급은 바로 정지용의 시가 보여주는 이 세계에 대한 확고한 인식을 가늠케 해주는 단서이기도 하다. 실제 그의 작품들은 이미지와 이미지를 움직여가는 상상력의 깊이와 넓이를 질서 있게 형상화하고 있다. 본질적으로 시의 역할은 새로운 상상력에 의한 새로운 삶에의 환기력에 놓여진다면 정지용은 시의 본질을 비로소 자각한 이 땅의 선구적 시인이었음을 다시금 인정하게 된다. 이에 본고는 실증주의에 의거한 텍스트 외적인 것을 배제하고 또한 개별 작품 단위의 국지적 이미지에 집착하는 방법을 떠나 그의 시 전체를 하나의 텍스트로 삼아 연구하려 한다. 또한 전체 텍스트에서 그의 상상력의 맥락을 쫓아가며 이를 통해 그의 의식지향을 밝혀보려 한다. 이로써 그의 시가 표상하는 의미 세계를 보다 분명하게 포착할 수 있다고 보기 때문이다. 구체적으로 말해서 그가 남긴 두 권의 시집인 『정지용 시집』과 『백록담』을 유기적인 하나의 텍스트로 취급하여 이 텍스트에서의 상상력의 방향을 쫓아가며 정신적 가치를 찾아내려 한다. 이는 그의 작품들을 읽으면서 그의 상상력이 통일성, 일관성의 축에서 변주되고 있음을 살피면서 가능한 일이었다. 즉 J. P. 리샤르가 『시와 깊이』에서 설파한 “내재하는 통일된 일관성”5을 살필 수 있었기 때문이다. 이 책에서 리샤르는 작품 속의 여러 경험들이 서로 메아리가 되며 병행되는 요소의 다발과 이 다발들의 유기적 맥락을 위대한 시작품들은 지니고 있다고 보았다. 이는 위대한 시인의 작품들은 일관된 정신세계를 향하여 이미지를 질서 있고 통일되게 가동시켜 간다는

---

4 김우창, 『궁핍한 시대의 시인』(민음사, 1978), 53면.
5 J. P. 리샤르, 윤영애 역, 『시와 깊이』(민음사, 1991), 2면.

말이 될 것이다. 이러한 방향은 "모든 의식이란 어떤 것을 인식하는 의식"[6]이라는 사실에 근거하여 이미지가 지향하는 방향을 통해 의식의 지향을 가늠하는 방법, 이른바 '이미지 현상학'의 방법이 될 것이다. 이 방법은 주지하다시피 G. 바슐라르에 의해 개진되어 '의식비평'에까지 파급된 것으로 광의의 명칭을 사용한다면 현상학적 비평방법이라고 할 수 있다.

정지용의 시를 '이미지 현상학'으로 읽어가려는 의도는 다음과 같은 원인에서였다. 즉 『정지용 시집』과 『백록담』에는 물, 산의 이미지가 꾸준히 가동되어 있으며 이 움직임을 따라갔을 때 수평적 이미지에서 수직적 이미지로의 방향 전환이 뚜렷하게 잡혀지고 있었다는 것이다. 이에 따라 본고는 특별히 정지용의 시편들을 세세히 고찰하면서 대상의 형태 이미지에의 주력 시기, 형태의 고착성에서 벗어나 새로운 공간으로의 확대, 그리고 마침내는 형태 자체를 소멸해가며 절대적 세계를 향해 비상하는 질서를 따라가기로 했다. 문학의 장르 중 특히 시는 진실의 환기를 가장 은밀하게, 한편 가장 강력하게 감추고 있다. 진실의 환기 장치로서의 역할을 구체적으로 수행하는 시 속의 상상력은 텍스트 밖의 어떤 원인에 대한 결과물이 아니라 그 스스로 독자성을 갖는다. 하여 "필경 하나의 예술이 자립적이 될 때에는 바로 그 순간 그것은 새로운 출발을 하게 된다. 그리 되면 그 출발을 현상학의 입장에서 고찰함이 바람직하다."[7]는 입장을 취할 수 있다. 이제 이 입장에 비추어 이 땅에 새로운 이미지에 의한 상상력의 세계와 정신세계를 구축해 보여

---

6 위의 책, 1면.
7 가스통 바슐라르, 곽광수 역, 『공간의 시학』(민음사, 1990), 103면.

준 정지용 시의 의미가 보다 충실하게 잡혀지도록 하려 한다.

2. 현상학적 문예비평과 정지용의 시

현상학적 문예비평은 "관념론적이고 본질주의적이고 형식주의적이고 유기체적인 유형의 비평이며 현대문학이론 전체가 가진 맹점들과 편견들과 한계들의 순수한 증류물"[8]이라고 T. 이글턴은 말한다. 이는 현상학적 비평의 폭을 가늠케 해준다. 즉 이 방법의 보편성을 환기시킨다.

현상학적 문예비평은 철학의 현상학을 원용한 것이다. 현상학은 독일의 후설에 의해 개진된 것으로 인간의 순수지각에 주어진 것이 바로 대상의 본질임을 주장, 무전제성 위에 그 자체의 자명한 철학을 세우겠다는 야심에 찬 방법론이었다. E. 후설은 『현상학의 이념』에서 "인식체험은 그것의 본질에 속하는 것인데 지향(Intention)을 갖는다. 즉 그것은 어떤 것을 생각하고 이러저러한 방식으로 대상성과 관계한다."[9]고 의식의 지향성을 간파한다. 그는 대상을 지향하는 의식 속에 비추인 대상인식을 대상의 본질로 확립하려 했던 것이다. 그리고 주관적 인식에 자리 잡는 이 인식이야말로 보편적 지식이 될 수 있다고 본 것이다. 따라서 현상학에서의 현상은 '사물과 인식의 만남' 그것을 가리킨다. 즉 '의식 속의 사물'이 현상의 참모습이라고 본다. 이때 사물은 '관념적 존재', '절대적 앎'으로 변질된다. 아니 변질이라기보다는 본질을 회복하는 것이며 참 형상인 에이도스를 찾아낸 것이라고 해야겠다. 이 에이

---

8 T. 이글턴, 김명환 외 역, 『문학이론입문』(창작과비평사, 1989), 74면.
9 E. 후설, 이영호 역, 『현상학의 이념』(삼성출판사, 1977), 109면.

도스는 숱한 개별적인 사물들 속에 내재한 보편이며 인간의 성실하고 참된 의식은 이 보편을 포착할 수 있으리라고 그는 보았다.

이상의 사실들이 문예비평에 적용됨으로써 현상학적 문예비평은 성립된다. 그 중에서도 특히 시의 경우에는 적용이 더욱 합당하다. 대상에 대한 편견 없는 직관적 이미지와 이 이미지를 가동시켜 가며 한 편의 구조를 이루어내는 시의 장르적 특질은 특히 현상학적 방법 그 자체라고 볼 수 있기 때문이다. 시의 경우가 아니고서라도 결국 문학은 대상에 대한 인식이 펼쳐지는 공간이며 궁극과 보편을 지향하는 순수의 공간임을 부정할 수 없다. 즉 현상학과의 밀접한 관련을 갖는다. 이와 같은 언급을 다시 납득하는 데 박이문 교수의 다음 글은 퍽 유용하리라 본다.

> 사물현상에 대한 문학적 표상이 설명이 아니라 서술적이라는 점에서 그것은 같은 사물현상에 대한 과학적 접근과 다르고 현상학적 접근과 일치할 듯싶으며, 문학적 사실이 과학에 있어서와 달리, 이미 도식화된 범주와 논리에 의해서 대상을 표상하는 것으로 자족하지 않고 오히려 기존개념을 고의로 파괴하며 과학적 추상작업에서 필연적으로 소홀히 되거나 누락될 수밖에 없는 원초적 인식 차원에로 가까이 가려는 의도에서 문학적 서술의 의도는 현상학적 서술의 의도와 일치할 듯싶다.[10]

또한 문학작품은 작가의 지향적 의도가 있으며 이를 간파함으로써 의미파악이 가능하다는 사실 또한 현상학의 '의식은 반드시 무엇에 대한 의식'이라는 신념과 잘 부합된다. 바로 이와 같은 연유에서 현상학

10 박이문, 「현상학」, 『문학과 현상학』(고려원, 1992), 112~113면.

은 문학 연구의 한 장비가 되었을 것으로 짐작된다. 작품 속에 나타난 작가의 의식방향과 이에 대한 가치 부여를 알아보고 다시금 이 의식에 동화됨으로써 보편적 세계와 직면하는 감동을 맛보도록 이끄는 이 계통의 비평은 바슐라르를 선두로 하여 그로부터 직접, 간접으로 영향을 입은 제네바 그룹에 의해 본격적으로 수행되었다.[11] 주제비평, 의식비평, 동화비평 등으로 불리기도 한 제네바 그룹의 비평가들은 G. 풀레, J. 스타로벵스키, J. P. 리샤르 등이다.

현상학적 비평은 작가의식을 짚어가는 비평이지만 어디까지나 텍스트 안에서의 사실만을 취급하기에 철저한 내재적 연구를 바탕으로 한다. 작가의식을 중시한다는 사실로 하여 심리주의나 혹은 실존주의 비평과의 교차점을 떠올릴 수 있겠으나 현상학적 비평은 이들과 거리를 둔다. 심리주의 비평은 정신분석학을, 실존주의 비평은 실존주의 철학을 입증하는데 주력한다면 현상학은 그러한 전제를 거부하는 순수한 방법론이다. 바로 이 점은 바슐라르가 『공간의 시학』에서 말한 "시인이 제공하는 말의 행복—시인의 생애의 드라마마저 뛰어넘는 말의 행복을 체험하기 위해 시인의 괴로움을 살아보아야 할 필요는 조금도 없다"[12]는 사실에서 다시 확인된다.

현상학적 문예비평에 있어 특히 시인이나 작가가 대상의 이미지를 어떻게 포착하여 움직여가며 궁극의 세계를 지향하는가를 분석하는 행위는 구체적으로 '이미지 현상학'이라고 명명되기도 한다. 이 용어는 바슐라르가 그의 상상력 이론을 끈질기게 개진시키며 정착시킨 것이

---

11 곽광수, 『가스통 바슐라르』(민음사, 1995), 25면 참조.
12 바슐라르, 앞의 책, 100면.

다. 그는 시적 이미지를 철학적으로 밝혀보기 위해서는 "상상력의 현상
학"13에 이르러야 한다고 말한다. 한편 여기에 시적 이미지가 인간 영
혼의, 존재의 직접적인 산물로서 의식에 떠오를 때의 이미지 현상을 연
구하는 것이라 덧붙임으로써 '이미지 현상학'의 개념을 정립했다. 그
가 말한 바의 '상상력의 현상학'이 바로 이미지의 현상학인 것이다. 그
리고 그는 '이미지의 현상학'의 개념을 『몽상의 시학』에서 "현상학의
원칙에 따르면 문제가 되는 것은 시적 이미지에 감동한 주체자의 의식
을 명확히 드러내는 것"14이라고 다시금 확인시킨 바 있다. 그가 『공간
의 시학』을 통해 보여준 이 방법의 구체성은 한 작품 속에서 작가가 선
택한 이미지의 탄생, 상상력의 발동, 상상력의 역동성, 상상력의 궁극
적 지향성을 분석하면서 이 모든 과정에 의미를 부여하려는 작업이다.
결국 한 작품의 의미를 작가의 의식지향을 통해 구현해보려는 것이다.
이는 지향의 궤적을 독자가 그대로 따라감으로써 시인의 의식에 동참,
이른바 감동의 세계를 맛보는 일이기도 하다. 이러한 심미적 체험을 바
슐라르는 혼의 울림, 존재가 전환되는 체험이라고 보았으며 이 경지에
도달하는 것이 이미지 현상학의 수행이라고 말한다. 그러하기에 곽광
수 교수는 "사실 문학 이미지에 대한 바슐라르의 현상학은 이미지의 울
림과 이미지를 이루고 있는 단어들에 대한 몽상을 포함하는 목하 활동
중인 독자의 문학적 상상력, 그 자체"15라고 요약한다.

　한편 이미지의 현상학은 한 작가 혹은 한 시인의 전 작품에서 끈질기
게 되풀이되는 이미지에 집중하여 의식의 지향성을 밝히려 한다. 한 사

---

13 위의 책, 84면.
14 바슐라르, 김현 역, 『몽상의 시학』(기린원, 1990), 9면.
15 곽광수, 앞의 책, 97면.

람의 개별적인 텍스트들을 유기적으로 통합하여 작품 전체의 질서와 통일의 체계를 재구성하고 귀납하려는 것이다.[16]

이제 바로 이상과 같은 근거를 바탕으로 정지용의 시세계를 짚어나가려는 것이다. 특별히 그가 남긴 작품의 분량이 적고 문학활동기가 짧다는 점, 이미지의 활용이 두드러졌다는 점은 '이미지의 현상학'에 의한 해명을 용이하게 해준다. 무엇보다도 한 시인의 작품군을 유기적 텍스트로 가정, 통일성을 추적하면서 상이한 것처럼 보이는 작품과 작품 사이를 오가면서 글 쓴 주체의 의식을 가늠하는 의식비평으로서의 현상학적 방법은 정지용 연구에 합당하다고 본다. 한국 현대시사에서 정지용만큼 정신세계의 맥락을 일목요연하게 품고 있는 시인은 많지 않기 때문이다.

정지용은 그의 시집 두 권을 통해 고정된 형태 공간으로부터 바다로, 그리고 다시 산으로 시적 대상을 설정하고 있다. 즉 수평적 상상력으로부터 수직적 상상력의 세계로 승화된 궤적들을 품고 있는 것이다. 이 궤적은 대상에 대한 확고한 형태 포착을 지나 새로운 내적 공간의 표상 그리고 마침내는 형태의 윤곽조차도 소멸, 절대세계에 이르려는 상상력의 강력한 의지가 투사되는 질서를 지닌다. 수직적 상상력에 의한 『백록담』의 세계는 바슐라르가 이 책 저 책을 뒤지며 행복을 맛보았던 "순수한 승화"[17]를 보여주기에 이른 것이다. 이 경지는 이미지 현상학이 짚어내는 가장 이상적인 시의 세계다. 이렇듯 정지용의 시편들은 높

---

16 이에 대하여 이글턴의 언급을 덧붙여 보강하면 다음과 같다.

　　"~작품 자체에 나타나는 작가의 의식의 양상들만 참고해야 한다. 더욱이 관심의 대상이 되는 것은 반복되는 주제나 이미지의 패턴들에게 발견되는 정신의 심층구조들이다." (T. 이글턴, 앞의 책, 78면)

17 바슐라르, 앞의 책, 98면.

이를 지향해가는 통일적 흐름을 견지하면서 마침내 "육체 없는 향연장"18으로서의 비로봉 정상에 놓이게 된다.

3. 정지용 시의 상상력과 그 의미

앞서 언급한 대로 본고는 그의 작품을 읽으면서 그의 시세계가 갖고 있는 상상력의 질서를 발견할 수 있었다. 이 질서는 사물의 형태에 집착하면서 시작된 그의 시편들이 차츰 형태의 구속으로부터 자유로워지려는 의지와 함께 물질성에 주력하게 되고 세계와 자아의 성찰을 꾀하는 신앙시를 전환점으로 삼아 자유로운 상상력의 가동성에 힘입어 '위무감과 경쾌함', '가벼움에 대한 의식'의 이미지를 구현하는 것으로 드러난다. 그런데 이러한 상상력의 단계들은 바슐라르가 탐구한 바의 형태적 상상력, 물질적 상상력, 역동적 상상력에 적절히 부합되고 있었다. 초기시의 경우는 선명한 공간 이미지 제시를 통해 형태적 상상력을, 차츰 정지용 시의 본령이 드러나는 『정지용 시집』 제1부에서는 형태를 뚫고 자유롭게 움직여가는 물의 물질적 상상력을, 『백록담』에서는 고도를 향한 상승의지가 구축하는 "역동적 상상력"19의 세계를 보여

---

18 김학동, 『정지용 연구』(민음사, 1987), 54면.

19 이 역동적 상상력의 개념은 우선 바슐라르의 『대지와 의지의 몽상』에서 다음과 같이 정리된다.
"상상력은 어느 때고 지배하기를 원한다. 그것은 사물의 존재에 복종할 줄을 모른다. 상상력이 사물의 최초의 영상을 받아들일 때가 있어도 그 상상력은 영상을 수렴하고 과장하기 위해서다." (바슐라르, 민희식 역, 『대지와 의지의 몽상』(삼성출판사, 1977), 184면 참조)
이와 같은 언급은 바로 상상력이 사물을 스스로 변화시켜가며 이상적 경지를 지향해가는 역동적 상상력의 개념을 잘 설명해주고 있는 것이다. '역동적 상상력'의 개념은 논문을 진행하며 더욱 상세히 밝히기로 한다.

주고 있기 때문이다.

1) 형태적 상상력과 고착된 공간

  선명한 이미지 그 자체의 포착에 주력하는 듯 보이는 정지용의 초기 작품은 형태적 상상력의 범주에 머물러 있다고 볼 수 있다. 형태적 상상력은 바슐라르가 『물과 꿈』에서 물질적 상상력과의 대비를 위해 "회화적인 것, 묘사하지 않으면 안 되는 봄"[20]이라는 개념으로 언급한 것이다. 즉 형태적 이미지는 대상 형태의 견고성, 고정된 윤곽을 그리는 것이다. 이 형태적 상상력이 정지용의 초기시에 견지되고 있음은 그만큼 대상에 대한 조심스런 접근을 짐작케 한다. 이는 시작의 초기 단계에서 보여주는 신중성의 이면이라고도 말할 수 있다. 초기시에서의 이러한 방향은 다음과 같은 언급을 빌어 요약할 수 있다.

> 지용의 초기시는 순수한 감각의 전율이라기보다는 일상적 사물에 대한 산뜻한 감각을 노래하고 있다. 다시 말하면 지용의 이미지는 일상적 사물의 세계를 변형시키면서 새로운 인식의 깊이를 여는 감각이기보다는, 그러니까 우리를 일상적 사물의 세계에서 떠나 새로운 시적 공간으로 들게 하는 그러한 감각의 세계이기보다는 아직은 그 앞 단계, 그러니까 일상적 사물의 단계를 말끔히 벗어나지 못하는 감각의 세계에 머물고 있다.[21]

이렇듯 초기시가 일상적 사물의 형태, 테두리의 제시에 머물러 일상적 공간을 그려내는 데 머물러 있다는 사실은 결코 폄하의 의미만을 지

---

20 바슐라르, 이가림 역, 『물과 꿈』(문예출판사, 1993), 6면.
21 이승훈, 「램프의 시학」, 『정지용 연구』(새문사, 1988), 112면.

니지는 않는다. 대상의 선명한 인상을 각인하려는 그의 의지는 적어도 대상의 본질을 그의 의식에 사실적으로 투사하려는 의지와 맞물려 있는 것이기 때문이다. 이 시기의 한국 현대시가 감상성에서 벗어나지 못하고 제어되지 않은 주관의 과잉노출을 일삼던 때에 사물의 객관적 인상에 주력하는 태도는 결코 가벼운 것이 아니다.

> 산봉오리—저쪽으로 돌린 푸로우피일—
> 페랑이꽃 빛으로 볼그레 하다
> 씩 씩뽑아 올라간 밋밋 하게
> 깍어 세운 대리석 기둥 인듯,
> 간스 뎅이 같은 해가 익을거리는
> 아침 하늘을 일심으로 떠바치고 섰다
> 봄스 바람이 허리띄처럼 휘이 감돌아서서
> 사알랑 사알랑 날러 오노니
> 새새끼도 포르르 포르르 불려 왔구나.

—「이른 봄 아침」 부분

위의 시는 그의 초기시의 특징을 잘 드러내주고 있다. 이른 봄 아침 해가 뜬 산봉우리의 모습을 잘 표현하고 있다. 산봉우리의 모습을 "저쪽으로 돌린 푸로우피일"이라고 형태 규정을 지은 다음 햇살에 비추인 모습을 "페랑이꽃 빛", "깍어 세운 대리석 기둥"으로 선명하게 시각화하고 있는 것이다. 이는 대상에 대한 형태적 윤곽의 선명성에만 고착한 나머지 상상력을 가동하지 않는 데서 비롯된다. 그만큼 닫힌 세계를 그려내는 폭이다. 이 세계는 답답함과 동시에 안정감을 부여한다. 여기서 바로 시인의 의식이 놓여진 자리를 가늠할 수 있다. 즉 선명하고 확실한 공간의 지향, 안정된 세계에의 지향성을 읽을 수 있는 것이다. 이제 이러한 세계를 더 들여다보기로 하자.

① 넓은 벌 동쪽 끝으로
　　옛이야기 지줄대는 실개천이 회돌아 나가고,
　　얼룩백이 황소가
　　해설피 게으른 울음을 우는 곳.

―「향수」 부분

② 나지익한 하늘은 백금 빛으로 빛나고
　　물결은 유리판처럼 부서지며 끓어오른다.

―「갑판 우」 부분

③ 반디ㅅ불 하릿하게 날고
　　지렁이 기름불만치 우는 밤,
　　모와드는 훗훗한 바람에
　　슬프지도 않은 태극선 자루가 나붓기다.

―「태극선」 부분

④ 밤비는 뱀눈처럼 가는데
　　페이브멘트에 흐늙이는 불빛
　　카페 · 프란스에 가쟈.

―「카페프란스」 부분

⑤ 외ㅅ가마귀 울며 나른 알로
　　허울한 돌기둥 넷이 스고,
　　이끼 흔적 푸르른데
　　황혼이 붉게 물들다.

―「봄」 부분

정지용의 초기시가 집적된 『정지용 시집』 2부의 시편들은 이와 같이 사물의 윤곽을 따라가는 데 심혈을 기울이고 있다. 흔히 그의 대표작의 하나로 알려진 「향수」의 경우, 회상된 고향의 윤곽이 선명한 인상으로 고정되어 있으며 여타의 작품들 역시 그러하다. 인용한 시 ②의 경우도 하늘이 백금과 유리판이라는 사물로 전도되어 하늘의 형태성에 집착하고 있다. ③의 경우는 "태극선 자루가 나붓기다"라는 현상 자체에의 집중이 드러날 뿐이다. ④에서는 밤비와 뱀눈의 결합이 신선한 감각을 창조하고 있으나 역시 비의 시각적 형태를 고정시키려는 인상이 짙다. ⑤의 경우 "허울한 돌기둥 넷이 스고"에서와 같이 사물 묘사의 적확성이 두드러진다. 이와 같이 시인이 초기의 작품들에서 형태적 이미지의 묘사에 집중함을 밝혀보는 것은 얘기한 대로 폄하하려는 의도가 아니다. 다만 시인의 시작 단계를 천착해나아가는 중의 한 단계를 설명해보이며 다음 단계와의 연계를 찾기 위한 작업이다. 이 시발점은 그의 시가 보다 성숙한 세계를 개화시켜 가는 데 있어서의 발판 역할을 단단히 하고 있기 때문이다.

정지용이 초기시에서 사물의 고정된 형태와 형태에의 윤곽에 주력하는 것은 시적 대상을 주관에 함몰시키지 않고 대상 자체의 견고한 인상을 각인, 그만큼 안정된 세계를 확보하려는 데 있었음은 앞서 말한 바와 같다. 따라서 이 시기의 정지용이 보여주는 의식세계는 선명하고 구체적인 세계를 지향하고 있었음은 당연하다. 대상을 시각적 이미지의 테두리 안에 가두어 선명하게 가시화시키려는 의식은 그만큼 확실하고 견고한 세계에의 지향을 지니고 있다 할 것이다. 이러한 특질은 "영미 현대시의 중요한 출발점이 된 이미지즘은 그 테두리 안에서는 비교적 좋은 시가 드물었는데, 지용의 시를 만약 그 사이에 둔다면 가장 우수한 이미지스트 시의 하나가 될 것 같다."[22]는 논의를 가능케 한다. 시인이 이 무렵의 시에서 공간적 테두리의 적확성에 주력하는 것은 이미지즘 강령 중의 하나인 "특수한 것을 정확하게 표현해야 한다."[23]는 사실과 잘 부합되고 있다. 이때의 시인은 안정을 도모하고자 복잡한 내적 경험을 대상에게 투사시키기보다는 현상적 세계만을 선명하게 내세우려 하기 때문에 그만큼 형태적 상상력에 주력한 것이라 할 수 있다. 때문에 이미지즘의 시편들이 "내면적으로 깊은 감동"[24]을 주지 못한 것처럼 정지용의 경우도 감각의 신선함, 그 경이의 세계만을 보여주었다 할 것이다. 그럼에도 앞서 말한 대로 정지용이 초기시에서 보여준 철저한 객관적 태도는 한국 현대시가 새로운 전기를 맞이하는 계기를 베푼다. 그리고 시인 자신에게는 이후의 시적 성과를 마련하는 철저한 '단련'의 의미를 확보해준다. 즉 자아와 대상과의 편견 없는 교감을 위하여 대상 자체의 확실한 윤곽을 우선적으로 그어주는 단계였기 때문이다.

2) 물질적 상상력과 확장된 공간

초기 시편들이 보여주었던 선명한 공간의식은 이제 지용 시에서 차츰 확대되기에 이른다. 즉 형태에의 고착을 벗어버리고 대상의 물질성, 그 자유로움을 찾고자 주력한다. 이는 사물의 윤곽에서 떠나 사물의 다양한 속성을 주시하게 되었다는 말로 바꿀 수 있다. 이 단계에서 시인

---

22 김종길, 『시론』(탐구당, 1965), 115면.
23 김재근, 『이미지즘 연구』(정음사, 1973), 111면.
24 위의 책, 같은 곳.

의 주 오브제는 물, 바다가 된다. 즉 '물'의 물질적 속성을 묘파하는 데 주력한다. '물질적 상상력'의 개념은 "존재의 근원에 파고 들어가 원초적인 것과 영원적인 것을 동시에 존재 속에서 찾아내려는"[25] 것인 만큼 사물에 대한 깊은 경험을 지녀야만 한다. 사물과 주체가 겹쳐지는 의식을 경험하고 이 경험을 기술하는 것이 물질적 상상력의 세계다. 이때 사물은 단순히 사물성으로서만 드러나지 않고 '의미'로 드러나게 된다. 이 의미는 바로 시인이 지향하는 의도이기도 하다. 이로써 "의식 속에 연계된 자아와 세계의 본질"[26]을 현시할 수 있는 것이다.

말한 대로 이 시기의 정지용 시편들은 '물'의 이미지를 투시한다. 특히 '바다'의 이미지를 집중적으로 투사한다. 보통 '바다'는 바슐라르에 의하면 '난폭한 물'로 표상되며 '역동적 상상력'을 가능케 하는 오브제이기도 하다. 그러나 정지용 시에서의 바다는 '난폭한 물'이거나 "역동적 상상력"의 세계는 아니다. 다만 물의 물질적 상상력을 보여준다고 보아야 한다. 즉 "존재의 실체를 끊임없이 변모시키는 근원적 운명"[27]으로서의 물의 이미지를 표상한다 하겠다. 이로써 초기시가 보여주었던 안정된 공간에의 집착이나 형태적 상상력으로부터 벗어나는 계기를 확연히 하는 것이다.

바다는 뿔뿔이
달어 날랴고 했다.

푸른 도마뱀떼 같이

---

25 바슐라르, 『물과 꿈』, 앞의 책, 6면.
26 R. 마글리올라, 최상규 역, 『현상학과 문학』(대방출판사, 1986), 59면.
27 바슐라르, 앞의 책, 13면.

재재 발렀다.

꼬리가 이루
잡히지 않었다.

힌 발톱에 찢긴
珊瑚보다 붉고 슬픈 상채기

가까스루 몰아 부치고
변죽을 둘러 손질하여 물기를 시쳤다.

이 앨쓴 海圖에
손을 싯고 떼었다.

찰찰 넘치도록
돌돌 굴르도록

회동그란히 바쳐 들었다 !
地球는 蓮닢인양 옴으라들고… 펴고

—「바다·2」 전문

8연으로 된 이 시에서 대상을 바라다보는 주체의 인식은 내면화된 채 '바다'의 사물적 이미지만 흐르는 것처럼 보인다. 그러나 이미지는 주체의 의식 속에 비춰진 것이기에 시의 주제를 은연중 현시한다. 그러니까 이 작품은 철저하게 주체의 인식이 대상과 합치된 경지를 보여준다. 시인의 의지와 바다의 의지가 융합된 경지인 것이다.

이 시에서 바다는 스스로 해도를 완성하려는 의지와 이 완성을 저지하려는 또 다른 스스로의 속성과 대립하고 있다. 이 대립이 긴장감을 조성한다. 흩어지고 사라지면서 포효하는 속성과 해도를 완성하려는 의지의 긴장을 물의 가동적인 이미지를 통해 동적으로 표상한 것이다. 1, 2, 3연은 끊임없이 달아나고 사라지면서 형체로부터 벗어나려는 이미지를 구사한다. 여기서 '달아나다', '재재바르다', '잡히지 않았다'는 모두 사라짐, 흩어짐의 의미를 지향하는 서술어들이다. 이렇듯 사라지고 흩어지려는 바다를 포획하고자 하는 또 다른 바다의 속성은 4연의 좌절과 상처를 통하여 실현된다. 사라지고 흩어졌던 것이 되돌아오면서 장애물을 만나고 어쩔 수 없이 "붉고 슬픈 상채기"를 떠맡는다. 이 상처를 통해서 하나의 "해도"는 완성되는 것이다. 6, 7, 8연은 바로 이 완성의 의지를 표상한다. 특히 7연의 "찰찰 넘치도록/ 돌돌 굴르도록"은 청각 이미지와 시각 이미지를 교차시키면서, 또한 대구를 이루면서 완성된 해도의 이미지를 생기 있게 그린다. 결국 이 시는 바다를 형태적 이미지로 고정시키지 않고 '물'의 물질성을 따라 잡으며 새로운 의미 공간을 창출하고 있는 것이다. 이 새로운 공간은 의미있는 공간이며 시인의 의식이 놓여지는 곳이다. 즉 흩어짐과 모아짐의 변증법을 통하여 완성의 세계를 형상화하여 '바다'의 새 의미 공간을 창출한 것이다. 이는 시인이 파악한 바다의 '본질'이라 할 수 있다. 다시 말해 "현상학에서 현상이란 말은 의식만도 아닌 혹은 의식의 물질적 대상을 가리키는 것도 아닌 의식의 물질적 혹은 비물질적인 대상이 의식과의 관계에 의해서 이루어진 경험"[28]으로서의 '현상'인 것이다. 그러므로 정지용의 '바다'는 물질로서의 바다와 의식의 교감을 현시하는 새로운 공간이다. 이는 일상적, 개념적 바다 공간에서 현상으로서의 바다 공간으로

---

28 박이문, 『현상학과 분석철학』(일조각, 1982), 13면.

의 이동을 보여주는 것이기도 하다. 이와 같이 '물'의 물질적 상상력이 구축하는 내면공간의 세계를 더 찾아보기로 하자.

① 睡蓮이 花瓣을 폈다.
  옴으라쳤던 잎새. 잎새. 잎새.
  방울 방울 水銀을 바쳤다.
  아아 乳房처럼 솟아오른 水面!
  바람이 불고 게우가 미끄러지고 하늘이 돈다.

  좋은 아츰—
  나는 탐하듯이 呼吸하다.
  때는 구김살 없는 흰돛을 달다.

—「아츰」부분

② 미억닢새 향기한 바위틈에
  진달레꽃빛 조개가 해ㅅ살 쪼이고,
  청제비 제날개에 미끄러저 도—네
  유리판 같은 하늘에.
  바다는—속속 드리 보이오.
  청대ㅅ닢처럼 푸른
  바다
  봄

—「바다·1」부분

위의 두 편은 모두 '물'의 물질적 상상력에 의한다. ①은 수련꽃잎에 방울진 물의 이미지가 확대되어 "유방처럼 솟아오른 수면"이 되고 이 수면이 다시 확대되어 '게'와 '하늘'이 안기는 공간이 되기에 이른다. 이때 물의 이미지는 '모성적 물', '여성적 물'로 나타난 것이며 이는 물의 물질적 상상력이 대상을 변형시켜 형상화한 이미지이다.[29] 여기서 모성적 이미지는 "우선 모든 액체는 물이며, 다음에 모든 물은 젖이다"[30]라는 바슐라르의 말에 동조할 때 물이 만들어내는 또 다른 내면 공간의 창조이며 확장이다. 특별히 이 시에서 수면이 유방의 이미지로 환치되는 것은 "우리를 따스하게 하는 열기와 넘쳐흐르지만 전체적 소유의 기쁨을 남겨주는 유동성을 갖고 있는 것"[31]으로서의 물의 상상력을 환기시킨다. 즉 화판 속에 숨어 방울진 물방울은 그 속에 바다를 응집하고, 이를 다시 확산시키는 유동성을 갖추어 바라다보는 이의 시선을 위무해주는 '경이로운 자연' 인 것이다.

②의 「바다·1」 역시 바다의 공간이 입체적으로 재구성되어 우리에게 무한과 화해, 열림의 의미 공간을 열어보인다. 인용된 부분은 하늘이 드리운 바다의 이미지다. 물은 하늘을 비춰주고 그 특유의 흔들림을 통해 하늘의 형체를 아름답게 유동시키며 비현실적인 공간을 만들어낸다. 하여 물에 비춰진 대상들은 언제나 환상적이며 심미적인 공간 속에서 새로이 변형을 겪는다. 이와 같이 열려진 상상력의 기회를 주는 물의 상상력의 힘이 나르시스를 스스로의 아름다움에 매혹되도록 만들었다고 바슐라르는 말하기도 한다. 「바다·1」에서 보는 하늘의 이미지 역시 물의 물질적 상상력에 의해 투명하게 미화되어 있는 것이다. 여기서 "하늘까지를 포용할 수 있는 바다의 무한한 공간"[32]을 시인은 지향하고 있다고 보아야겠다.

---

29 바슐라르, 『물과 꿈』, 앞의 책, 166면 참조.
30 위의 책, 180면.
31 위의 책, 37면.
32 백운복, 「파편적 이미지의 형상화」, 『정지용 연구』(새문사, 1988), 32면.

이렇게 초기시의 단계를 지난 정지용의 작품들은 '물'의 물질적 상상력, 특히 '물'의 유동성이 만들어내는 상상력의 세계를 형상화하고 있다. 이는 다양한 의미 공간의 창출, 그것이라고 바꾸어 말할 수 있을 것이다. 이 의미 공간은 이제 형태의 완강한 고착, 닫힘을 부수고 열린 세계에로의 의식지향이 흐르는 곳이다.

3) 역동적 상상력과 초월의 공간

정지용은 시집 『백록담』에 이르러 '물'의 물질적 상상력에서 한 걸음 더 나아가 또 다른 의미 공간을 터득한다. 즉 역동적 상상력에 힘입어 그의 의지력은 마침내 대상을 초월의 공간으로 몰고 가기에 이른 것이다. 현실적인 의미가 소멸된 절대세계에의 의식지향을 이 시기의 시들에서 읽을 수 있기 때문이다. 대상의 형태 자체에서의 해방뿐만 아니라 물질성 자체마저도 지워버림으로써 마침내 적멸의 단계를 유도하는 역동적 상상력의 세계를 『백록담』은 형상화한다. 역동적 상상력은 인간의 욕망, 의지력이 대상을 변화시키는 힘이며 이 힘은 인간의 순수한 욕망과 의지가 가장 숭고하게 형상화된 세계를 창출할 수 있다. 바슐라르는 『물과 꿈』을 통하여 이 '역동적 상상력'의 세계를 시사했었다. 그는 물질적 상상력을 언급하면서 "우리의 마지막 장은 다른 여러 가지 방법에 의해 물의 심리학에 접근할 것이다. 이 마지막 장은 본래 물질적 상상력에 의한 연구가 아니라 역동적 상상력에 대한 연구로서 그에 대해서 또 하나의 다른 책을 바칠 수 있기를 바란다."[33]고 했다. 그가

---

33 바슐라르, 앞의 책, 26면 참조.

말한 바의 이 마지막 8장은 '난폭한 물'이라는 항목으로 여기서 그는 '세계는 나의 도발'이며 '세계는 우리 힘의 반동'이라고 언표한다. 즉 세계를 우리의 힘, 의지로써 변형시키려는 역동적 상상력을 언급한 것이다. 여기서 그는 주로 포효하는 바다를 주 이미지로 다루면서 설명해 나간다. 그리고 이는 『공기와 꿈』을 통해 본격적으로 연구된다. 여기서 바슐라르는 상상력은 이미지를 형성하는 능력이 아니라 이미지를 변화시키는 능력임을 강조한다. 그리고 물질적 상상력의 세계는 역동적 상상력으로의 승화, 초월을 준비하고 있다고 밝힌다. 그러니까 인간의 순수한 욕망에 의해 변형되는 이미지의 세계, 곧 역동적 상상력은 마침내 대상 자체마저도 지워지는 경지까지 이르게 한다. 그리고 이 경지를 대변하는데 공기의 이미지가 효과적으로 이용된다. 바슐라르는 "공기적 정신심리는 우리로 하여금 승화의 여러 단계"[34]를 감지시킨다고 파악했기 때문이다. 승화의 여러 단계란 현실로부터의 비상, 고도화를 꾀하려는 수직적 지향의 단계를 가리킨다. 결국 현실에 얽매인 구차한 삶을 아름답고 신성한 것으로 승화시키려는 우리의 의지가 은연중 공기적 상상력을 일궈나가는 것이라 하겠다. "인간이 정녕 인간이라면 수평적으로는 살 수 없다."[35]는 바슐라르의 아포리즘은 인간이 공기적 상상력을 발동하지 않을 수 없는 당위를 제공한다. 이 상상력의 궁극을 정지용의 『백록담』은 열어보이는 것이다.

정지용이 『백록담』에서 보여주는 수직적 삶에의 강렬한 욕구는 "백록담에 이르러 그는 감각의 단련을 무용의 철학으로 발전시킨 것이

---

34 바슐라르, 정영란 역, 『공기와 꿈』(민음사, 1994), 26~27면.
35 위의 책, 33면.

다.”[36]라든가 “극기와 절제, 무욕과 청정을 통해서 자연과 융합한 경지”[37]라는 논의를 가능케 한다. 이 세계는 자유로움과 가벼움을 지향하는 공기적 상상력에 의해 도달한 경지이다. 이러한 경지를 지향하는 의식으로 가득찬 『백록담』의 세계는 정지용 시의 주제가 선명하게 집약되는 곳이다. 그는 이 시집에서 ‘산’의 이미지를 통해 정신의 고도에 이르는 여정을 우리에게 보여준다.

> 풀도 떨지 않는 돌산이오 돌도 한 덩어리로 열두골을 고비고비 돌았세라 찬 하늘이 골마다 따로 씨우었고 어름이 굳이 얼어 드딤돌이 믿음직 하이 꿩이 긔고 곰이 밟은 자옥에 나의 발도 노히노니 물소리 귀또리처럼 唧唧하 놋다 피락 마락하는 해ㅅ살에 눈우에 눈이 가리어 앉다 흰 시울 알에 흰 시울이 눌리워 숨쉬는다 온 산중 나려 앉는 휙진 시울들이 다치지 안히! 나도 내더져 앉다 일 죽이 진달레 꽃 그림자에 붉었던 절벽 보이한 자리 우에!
>
> —「장수산·2」 전문

이 작품은 “공기적 여행에로의 초대”[38]를 통하여 상승의 욕망을 잘 표현하고 있다. 즉 장수산의 고도와 포개어지려는 정신적 고도의 추구를 공기적 상상력으로 수행해가고 있다. 이 시에서 “찬 하늘”, “어름이 굳이 얼어”, “피락 마락하는 해ㅅ살”, “눈우에 눈”, “흰 시울 알에 흰 시울” 등의 이미지는 곧 차갑게 흩어져 형체를 벗어버리게 될 것들이다. 즉 공기의 상상력 속으로 흡수되는 이미지들인 것이다. 정상을 향해 치솟아 오르는 시인의 의식을 가늠케 하는 좋은 단서들이라 하겠다. 이는

---

36 김우창, 앞의 책, 53면.
37 문덕수, 『한국 모더니즘시 연구』(시문학사, 1981), 122면.
38 바슐라르, 앞의 책, 29면.

자연과 스스럼없이 동화되어 수직적 초월의 경지에 이르려는 정신의 높이를 표상한다. 이 시에 스며 있는 추위와 흰빛, 침묵과 높이의 이미지는 정신의 높이를 한껏 뽑아 올려준다. 이와 같은 특성은 「백록담」에서 다시금 확인된다.

> 絕頂에 가까울수록 뻑꾹채 꽃키가 점점 消耗된다. 한 마루 오르면 허리가 슬어지고 다시 한 마루 우에서 목아지가 없고 나중에는 얼골만 갸웃 내다본다. 花紋처럼 版 박힌다. 바람이 차기가 咸鏡道 끝과 맞서는 데서 뻑국채 키는 아조 없어지고도 八月 한철엔 흩어진 星辰처럼 爛漫하다. 山그림자 어둑어둑하면 그러지 않아도 뻑국채 꽃밭에서 별들이 켜든다. 제 자리에서 별이 옮긴다. 나는 여긔서 기진했다.
>
> —「백록담」 부분

이 작품 역시 산을 향한 여정 즉 "역동적 상상력의 적극적 행위"[39]를 담고 있다. 정상을 향해 갈수록 뻑국채의 키가 점점 줄어들어 허리가 없어지고 모가지가 없어지고 얼굴만 남아 무늬로 판박힌 듯 남는 것은 상승의 욕망을 품은 관찰자의 의지에 의해 변형된 세계다. 특히 지상의 꽃 무늬가 천상의 별로 전이하는 데서 이 사실은 보다 분명히 드러난다. 사라짐을 향해 가는 것은 위를 지향해가는 상승으로의 운동이다. 이 운동은 마침내 별들이 뜨는 천상의 자리에까지 주체를 이동시킨다. 주체의 의지와 꿈의 상상력에 의해 도달한 세계라 할 수 있다. 대상을 스스로의 의지로 변화시키면서 마침내 대상과 합일되는 경지인 "나는

---

39 "높이 오르기는 이미지를 산출하는 실제적 방향이며 역동적 상상력의 적극적 행위다." 바슐라르, 『공기와 꿈』, 앞의 책, 191면 참조.

여긔서 기진했다"에 이른 것이다. 주체가 기진한 곳은 바로 대상 속에 주체를 묻은 그곳인 것이다.

『백록담』의 시편들에서 구현된 선명한 이미지들은 그 자리에 고착되어 있지 않고 소멸 혹은 사라짐의 분위기를 투사함으로써 초월의 관념을 내재화시킨다는 특성을 갖는다.

> ① 白樺 홀홀
> 　　허올 벗고,
>
> 　　꽃 옆에 자고
> 　　이는 구름,
>
> 　　바람에
> 　　아시우다.
>
> — 「비로봉」 부분

> ② 절터 ㅅ 드랬는데
> 　　바람도 모히지 않고
>
> 　　山그림자 설핏하면
> 　　사슴이 일어나 등을 넘어간다
>
> — 「구성동」 부분

> ③ 山中에 册曆도 없이
> 　　三冬이 하이얗다
>
> — 「인동차」 부분

이상의 시편들은 표면적으로는 정적 이미지의 세계를 드러내는 듯하다. 그러나 심층에는 현실적 이미지 너머, 초월적인 세계로의 지향을 갖는다. 즉 동적 의지를 품고 있다. ①의 경우 정지용 시의 주요 모티프인 백화가 등장한다. 바슐라르는 "나무는 수직적 삶에 대한 다양한 이미지를 제공"[40]한다고 본다. 이 시의 백화는 특히 그 빛깔의 깨끗함, 수직적 선의 올곧음으로 하여 더욱 수직적 삶에 대한 심리를 효과적으로 환기시킨다. 백화가 정지용의 시에서 반복적으로 자리하는 것은 그의 의식방향을 제시하는 것으로 더욱 완벽한 소멸과 상승의 단계를 암시한다. ②의 경우도 마찬가지다. 절터는 이미 절이 사라진 빈 공간이다. 여기에 바람이 모이지 않는다는 것은 절터라는 사실마저도 부정되는, 철저한 소멸의 공간임을 확인시키는 것이다. 더구나 사슴이 등을 넘어 사라져감으로써 소멸의 이미지는 더욱 극대화된다. 그리고 이 소멸의 운동은 사라짐의 저쪽에 자리하고 있을 영원한 절대세계를 투사한다. ③의 경우 "冊曆도 없이 三冬이 하얗다"는 차갑고 흰 이미지 역시 지상의 시간과 공간의 부정을 암시한다. 이 부정은 당연히 초월적 시간과 공간의 지향을 위한 것이다. 이러한 제 특성들은 "비인간적인 세계의 추구가 절정에 이른 느낌"[41]을 준다. 여기서 비인간화의 세계란 대상에 대한 주체의 거리를 나타내는 '비인간화'에 토대를 삼은 말이다. 대상에 대한 비인간화의 거리는 의식주체의 "심리적 거리가 최대가 되고 감정적 개입도는 최소가 되는"[42] 것을 말한다. 『예술의 비인간화』에서 오르테가 E. 가세트가 피력한 이 개념은 대상에서 인간적 시점을 배제하는 것이라고 말할 수 있다. 이 개념은 모더니즘 문학의 한 특성이기도

---

40 바슐라르, 앞의 책, 426면.
41 문덕수, 앞의 책, 122면.
42 오르테가 E. 가세트, 장선영 역, 『예술의 비인간화』(삼성출판사, 1977), 325면.

하다.

주관성이 최대한 배제된 비인간화의 거리는 현실적 편견으로부터의 거리 유지이기도 하다. 정지용의 『백록담』의 세계는 이렇듯 주관성의 배제에서 얻은 차갑고 명증한 고도다. 그런데 여기서 주관성의 배제는 대상이 의식 속에 투명한 '사실 그 자체로' 자리 잡게 하기 위하여 필요한 조건임에 유의해야겠다. 즉 대상과의 거리는 대상과 보다 순수한 교감을 나누려는 장치인 것이다. 이로써 상상력은 마침내 자유롭게 궁극을 향해 가동될 수 있다. 이때의 궁극은 원형적 세계가 된다. 여기서 원형은 상상력이 이상으로 여기는 상태이며 상상력이 역동적으로 변화시켜 나아가는 상태인 것이다.[43] 『백록담』에서의 모티프인 깊고 높은 산의 고요, 나무들, 흰빛, 차가운 눈, 하늘과 산의 교응 등은 수직적 삶에의 원형적 희구를 잘 드러내준다. 이는 "극기와 엄격한 금욕의 차원에서 사물을 투시하는 순수성과 심안"[44]에 비추인 세계다. 지금까지 우리는 이 고도에 다다른 시인의 발걸음을 되짚어온 셈이라 하겠다.

4. 결론

이상으로 정지용의 시를 '이미지 현상학'에 근거하여 살폈다. 즉 이미지가 움직여간 궤적을 따라가며 이 궤적의 의미를 찾아본 것이다. 궤적을 짚어나갈 수 있었음은 정지용의 시편들이 일정한 질서를 보유하고 있었기 때문이다. 또한 비교적 짧은 시간 속에서 얻어진 것이며 따

---

43 곽광수, 앞의 책, 15면 참조.
44 김학동, 앞의 책, 71면.

라서 작품의 양이 많지 않았다는 점이 '이미지 현상학'의 방법을 가능케 했다. 그러나 물론 보다 큰 원인은 그의 시편들이 특별히 이미지의 창출에 뛰어나며 이미지의 조합을 통해 독특한 상상력의 공간을 형상화시키고 있음에 기인했다.

정지용의 시가 다다른 역동적 상상력의 공간, 즉 초월의 공간은 그가 詩作의 전 단계를 통해 조심스럽게 도달한 고도였음을 본고는 밝혀보았다. 사물의 형태에 머물며 형태의 선명한 윤곽, 안정감을 지향하다가 차츰 사물의 물질성을 끌어내 자유로운 상상력을 누리다가 이어 순수한 의지와 무상의 욕망으로 대상을 소멸시켜 초월의 세계로 끌고 간 과정을 짚어본 것이다. 따라서 그의 시가 도달한 『백록담』의 세계는 외견상 부동의 공간으로 보여진다 하더라도 그 상태에 이르기까지의 움직임과 초월적 세계의 꾸준한 암시는 역동적 상상력, 즉 상상력의 힘찬 운동에 의한 것임을 눈여겨보아야 한다.

그가 보여주는 고도의 이미지는 '不動의 動'이라는 역설을 통해 우리에게 상승하는 삶의 의미를 읽게 하는 것이었다. 가벼워지고 소멸하여 버리는 공기적 상상력에 수렴되는 이 세계는 바로 인간이 태어나고 돌아가야 할 원형적 공간이기도 하다.

김광균론 — '차단-한 등불'의 감각

김광균론 ─ '차단-한 등불'의 감각

1. 서론

1930년대, 김광균(1914~1993)이 보여준 시의 새로운 문법은 분명 이 땅의 현대시사가 확고하게 다져지는 계기를 주었다. 알려진 대로 모더니스트로 명명되는 그는 명료한 시각 이미지에 의해 조형된 시편들을 시단에 새롭게 선보였으며 이후로 내내 이 방법을 견지하였다. 따라서 "소리조차를 모양으로 번역"[1]하고 있다는 김기림의 초기 평가는 실상 그의 시 전체를 집약하는 특성이라 하겠다. 이러한 시의 방법은 영미 이미지즘의 방법과 연계되는 것이며 그를 모더니즘의 시인으로 규정하는 관건이 되기도 한다.

김광균은 1926년 『중외일보』에 「가신 누님」을 발표하면서 시작활동

---

1 김기림, 「삼십년대의 시단동태」, 『시론』(백양당, 1947), 93면.

을 개시, 30년대에 이르러서는 완성도 높은 작품들을 다수 선보여 발판을 굳힌다. 1936년 『시인부락』, 1937년 『자오선』 등 당시 주요 동인지에의 참여와 때마침 고조된 모더니즘 기류에 호흡을 맞춤으로써 그는 "30년대의 한국의 모더니스트 중 가장 성공적인 시인으로 인정"[2]받는 데까지 이른다. 이는 여타의 모더니스트들 중 이미지즘의 한 방법인 "조형적 이미지"[3]를 일관되게 구사한 데서 온 평가라고 보아야겠다.

　김광균은 다섯 권의 시집, 『瓦斯燈』(1939), 『寄港地』(1947), 『黃昏歌』(1957), 『秋風鬼雨』(1986), 『壬辰花』(1989)를 남겨놓고 있다. 산문집으로는 『臥牛山』(1985)이 있다. 이 시집과 산문집은 최근 김학동 교수에 의해 체계적으로 정리[4]된 바 있어 본고는 이를 자료로 하여 김광균의 시편들에 접근했다. 그간 김광균에 대한 연구는 그의 문학사적 위치를 입증하듯, 상당분량 이루어진 편이다. 이중 1987년 이전까지의 연구는 범양출판부에서 간행된 『三十年代의 모더니즘』[5]에 잘 추려져 있다. 여기에는 '모더니티'의 해명으로부터 현상학에 의한 작품분석에 이르기까지의 연구성과가 고루 섞여 있으나 후기시집인 『추풍귀우』와 『임진화』가 제외되었다. 이어 김유중의 단행본 『김광균』[6]은 전기적 접근과 세밀한 작품분석을 아우르고 있는데 역시 후기 시집은 제대로 반영되지 않았다. 뒤이어 간행된 『김광균 연구』[7]의 총론 부분에서 전 시집이 대상으로 다루어지지만 주로 주체변이의 과정에 초점을 맞추었으며 이 책의

---

2 조동민, 「김광균론」, 『30년대의 모더니즘』(범양출판부, 1987), 105면.
3 김재근, 『이미지즘 연구』(정음사, 1973), 176면.
4 김학동 · 이민호 편, 『김광균전집』(국학자료원, 2002).
5 구상 · 정한모 편, 『30년대의 모더니즘』(범양출판부, 1987).
6 김유중, 『김광균』(건대출판부, 2000).
7 김학동 외, 『김광균 연구』(국학자료원, 2002).

다른 논문들은 시집 각 권을 대상으로 하고 있어 김광균의 전 시편에 나타난 '일관된 흐름'으로서의 특성은 제대로 다뤄지지 않고 있었다.

이에 본고에서는 그의 다섯 권의 시집을 일관하는 주제의식과 표현의 특성을 추출하려 한다. 한 시인의 시정신은 그가 남긴 전 작품 속에 고루 스며 있으며 이는 한 시인의 시를 형성하는 방법의 핵심으로 자리하기 때문이다. 이러한 연구는 물론 한 시인이 생애를 통해 남긴 전 작품을 꿰뚫어 이해하려는 시도이다. 본고는 김광균이 남긴 다섯 권의 시집에 면면히 이어지는 주제와 표현의 특징에 주목하고 이를 의식적으로 작동되는 시의 방법이라고 보았다. 이 근거는 그가 유일하게 남긴 본격 시론[8]에서 설파하고 있는 '형태의 사상성'에서 마련할 수 있었다. 이러한 관점은 한 시인의 시와 시론을 겹쳐보려는 노력이며 이로써 시인의 의도에 가장 근접된 시 해석이 가능하리라는 믿음 때문이다. 이에 김광균 시의 주제와 표현방식은 곧 '형태의 사상성'을 구현하는 것으로 드러난다는 사실에 초점을 맞추며 본 논의를 전개하기로 한다.

2. 제작의식으로서의 '형태의 사상성'

김광균의 시편들은 '형태의 사상성'이라는 제작의식과 관련하여 해명되는 것이 합당하다. '형태의 사상성'은 김광균의 시론 「서정시의 제문제」에서의 핵심어라 할 수 있다. 이 시론은 『인문평론』(1940. 2)에 '나의 시론'이란 기획논문으로 게재된 것이다. 후일 산문집 『와우산』에서 김광균은 직접 「나의 시론」이란 제목으로 이 글을 실었다. 이는 「서

---

8 1940년 『인문평론』에 발표된 「서정시의 제문제」를 말한다.

정시의 제문제」가 김광균의 핵심시론임을 짐작케 한다. 이 글은 1940년에 쓰여진 것이지만 주로 30년대부터 본격화된 자신의 시작활동에 스스로 의미를 부여하는 논지를 전개하고 있다. 즉 '형태의 사상성'은 그의 詩作을 근거 짓는 한 방법임을 보여주고 있었던 것이다. 「서정시의 제문제」 이후의 시와 관련한 산문 중 「전진과 반성」(『경향신문』, 1947), 「30년대의 시운동」(『경향신문』, 1948)에서도 '형태의 사상성'은 계속 견지되는 바, 김광균의 시편들은 이와의 관련 하에 보다 확연히 해명될 수 있으리라 본다. 「서정시의 제문제」는 우선 자연발생적인 시와 시론에 대한 문제제기로부터 시작된다.

> 시를 언어의 축제, 영원에의 기도, 영혼의 비극, 기억에의 향수에 그치는 자연발생적인 것으로 생각하고 어떤 기분이나 정서의 상태를 펜과 원고지에 옮겨 놓는 것으로 그 임무를 마친 것 같이 생각하는 분이 있는 것 같다. 이것은 그분들의 작품이나 시론을 통하여 몸소 세상에 호소하는 것으로 분명히 알 수 있다.[9]

위 글의 문맥으로 미루어볼 때 '자연발생적인 것'은 20년대의 낭만주의와 그 연장선상의 시를 가리키는 것으로 짐작된다. 이는 「30년대의 시운동」에서의 "『백조』시대의 우리 시가 상징주의의 그릇에 그 영탄을 담은 것은 어쩔 수 없는 일일 것이다. 『백조』시대를 뒤이은 감상주의도 역시 마찬가지였다"[10]는 데서 확인되기도 한다. 김광균은 감상주의를 배격, 감정의 넘쳐흐름을 제어하는 것으로써의 시의 방법에 주력하고

---

9 김광균, 「서정시의 제문제」, 『김광균전집』(국학자료원 · 2002), 309면.
10 김광균, 「30년대의 시운동」, 위의 책, 337면.

있었다 하겠다. 감정을 제어하는 기제는 다름 아닌 주지적 태도다. 시작에 있어서 주지적 태도란 일반적으로 낭만주의의 '감성의 자발적 넘쳐흐름' 에 대한 반작용에서 비롯된 것이다. 제작의식이 선행된 시로의 전환이 현대시의 기점을 마련한다고 볼 때 김광균은 '현대시' 의 정체성을 충분히 파악하고 있었던 시인이다. 이는 30년대 모더니즘의 기류를 형성한 김기림의 "시적 가치를 기도하는 의식적 방법론이 있지 않으면 안 된다"[11]는 사실을 긍정하며 수용한 것이기도 하다. 그렇다면 김광균의 '형태의 사상성' 이라는 시 제작의 방법은 무엇이었을까. 이는 무엇보다 한 편의 시를 이루는 모든 요소, 그 자체가 시의 사상성으로 발현되어야 한다는 것으로 읽힌다. 즉 모든 요소들이 유기적 맥락 하에 사상성으로 집약되어야 한다는 것이다. 여기서 사상은 물론 이념을 가리키는 것이 아닌 시가 발산하는 의미의 총합을 가리킨다. 그렇다면 '형태의 사상성' 은 형식과 내용이라는 이분법을 극복하는 기제라고 볼 수 있겠다. 이는 전대의 기교주의나 편내용주의를 극복하는 기제이기도 함은 물론이다. '형태의 사상성' 은 다음의 부분에서 그 구체성이 암시된다.

새로운 시가 자연의 풍경에서 노래할 것을 발견하지 못하고 정신의 풍경 속에서 대상을 구했고, 거기 사용된 언어도 목가적인 고전에 속하는 것보다는 도시생활에 관련된 언어인 것도 사실이다. 오늘에 와서 현대시의 형태가 조형으로 나타나고 발달된다는 사실은 석유나 지등을 켜던 사람에게 전등의 발명이 '등불' 에 대한 개념에 중요한 변화를 주듯이 형태의 사상성을 통하여 造型 그 자체가 하나의 사상성을 대변하고 나아가 그 문학에도 어느 정도의 변화를 일으키는 데까지 갈 것도 생각할 수 있다.[12]

---

11 김기림, 앞의 글, 107면.
12 김광균, 「서정시의 제분제」, 앞의 책, 314면.

위의 글을 통해 볼 때 형태의 사상성은 비교적인 관점에서 추론되고 있음을 알 수 있다. 즉 자연 풍경이 아니라 정신의 풍경, 목가적인 것보다는 도시생활, 노래가 아니라 조형으로서의 시를 언급하고 있는 것이다. 여기서 '도시생활'은 "20C의 정신과 감정과 감각"[13]을 표현하는 한 방편이라고 보겠다. 김광균은 "현대를 뚫고 나갈 호흡"[14]으로서의 시를 구하고자 했기 때문이다. 실제로 김광균의 시편들은 정신의 풍경, 도시적 풍경, 시각적 이미지의 조형성을 통해 해명될 수 있다. 이처럼 김광균은 "의식적으로 所爲되는 정신적 소산물"[15]로서의 시를 이 땅에 선보임으로서 현대시의 주요특질이라 할 '자의식으로서의 시'[16]를 한국 현대시사에 뚜렷이 기록하게 한다.

김광균 시론의 요체인 '형태의 사상성'은 앞서 말한 대로 다른 글에서도 재차 확인된다. 즉 「전진과 반성」에서의 "사상까지를 정서화하는 것"[17]이라든가, "시는 음악보다 회화이고자 하였다. 무질서한 자유운문을 모두 버리고 산문표현을 시작한 시가 회화운동과 보조를 맞춘 것은 이런 까닭이었다."[18]라는 언급이 그것이다. '사상의 정서화'란 시의 형태 자체가 시의 정서로 화하여 사상 그 자체가 되어야 함을 말한다. 이어 '회화', '산문표현'이라는 구체적 방법을 제시, 이것이 곧바로 사상

---

13 위의 글, 311면.
14 위의 글, 313면.
15 위의 글, 312면.
16 유진 런, 김병익 역, 『마르크시즘과 모더니즘』(문학과지성사, 1986), 46면.
　　유진 런은 모더니즘의 공통국면의 하나로 '미학적 자의식'을 꼽는다. 이어 시의 경우 시언어의 본질에 대한 고도의 자의식을 꼽고 있다. 김광균의 경우 '시' 스스로 형태화, 의미화되는 시의 자율성을 겨냥하였다고 상정되는 바 '자의식으로서의 시'를 구현했다고 하겠다.
17 김광균, 「전진과 반성」, 앞의 책, 332면.
18 위의 글, 338면.

을 대변하는 것임을 설파한다. '형태의 사상성'을 재론하여 정리하면
① 정신의 풍경, ② 현대적 감성(현실인식), ③ 회화적 이미지의 조형,
④ 산문표현에 의한 시 제작방식이라 하겠다. 이들이 서로 얽어져 의미
화될 때 완결된 시가 된다는 것이 '형태의 사상성'의 골자인 것이다.
이제 그의 작품들이 '형태의 사상성'이라는 제작의식을 바탕으로 작동
되는 추이를 살펴보기로 하겠다.

3. 주제의식

시의 주제는 시인의 '현실인식'이 응축되는 자리다. 김광균은 '삶과
마주한 주체의 방황'하는 의식으로부터 시를 출발시킨다. 이는 현실적
삶에 처한 주체의 부정적 반응이라고도 볼 수 있다. 사회·역사적 발전
속에서 누수되는 여러 부정적 현상 중 주체의 소외감은 그 으뜸일 것이
다. 자기동일성을 확보하려는 욕망에서 출발하는 시는 어느 시대건 주
체의 결핍을 내세운다. 그러나 20C는 발전이라는 명목 하에 삶을 분화
시키며 개인을 더욱 고독 속에 몰아넣었다. 이에 20C를 대변하는 모더
니즘 예술에서의 자아는 더욱 고립된 것으로 드러날 수밖에 없었다. 삶
을 대상화하는 인식이 첨예할수록 비극적 인식도 첨예화되기 때문이
다. 서구의 그것과는 다르다 하더라도 20C는 우리에게도 삶을 대상화
할 수 있는 계기를 제공하였다. 김광균의 시편들은 이러한 시대적 공간
에서 출발하고 있다. 예민한 지식인으로서 우리에게 개화된 현대적 삶
과 마주한 김광균의 정서는 시종일관 어둡게 유지되고 있었다. 이는 물
론 그의 시에 나타난 자아의 정서에서 유추된 것이다. 김광균의 시는
소외된 주체의 의식 방향을 통해 주제를 암시한다. 시 속의 주체는 직

접적으로 자기의식을 드러내지 않고 이미지에 의탁하는 것이다. 까닭에 시 전편에는 이미지의 반복이 두드러지게 나타난다. 한 시인의 작품속에서 반복되는 이미지들은 "정신의 심층구조"[19]를 대변한다. 즉 반복되는 이미지들은 시인의 내면풍경을 조성해내는 기제들이다. 또한 이는 주제의 방향을 암시한다. 이에 시에서 반복되는 이미지를 따라가며 소외된 주체의 비극적 심리가 주제화되는 양상을 살피기로 하겠다.

1) '사라지는 것'에의 연민

김광균 시편들에서 대부분 주체는 '사라지는 것', '희미해져가는 것' 혹은 이미 사라진 것과 마주하고 있다. 여기서 이미 사라진 것은 회상에 의해 구조된다. 그런데 사라지는 것으로서의 오브제는 현재구조이든 회상에 의한 과거의 구조이든 대부분 풍경으로 제시된다.

① 보랏빛 들길 위에 黃昏이 굴러내리면
   시냇가에 늘어선 갈대밭은
   머리를 헤뜨리고 느껴 울었다

—「해바라기의 感傷」부분

② 구름은
   보라빛 色紙우에
   마구 칠한 한 다발 薔薇

   牧場의 깃발도 능금나무도

---

19 T. 이글턴, 김명환 외 역, 『문학이론입문』(창작과비평사, 1989), 78면.

부을면 꺼질 듯이 외로운 들길

―「뎃상」 부분

③ 凋落의 그늘 속에 거리는 기울어지고
　五穀이 물결치는 들너머 산너머
　꺼질 듯이 외로운 農家의 지붕들

―「立秋歌」 부분

『와사등』, 『기항지』와 오랜 공백을 거친 후의 시집 『추풍귀우』에서 발췌하였다. 시 방법이 큰 편차를 갖고 있지 않음을 알 수 있다. 위의 예 중 ①의 경우는 회상된 풍경의 구조를 제시한 것이다. ①, ②, ③에서 보는 바와 같은 풍경의 제시는 비단 여기에 그치지 않고 대부분의 시편들의 방법이 되고 있다. 위의 시들에서 보면 사라지거나 희미해져 가는 것들은 서로 긴밀히 연결되어 하나의 뚜렷한 풍경으로 제시된다.

한편 ①의 "머리를 헤뜨리고", ②의 "꺼질 듯이", ③의 "꺼질 듯이"는 사라짐의 구체적 양태인데 이들은 모두 바람, 황혼 속에서 작동되고 있다. 그러니까 바람, 황혼의 이미지는 '사라지는 것'의 기호로 작동한다. 물론 이외에도 그의 주요 시어로 등장하는 꽃, 갈대, 눈, 비 등 역시 대부분 '소멸해가는 것'으로 나타난다.

① 저녁바람이 고요한 방울을 흔들며 지나간 뒤
　돌담 위의 박꽃 속엔
　죽은 누나의 하―얀 얼굴이 피어 있고
　저녁마다 어두운 램프를 처마끝에 내어 걸고
　나는 굵은 삼베옷을 입고 누워 있었다

―「南村」 전문

② 아련히 번지는 노을 저쪽에

　소리도 없이 퍼붓는 어둠

　면―종소리 꽃잎에 지다

―「弔花」부분

③ 꽃 하나 풀 하나 없는 荒凉한 모래 밭에

　墓木도 없는 무덤 하나

　바람에 불리우고 있다

―「海邊가의 무덤」부분

　예시된 3편의 시에서 드러나는 상실의 분위기들은 김광균 시의 주조음이다. ①에서의 바람, 박꽃, 램프, 삼베옷, ②의 들꽃, 등불, 노을, ③에서의 모래 밭, 무덤, 바람 등은 상실감을 향하여 몰려드는 이미지들이다. 화자의 시선은 섬세하게 풍경의 구석구석을 훑어가며 상실의 분위기를 짜맞춘다. 실제의 풍경을 묘사하고 있지만 각각의 풍경을 연결하는 것은 화자의 시선에 의한 것이다. 유독 비애감을 자아내는 풍경의 연결, 즉 ①의 박꽃과 어두운 램프, ②의 종소리와 꽃잎, ③의 무덤과 바람의 연결은 화자의 내면을 시각화한 것이라 하겠다. 그런데 살펴보면 비애감이 조성될 뿐 화자 스스로의 비애감은 감춰져 있다. 따라서 김우창의 지적처럼 "천박한 感傷"[20]으로 그의 시는 떨어지지 않는다. 오히려 그는 ①의 "입고 누워 있었다", ②의 "꽃잎에 지다", ③의 "불리우고 있다"에서 보는 것처럼 상황을 산문적으로 서술함으로써 주체의 감정이 스며들 자리를 좁힌다. 그는 '사라지는 것' 자체를 사물화하려

---

20 김우창, 『지상의 척도』(민음사, 1992), 231면.

했던 것이다. 이 때문에 사라져버리는 것들을 향한 연민은 감상으로 주저앉지 않는다.

2) 자아와 세계와의 괴리감

김광균 시 속의 주체는 움직임 없이 고정되어 있다. 고정된 채로 의식의 방황만을 보여줄 뿐이다. 의식의 방황은 시의 대상 속에 투사되어 있다. 궁극적 목표 없이 삶을 견뎌야 하는 부조리한 삶에 대한 투사라 하겠다. 이는 주체가 처한 현실, 즉 세계의 무게가 짓누르는 중압감과의 길항을 암시해주는 것이다. 김광균 시에 반복되는 '등불' 이미지들은 이를 잘 대변한다. 그의 시에서 등불은 등불의 일차적 상징에서 벗어나 있다. 즉 어둠을 밝히는 것으로서의 "보호적 가치"[21]가 아닌 것이다. 보통 등불은 어두움의 공포로부터 벗어나게 해주고 나아갈 길의 방향을 열어주는 것으로 의미화된다. 그러나 김광균은 등불을 냉소적 시각으로 바라본다. 그에게서는 등불은 대부분 차단—한 등불이다. 차단—한 등불의 의미는 일찍이 정태용에 의해 탁월하게 해명된 바 있다.

〈차단—한 등불〉이란 것도 〈찬 등불〉 또는 〈차디찬 등불〉이겠지만, 이것을 〈차단—한〉 등불이라고 했을 때에는 觸覺的인 느낌보다는 오히려 視覺的인 느낌을 준다. 〈차단—한〉은 물론 光均의 詩語的인 造語이겠지만 觸覺과 視覺을 아울러 表象할 수 있는 이러한 造語는 光均의 言語感覺이 얼마나 독특한가를 엿볼 수 있다.[22]

---

21 아지자 · 올리비에라 · 스크트릭 공저, 장영수 역, 『문학의 상징 · 주제 사전』(청하, 1989), 215면 참조.
22 정태용, 『한국현대시인연구』(어문각, 1976), 219면.

이렇듯 김광균은 그의 시편들에서 촉각까지를 시각화하여 사물성을 최대한 드러낸다. 위의 글처럼 그에게서 등불은 따뜻한 것이 아니라 차가운 것으로 사물화된다. 그만큼 대상과 거리화되어 있다. 이는 세계와 단절된 인식을 엿보게 한다. 이러한 인식은 그의 대표작 「와사등」을 통해 단적으로 표명된다. "차단―한 등불이 하나 비인 하늘에 걸려 있다./ 내 호올로 어딜 가라는 슬픈 信號냐"에서처럼 등불은 나와 세계를 연결시켜 주지 않는다. 묵묵부답으로 비인 하늘에 걸린 등불은 그에게 '차단―한' 것으로 시각화될 수밖에 없는 것이다. 그의 시편들에서 등불은 차갑게 빛을 반사, 주체와의 거리를 유지하며 스스로 존재성을 냉랭하게 발현할 뿐이다. 그의 시 전편에서 등불이미지들은 "얼어붙은 噴水같이 하이―한 街燈"(「氷花」), "몽롱한 램프"(「夜車」), "차단―한 램프"(「幻燈」), "어두운 램프"(「한려수도」), "기울어진 傾斜위에 걸려 있는 寒燈"(「寒燈」) 등으로 변주되며 자아의 고립감을 부추기는 기제가 된다. 즉 "그 본래의 빛이나 熱氣를 잃은 죽음의 이미지"[23]로 현시되는 등불은 주체와의 친화력을 거부하는 차단―한 사물일 뿐이다.

'등불' 외의 '안개' 모티프 역시 자아와 세계의 괴리를 조성하는 데 빈번하게 사용된다.

① 등불 없는 空地에 밤이 내리다
　수없이 퍼붓는 거미줄 같이
　자욱―한 어둠에 숨이 잦으다

―「空地」 부분

---

23 이재오, 「김광균 시의 주제체계에 관한 연구」, 『30년대 모더니즘』(범양출판부, 1987), 225면.

② 내 廢家와 같은 밤차에 고단한 肉身을 싣고
　　몽롱한 램프 우에
　　感傷은 자욱―한 안개가 되어 내리나니
　　어데를 가도
　　腦髓를 파고드는 한줄기 孤獨

―「夜車」 부분

③ 백만 장안엔 누가 살기에
　　오늘도
　　하나의 아름다운 노래도 없이
　　해가 지느냐
　　저물어가는 나의 湖水
　　호수 속 자욱―한 안개 속에서
　　등불이 하나 둘 깜박거린다

―「黃昏歌」 부분

①은 "자욱―한 어둠" 속에서 고립되어 있는 자아를 보여주고 있다. "등불 없는 空地"는 세계를 감추고 자아의 숨을 잦아들게 한다. ②는 "몽롱한 램프" 위에 감상이 안개가 되어 내리며 고독감을 부추긴다. '안개' 이미지를 빌어 소외의식을 대변하는 것이다. ③은 어둠과 안개가 뒤섞여 자아의 고립감을 더욱 극명하게 한다. 이처럼 김광균의 시에서 '어둠'과 '안개' 모티프는 자아와 세계 사이에 틈입하여 자아를 고립시킨다. 이러한 양상은 후기 시에 속하는 「안개의 노래」에서 보다 집적되어 드러나기도 한다.

　　내 가는 곳 어디나
　　悲情의 안개 서리어 있다

안개 속엔
　　지나온 山河가 잠기어 있고
　　荒廢한 砂丘에서
　　바람소리도 들리어 온다

─「안개의 노래」 부분

보는 대로 안개는 자아에게 세계를 열어주지 않고 감추어버린다. 자아는 안개 속에 잠긴 세계를 안타깝게 그려볼 뿐이다. 그런데 실상 안개는 세계를 완벽하게 차단하지 못한다. 베일처럼 반투명의 상태로 세계를 개시하며 동시에 은폐하기 때문이다. 이에 자아는 다가서지도 물러서지도 못하는 비정한 거리를 인지하게 된다. 이 시의 뒷부분에서의 "안개는 길─게 걸치어 滿山을 덮어간다/ 아 나는 돌아갈 집도 없고/ 마음 속에 피어 있던/ 한 그루 梅花나무도 쓰러져 있다"에서처럼 안개는 '나'와 세계를 절연시킨다. "마음 속에 피어 있던", "梅花나무"마저 쓰러뜨리며 희망을 앗아간다. 이렇듯 김광균의 시적 주체는 세계와의 깊은 괴리감을 내재화시키고 있다.

3) '견고한 삶'에의 희구

사라지는 것을 연민하는 자아, 그리고 세계와의 괴리감을 떨치지 못하는 자아는 그만큼 견고한 것을 희구하는 자아가 아닐 수 없다. 그렇기에 김광균 시에서의 화자는 무엇보다 '생'의 확실한 감각을 포착하는데 주력한다. 사라지고 소멸해가는 국면들을 선명하게 그려내는 것으로 생의 감각을 뚜렷이 하려는 것이다. 한편 '견고성'에의 희구는 이미지의 선명한 조형을 통해서뿐만 아니라 삶의 구체적 人事를 통해서도 드러난다. 특히 이는 후기시에서부터 두드러지는 현상이기도 하다.

① 하이-한 돌팔매 같이

밝은 등불 뿌리며

이 어둔 黃昏을 소리도 없이

汽車는 지금 들을 달린다

—「新村서」 부분

② 魯迅이여

이런 밤이면 그대가 생각난다

온-세계가 눈물에 젖어 있는 밤

上海 胡馬路 어느 뒷골목에서

쓸쓸히 앉아 지키던 등불

등불이 나에게 속삭거린다

여기 하나의 傷心한 사람이 있다

여기 하나의 굳세게 살아온 인생이 있다

—「魯迅」 부분

③ 어느날 밤 아내가 조용한 목소리로

생각다 못하여 壽衣 두 벌을 지었다 한다

수의란 무엇일까

누가 등 위에 와서 나에게 그 옷을 입히는 것인가

逆光이 기울어진 天井을 쳐다보며

새벽 다 되도록 괴로워했다

—「壽衣」 부분

　①은 지나가는 기차의 모습을 선명한 인상으로 붙들어놓고 있다. ②
는 화자 자신의 지나온 인생을 뒤돌아보며 소신껏 자신의 삶을 영위했던 노신의 삶을 떠올린다. ③에서는 죽음을 받아들여야 하는 괴로움을 담담히 토로한다. 그런데 ①은 선명한 이미지를 내세워 ②와 ③은 구체적 삶의 정황을 내세워 확실하고 견고한 삶을 지향하는 주체의 의식을 내면화시키고 있다. 김광균은 이처럼 모든 것이 사라지고 변화하고 죽어가는 현실을 직접 개탄하지 않고 한 편의 시가 스스로 그 절망감을 현현하도록 만들어준다.

이상과 같이 견고하고 확실한 삶을 지향하는 자아의 내면은 다음의 후기시를 통해 다시 확인된다.

> 山茶花 철쭉 서부해당화
> 꽃들은 허무한 자태로 피어 있다
> 세월이 가면
> 꽃들은 땅위에 떨어져 사라져 가고
> 서러운 심사만이
> 그 위에 서려 있겠지
> 꽃들의 일생은
> 그렇게 짧고 기구한 것일까
> 지나는 바람에 눈물짓는 꽃
> 아— 길 잃은 새들이라도
> 두어 마리 날아와 그 위에 앉아라

—「五月의 꽃」 전문

대부분 풍경 뒤에 숨어 풍경만을 내세워주던 자아가 이 시에서는 표면에 나와 있다. 그만큼 절실한 심정을 읽게 한다. 여기서도 시인이 줄곧 내세워온 꽃과 바람의 이미지가 주축을 이루고 있다. 시에서 꽃은 아직 "피어 있"는 상태다. 그러나 이미 화자는 꽃의 죽음을 보고 있다.

화자는 생의 연약함에 특별히 예민한 것이다. 연약하기 그지없는 생의 안타까움은 마지막 2행에 잘 응집되어 있다. "눈물짓는 꽃"과 "길 잃은 새들"은 동시에 연약하기 그지없는 생을 암시하며 비극적인 분위기를 자아낸다. 아직 피어 있는 꽃을 지나 사라져갈 미래의 꽃을 보는 화자의 시선은 죽음의 강박관념에서 비롯된다 하겠다. 김광균이 그의 시에서 보여주는 사라짐에의 비애는 "뒤집어보면 사라진 생명에 대한 미련이나 애착"[24]인 것이다. 즉 견고한 삶을 지향하는 의식의 표백이라 할 수 있겠다.

4. 표현의 특성

김광균의 시가 보여주는 몇 개의 뚜렷한 특성은 위에서 살펴본 주제들을 효과적으로 드러내는 장치들이라 할 수 있다. '음악보다 회화이고자 한다'로 대변되는 그의 시적 방법은 내용과 상호침투하며 '형태의 사상성'에 값한다 하겠다. 회화이기를 염두에 두는 그의 시편들은 늘 적확한 공간과 세밀한 처소를 설정하고 이를 다시 배면화하여 '차가움'을 전경화시킨다. 이러한 방법들은 자연히 그가 말한 바의 '산문표현'을 얻게 된다. 그가 말한 산문표현은 20년대 낭만주의 시의 영탄적인 리듬을 배제하고 묘사성을 전경화시키는 것을 뜻한다. 후기시로 가면서 두드러지는 삶의 이야기에서도 역시 시각 이미지로 담아내려는 의욕은 사라지지 않는다. 이러한 특성들은 다분히 제작의식에서 비롯한 것이다. 따라서 김광균은 김춘수가 지적한 바의 "기질적 이미지스

---

24 위의 글, 220면.

트"[25]라기보다는 김기림과 더불어 주지적 태도를 견지한 시인이었다고 보는 것이 더욱 합당하다.

1) 공간과 처소설정의 적확성

김광균의 시편들에 거의 "처소격, 방향격이 반드시 사용되어 있다"[26]는 분석은 그의 공간 애호를 잘 드러내준다. 시적 공간을 확실히 해두려는 그의 의도는 주공간의 설정과 사물이 놓이는 자리 혹은 시적 자아가 위치해 있는 곳을 적확하게 지시하는 데서 확연히 드러난다.

> 언덕 위엔
> 병든 소를 이끌은 少年이 있고
> 갈대잎이 고요한 水面 위에는
> 저녁 안개가 고운 花紋을 그리고 있다
>
> 조그만 등불이 걸려있는 물결 위로
> 季節의 亡靈같이
> 검푸른 돛을 단 작은 요트가
> 노을을 향하여 흘러내리고
>
> 나는 雜草에 덮인 언덕길에 기대어 서서
> 풀잎 사이로 새어 오는
> 해맑은 별빛을 줍고 있었다
>
> ― 「湖畔의 印象」 전문

25 김춘수, 「기질적 이미지스트」, 『30년대의 모더니즘』, 앞의 책, 10면.
26 문덕수, 『한국모더니즘시연구』(시문학사, 1981), 276면.

시의 공간이 세 부분으로 크게 나뉘어 있다. "언덕 위"와 "물결 위" 그리고 "언덕길"이 그것이다. 각 공간에는 "소년이 있고", "작은 요트", "나"가 있다. 공간 속의 오브제들은 시의 움직임을 주도하지만 미미하여 공간의 일부가 되어버린 듯하다. 그만큼 靜的 분위기를 내세우고 있는데 이는 김광균 시 전편을 주도하는 특성이기도 하다. 대부분 그의 시들은 두세 개의 주공간을 설정하고, 또다시 공간에 놓인 오브제의 처소를 섬세하게 마련한다. 공간들은 병치되어 마치 세필화처럼 섬세한 풍경을 조성해보인다. 한편 그의 시는 현재와 과거의 공간, 도시와 고향의 공간을 병치하여 현실인식을 투사하기도 한다. 대표적인 경우의 예를 보기로 한다.

저물어 오는 陸橋 우에
한줄기 황망한 기적을 뿌리고
초록색 램프를 달은 貨物車가 지나간다

어두운 밀물 우에 갈매기떼 우짖는
바다 가까이

停車場도 주막집도 헐어진 나무다리도
온―겨울 눈 속에 파묻혀 잠드는 고향
산도 마을도 포플라 나무도 고개 숙인 채
호젓한 낮과 밤을 맞이하고
그 곳에
언제 꺼질지 모르는
조그만 生活의 촛불을 에워싸고
해마다 가난해가는 고향 사람들

낡은 비오롱처럼
바람이 부는 날은 서러운 고향
고향사람들의 한 줌 희망도
진달래빛 노을과 함께
한번 가고는 다시 못오기
저무는 都市의 옥상에 기대어 서서
내 생각하고 눈물지움도
한떨기 들국화처럼 차고 슬프다

—「鄕愁」 전문

현재의 도시공간과 과거 고향의 공간이 병치되어 있다. 현재 공간은 옥상에서 내려다보이는 '육교 위'로 과거 공간은 바다 가까운 '산 아래 마을'로 설정되어 있다. 두 개의 공간은 저물어가는 시간 안에 들어 있어 쓸쓸한 인상을 풍긴다. 두 공간은 서로의 쓸쓸함을 투사하며 배가시키고 마침내 시적 화자는 "슬프다"고 토로할 수밖에 없다. 화자는 두 공간 사이에서 안주하지 못하고 정물처럼 서 있을 뿐이다. 이렇듯 김광균의 시편들에서 공간이나 처소의 적확한 설정은 견고함을 희구하는 자아의 정신풍경을 암시한다.

텅 비인 정거장 앞마당

—「思鄕圖」 부분

바다 가까운 山脈 우엔

—「山脈과 들」 부분

소나무 밑에 앉아

—「城北洞」 부분

조그만 산비탈 소나무 사이에

—「安城에서」 부분

십일월 달이면 세종로는 안개에 잠긴다
해가 진 뒤 빌딩들이 등불을 켤 때면
광화문 네거리는 꽃밭이 된다

—「十一月의 노래」 부분

이상의 예와 같이 공간과 처소의 적확한 설정은 김광균 시의 주된 방법이다. 흐릿해가는 황혼으로부터 밤까지의 시간 안에 설정된 그의 시 공간들은 시간의 흐름을 지우려는 듯 적확하게 묘사된다. 결국 공간묘사의 적확성은 '형태의 사상성'을 발현하는 시적 장치인 셈이다. 이러한 방법은 자연히 시의 음악성을 밀어내고 산문적 표현을 내세우게 된다. 김광균에게 현실, 특히 도시적 삶은 리듬 속에 담길 수 없는 것이었기 때문이다.

2) '차가움'의 시각화

김광균의 시편들은 어둡고 쓸쓸하면서 동시에 냉랭한 분위기를 조성하고 있다. 이는 '사라지는 것'에의 비애를 담고 있는 시적 자아의 의식을 반영한다. 이 냉랭한 분위기는 결국은 후기시에 이르러 "온 都市에 구역이 번지어 간다"(「嘔逆질」(『임진화』))라는 극도의 부정적 현실 인식에 다다르게 된다. 김광균이 적확하게 그려나갔던 공간들은 한결같이 온기를 잃고 '차가움'을 인지시키고 있었다. '차가움'의 분위기를 전경화하고 있었다 하겠다. '차가움'은 촉감에서 인지되는 것이지만 김광균은 이를 시각화한다. 「와사등」에서의 "차단—한 등불" 이미지는 이러한 특징을 단적으로 대변하고 있었다. 앞서 살폈던 대로 "〈차단—한〉 등불이라고 했을 때에는 오히려 視覺的인 느낌"[27]이 되기 때문이다.

> 차단—한 등불이 하나 비인 하늘에 걸려 있다
> 내 호올로 어딜 가라는 슬픈 信號냐
>
> 긴— 여름해 황망히 나래를 접고
> 늘어선 高層 창백한 墓石같이 황혼에 젖어
> 찬란한 夜景 무성한 雜草인양 헝클어진 채
> 思念 벙어리되어 입을 다물다
>
> —「瓦斯燈」 부분

"차단—한 등불"은 비인 하늘을 배경으로 차갑게 도드라져 있다. 그만큼 비정한 느낌을 준다. 차가운 빛을 뿜고 있기 때문이다. 차단—한 등불은 "늘어선 高層"을 "창백한 墓石"으로 물들이고 만다. 또한 "찬란한 夜景"도 잡초처럼 헝클어지게 만든다. 시편들에서 차단—한 등불은 "차단—한 램프"(「瓦斯燈」), "차단—한 碑石"(「水鐵里」), "차단—한 花粉"(「밤비」), "차단—한 山脈"(「少年思慕」), "차단—한 내 꿈"(「燈」)으로 다양하게 변주되어 풍경들을 차갑게 조형한다. "차단—한"은 또 "파란

---

27 정태용, 앞의 책, 같은 곳.
　한편 본인은 허영자 시인에게서 "차단—한"은 시각화를 꾀한 것이라는 설명을 김광균 선생으로부터 직접 들었다"는 도움말을 받았다(2002년 11월 19일).

驛燈"(「外人村」)에서처럼 '파란'의 차가운 색채감으로 대치되기도 한다. "차단-한"의 시각은 그의 시편들에서 빈번히 발견되는 '흰빛, 눈, 초록빛, 파란빛, 흩어짐'의 이미지와 함께 어우러지며 냉랭한 분위기를 조성한다. 이러한 시의 정조는 끝내 「寒燈」에 이르게 된다.

> 기울어진 傾斜 위에 걸려 있는 寒燈에
> 불이 켜지면
> 城北洞 溪谷에 밤이 나린다
>
> 아—
> 그 가늘고 고단한 불빛

—「寒燈」 부분

차단-한 등불은 다름 아닌 "가늘고 고단한 불빛"이었다. 그에게서 등불은 따뜻한 것이 아니라 "寒燈"이었다. 차가운, 창백한 불빛 아래 있는 풍경들은 여위고, 흩어지는 것으로 표상될 수밖에 없다. 이와 같이 '차가움'을 시각화함으로써 그의 시편들은 흐릿해져가는 것을 명징하게 표현하는 특이함을 지니게 된다. 이는 삶의 비애와 냉랭함을 한꺼번에 투사하는 그만의 독특한 시 방법으로 자리하기에 충분하다.

3) 人事와 풍경의 교응

김광균의 시편들은 풍경이 우세하다가 점점 사람살이, 人事 쪽으로 기울어간다. 그러면서도 풍경과 인사를 교응시키는 방법은 꾸준하게 견지된다. 시의 '회화성'에서 그가 자유롭지 못했음을 입증하는 것이기도 하다. 이는 삶 속의 구구한 서사를 풍경과 마주 세워 시각화함으로써 허무한 삶을 명징하게 조형해보려는 욕망과도 연계된다.

해바라기의 하—얀 꽃잎 속엔
褪色한 작은 마을이 있고
마을 길가의 낡은 집에서 늙은 어머니는 물레를 돌리고

보랏빛 들길 위에 黃昏이 굴러내리면
시냇가에 늘어선 갈대밭은
머리를 헤뜨리고 느껴 울었다

아버지의 무덤 위에 등불을 키려
나는 밤마다 눈멀은 누나의 손목을 이끌고
달빛이 파—란 산길을 넘고

—「해바라기의 *感傷*」 전문

2연의 풍경은 1연과 3연의 서사를 압축하고 있다. 구구절절한 서러운 삶이 "갈대밭"으로 응축된 것이다. 갈대밭이 "머리를 헤뜨리고 느껴 울었다"에서 긴—삶의 이야기는 명징한 표현을 얻는다. 앞서 말했듯 초기 시에서는 풍경과 人事를 교응시킨 것들이 비교적 많지 않다. 시집 『와사등』에서는 방금 예시한 「해바라기의 感傷」 외의 「南村」, 「空地」 등을, 『기항지』에서는 「夜車」, 「鄕愁」, 「綠洞墓地에서」, 「은수저」, 「대꽃」, 「水鐵里」 등을 찾아볼 수 있다. 그런데 『황혼가』부터는 점점 순수한 풍경의 제시는 줄어들고 人事 쪽으로 기울어진다. 산문적 표현이 우세해지게 된 것이다. 『추풍귀우』, 『임진화』에 이르러서는 더욱 그렇다. 그러나 人事 쪽으로 무게가 실리면서도 이를 풍경과 마주세우는 방법은 변

함없이 견지된다. 다만 풍경의 부분이 초기 시편들에 비해 많이 지워져
있을 뿐이다.

> 애처롭고나
> 우리 서로 기약한 일 뉘게 말하랴
> 어린 상제 나란히 목메어 울며
> 황망한 暮色 우에 꽃을 뿌리나
> 시들은 갈댓잎 바람에 서걱거리고
> 어둠 속에 사라지는 南川 물소리
>
> —「永美橋」 부분

이 시는 장례를 치루는 심회를 적고 있다. 마지막 2행을 쓸쓸한 풍경
으로 조형하여 비극적 분위기를 고조시키고 있다. 『황혼가』의 대부분
의 시편들은 이처럼 비애스런 삶의 이야기들을 내세우고 이를 다시 풍
경으로 치환하는 방법을 보인다. 말한 대로 『추풍귀우』, 『임진화』에 이
르면 삶의 구체성이 더욱 짙어진다.

> ① 집에는 老妻가 있다
> 老妻와 나는
> 마주 앉아 할 말이 없다
>
> 좁은 뜨락엔
> 五月이면 木蓮이 피고
> 길을 잃은 비둘기가
> 두어 마리 잔디밭을
> 거닐다 간다
>
> —「木像」 부분

② 서부해당화 나무에 쌓인 눈이
    저녁 노을을 받아 紅梅로 변한다
    五月 초이틀 저물엽에
    세배 손님도 끊어지고
    진종일 흰눈에 덮인 잔디 위에
    황혼이 소리없이 날개를 편다

—「日記」 부분

　그의 후기 시 중에서 人事와 풍경이 적절히 섞여든 예를 찾아보았다.
①은 늙은 아내와의 삶을 "뜨락"의 풍경으로 ②는 정초의 적막한 분위
기를 "흰눈"과 "황혼"의 이미지로 대변하고 있다. 김광균 시에서 드러
나는 사람살이나 풍경은 한결같이 쓸쓸하고 어둡다. '차단—한 등불'
을 매어달고 사는 삶이기 때문이다. 끝내 '寒燈'이 되어버린 김광균의
등불, 그 아래서 사람살이와 풍경은 아래의 경우처럼 더욱 비감스럽게
조형되고 만다.

    내 어느날 汚辱의 도시 서울을 떠나
    바다를 끼고 北方길 향하여 가나
    어디에 나의 安住할 곳은 있을까
    두 손 들어 불러도 虛空은 멀어져 가고
    고단한 肉身은 낮과 밤에 찢기어
    내 남루한 옷 깃발처럼 바람에 나부끼나니
    근심에 어린 山川은 끝이 없이 누워 있고
    白沙場가의 어린 소나무 위에
    갈매기 서너 마리 떼지어 울고 있다.

—「憂愁의 날」 부분

김광균이 그의 시를 통해 보여준 삶의 인식은 처음부터 '비애스러움'이었다. 끝내 삶의 우수를 떨치지 못했음을 그의 후기 작품을 통해 다시 확인하게 된다. "汚辱의 도시"는 그가 오래 견뎌온 처소였다. 그의 내면은 결국 마지막 3행으로 명확하게 풍경화되고 있다. 보는 대로 '근심'과 '울음'의 삶을 풍경화한 것이 그의 시였다고 말할 수 있겠다. 이렇듯 풍경과 삶을 섞음으로써 김광균은 어지러운 삶마저도 시각화한 셈이다. 비록 어둡고 쓸쓸하며 냉랭하게 드러낼 수밖에 없었지만 그는 삶을 보다 명료하게 인식하고자 했던 것이다.

5. 결론

이상 김광균 시의 주제의식과 표현의 특성을 살펴보았다. 주제에서는 사라지는 것에의 연민, 세계와 자아의 괴리감, 견고한 삶에의 희구를 이어 이 주제의식이 표명되는 구체적 방식으로 공간과 처소의 적확한 설정, '차가움'의 시각화, 人事와 풍경의 교응이 쓰여지고 있음을 파악했다. 말한 대로 김광균 시론의 핵심인 '형태의 사상성'과 관련시키며 이들 논의를 전개하였다. 김광균 시의 전편은 형태의 사상성 안에서 자연스럽게 해명되고 있었는데 주제의식에서는 그가 말한 바의 정신의 풍경과 현실인식이 간접화되어 표명된 것을, 표현의 특성에서는 회화성을 도모하기 위한 공간설정, 시각 이미지의 전경화, 풍경과 삶의 교응, 산문표현을 집어낼 수 있었다.

김광균의 시를 '형태의 사상성'이라는 측면에서 분석한 것은 그가 제작의식이 결여된 '기질적 이미지스트'라든가 '천박한 감상'의 시인이 아니라는 점을 확인하려는 것이었다. 김광균이 역설한 바의 '형태의 사상성'은 '사상의 정서화'이며 이는 시 장르의 본질을 축약하는 핵심이기도 하다. 그는 첨예한 현실인식을 강조하면서도 이 현실인식이 정서화되어야 할 것을 잊지 않았다. 이는 러시아 형식주의가 역설한 바의 "예술의 고립화가 아니라 미적 기능의 자율성"[28]을 환기시킨다. 그만큼 김광균의 시편들은 시 자체가 스스로의 무게로 발현되는 "詩性(poeticity)"[29]에 역점을 두고 있었다.

한마디로 김광균의 시는 허무한 삶의 정경들이 안타까워 이를 잠시라도 확연히 붙들어두려는 의식을 간접화한 것이었다. 여기서 사라지고 여위어가는 것들을 선명하게 조형화하는 특유의 방법이 자리 잡을 수 있었다. 이렇게 하여 전대의 낭만주의에서의 감상성 혹은 프로문학에서의 편내용주의를 극복하고 시의 자기목적성을 구현, 그의 시편들은 30년대 문학이 한 위치를 마련하는 데 크게 기여하였다.

---

28 로만 야콥슨, 신문수 편역, 『문학 속의 언어학』(문학과지성사, 1989), 158면.
29 위의 책, 159면 참조.

장서언론 — 탐미와 허무의 정서

장서언론 — 탐미와 허무의 정서

1. 서론

張瑞彦은 30년대 한국 현대시의 위상을 다지는 데 중요한 역할을 담당했던 시인으로 1912년 서울에서 출생, 연희전문을 졸업했으며 1983년에 타계[1]하였다. 그는 1930년 『東光』지에 「이발사의 봄」 등을 발표하면서 시작활동을 전개하였으나 과작이었던 관계로 『장서언 시집』[2] 한 권과 60년대에 『현대문학』, 『사상계』 등에 몇 작품을 발표하는 것으로 시작활동을 마감하고 말았다.

1967년, 신문학 60년을 기념하여 『현대문학』지는 100인 시선(12월호), 특집란을 마련한 바 있다. 박종화, 백철, 서정주, 조지훈, 조연현이

---

1 그의 생몰년대는 정확하게 기술된 서지가 없었던 관계로 차남인 장지석 교수(경원대 법대)에게서 대조 확인하였음.
2 『장서언 시집』(신구문화사, 1959).

선한 이 특집란을 보면 장서언은 김광균, 장만영, 정지용 등과 더불어 30년대 시인으로 가름되어 있다. 작품으로는 「나무」가 선정되어 게재되었다. 이는 그가 30년대에서 차지했던 자리를 확인시켜 주는 객관적 계기가 된다. 실제로 장서언은 30년대의 독보적 논객이었던 김기림에 의해 극찬을 받은 바 있다. 1934년 7월 12~22일에 실렸던 『조선일보』 하기문예강좌란에서 김기림은 정지용, 장서언, 조벽암, 이상의 시가 보여주는 난해성을 옹호하고 뒤이어 「감상과 지성과 조소성」이라는 항목에서 장서언의 「古花瓶」에 대한 논의를 전개했다. 이 자리에서 김기림은 "이것은 해설의 범위를 초월하는 과분한 말이지만 나는 「古花瓶」을 금년 전반에 나타난 걸작의 하나라고 생각한다."[3]고 단언하여 장서언이 당대의 시인으로서 확고한 기반을 다지는 계기를 만들어준다.

장서언의 시편들은 30년대 모더니즘의 기류에 적합한 요소들을 구비하고 있었다. 당시 모더니즘의 색채가 농후했던 『3·4 문학』 2호에 「풍경」이 게재된 것 역시 이와 무관하지 않으리라 본다. 앞서 김기림에 의해 언급된 바와 같이 장서언의 시는 "조소성"에 능한 이미지즘의 계열[4]의 시로 볼 수 있을 것이다. 실제 30년대에 김기림이 모더니스트로 즐겨 내세웠던 정지용, 장만영, 신석정, 김광균 등의 시편들은 영미의 이미지즘과 연계된 것이었음은 주지하는 바다.

30년대 이미지즘과 연계된 정지용, 김광균, 장만영 등에 대한 풍부한 문학사적 조명에 비하여 '장서언'은 거의 제외되어 있는 실정이다. 70년대에 중학교 국정교과서에 작품 「박」이 게재되어 다소 그의 업적이

---

3 김기림, 『김기림 전집 2』(심설당, 1988), 333면.
4 오세영, 『20세기 한국현대시 연구』(일지사, 1990), 142면 참조.

환기되는 듯하였으나 이어지지 못하고 말았다. 그간 한국 현대시사류의 글에서도 『3·4 문학』과 관련하여 이름 석 자를 나열하는 정도에 그쳤다. 다만 간간히 그의 시편들이 보여주는 완성도에 힘입어 '시론'에서의 실례로 언급[5]되는 경우가 있었을 뿐이었다. 이에 본고는 『장서언 시집』과 이후의 몇 작품을 통해 장서언 시편들의 주제와 방법적 특성을 고찰하고 그의 시사적 위상을 점검하려 한다. 이를 통해 30년대 여타의 이미지스트들과 구별되는 장서언의 독특한 시세계를 규명하는 계기와 아울러 우리 시에 있어서의 '이미지즘' 영토를 보다 확장하는 계기를 얻을 수 있을 것이다.

2. 장서언 시의 주제와 방법

시편들의 주제는 이미지를 통해 발현된다. 따라서 작품 속의 주요 이미지를 따라가는 것은 시인이 표현하고자 하는 주제의식을 찾는 일과 등가를 이룬다. 장서언 시편들에서 가장 빈번하게 등장하는 이미지는 '나무', '바람', '순이', '색채(푸른, 흰)' 등으로 대변된다. 이중에서도 '나무'는 그의 시세계를 대변하는 중요 모티프라 할 수 있다. 이 중심 이미지를 통해 화자의 의식지향을 보여주며 그는 독특한 자신만의 세계를 만든다. 평소 그는 오마르 카이얌과 보들레르에 경도되었다고 전해진다.[6] 사실 두 시인의 시에서 드러나는 열망과 관능의 세계는 장서언 시와 잘 닿아 있다고 볼 수 있다. 특히 장시 「나무와 시인」에서는 나

---

5 이형기, 『시와 언어』(문학과지성사, 1987), 96면 ; 김준오, 『시론』(삼지원, 1982), 129면.
6 서정주 외, 『한국시인전집 8』(신구문화사, 1963), 410면 참조.

무와 시인이라는 배역을 정하고 이들의 관능적 동화 열망을 극대화시켜 삶의 허무와 환락을 추구하려는 의식을 지배적으로 보여준다.

중심이미지를 내세워 이미지가 역동하는 방향을 통해 시인 자신의 의식이 투사되는 메커니즘을 분석하고자 할 때 '이미지 현상학'의 방법은 적절한 도구가 된다. 이미지 현상학은 바슐라르가 『공간의 시학』에서 설파한 것으로 "시적 이미지가 인간의 마음의, 영혼의, 존재의 직접적인 산물―그 현행성에서 파악된―로서 의식에 떠오를 때 이미지의 현상학을 연구하는 것"[7]을 말한다.

상상력의 현상학, 이미지의 현상학은 작품에 드러난 이미지를 그 현행성에서 파악하는 데 주안점이 있다. 어떤 선입견도 갖지 않은 채 다만 작품 속에서 처음으로 그 의미를 드러내는 이미지의 활동을 통해 시의식을 파악하는 것이다. 다시 말해 이미지의 역동성 자체가 발현하는 주제를 살펴보는 데 그 핵심이 주어진다. 이 글은 이와 같은 맥락의 '이미지 현상학'에 근거를 두고 장서언 시에서 중심이미지 방향을 좇아 시적 주제를 응축시켜 보고자 한다. 본장에서는 그의 시에서의 주제의식을 1) '同化'에의 열망', 2) '절대세계의 환기', 3) '生의 탐미와 허무의식'으로 요약했다. 이어 시적 방법의 특성, 즉 이미지스트로서의 장서언 시가 보여주는 특징적 방법은 4) '감각의 화음'을 통해 해명하였다.

<hr>

7 가스통 바슐라르, 곽광수 역, 『공간의 시학』(민음사, 1990), 84면.

1) '同化'에의 열망

"상징이란 우리의 지각 경험 가운데 비교적 지속적이며 반복적인 요
소를 말하며 지각 경험만으로 전달되지 않거나 충분히 전달될 수 없는
더욱 광범한 어떤 의미"[8]일 때 장서언 시편에서의 '나무'는 대표적 상
징체가 되기에 충분하다. 지속적이며 반복적인 출현과 더불어 광범한
어떤 의미로 작동되기 때문이다. 그의 시에서 나무는 '바람, 시인'으
로 일체화되거나, 혹은 분리되는 모습으로 짜여진다. 물론 '분리'의
경우 역시 일체화의 욕망에서 기인된다. 결국 그의 시에서 '나무'는
동화하려는 욕망의 권화가 된다. 이러한 동화에의 열망은 전편에 고루
나타나다가 장시 「나무와 시인」 3부작에 이르러서 극대화된다고 볼 수
있다.

우선 서두의 「나무·1」은 나무에 투사된 시인의 의식을 잘 보여준다.
이 시는 시인 자신이 나무에 자신을 완전히 의탁하고 있음을 알려주는
서장의 역할을 한다.

가지에 피는 꽃이란 꽃들은
나무가 하는 사랑의 練習.

떨어질 꽃들 떨어지고
이제 푸르른 잎새마다 저렇듯이 퍼렇게 사랑이 물들었으나
나무는 깊숙히 沈默하기 마련이요.

불다 마는 것이 바람이라

---

8 진 쿠퍼, 이윤기 역, 『세계문화상징사전』(까치, 1994).

時時로 부는 바람에 나무의 마음은 아하 안타까워
차라리 나무는 벼락을 쳐 달라하오.

諦念 속에 자라난 나무는
자꾸 퍼렇게 자라나기만 하고

참새 재잘이는 고요한 아침이더니
오늘은 가는비 내리는 午後.

—「나무 · 1」 전문

　　읽어본 대로 시적 화자에 의해 대변되는 나무의 외적, 내적 세계가
드러나 있다. 이 시는 동일화 열망의 깊이를 엿보게 한다. 즉 나무와 화
자의 동일화와 곧이어 바람을 향한 동일화의 욕망이 표출되어 있는 것
이다. 이후의 시편들에서 '바람'은 다시 시인과 등가의 이미지로 종종
드러난다. 결국 나무, 시인, 바람은 현상적으로 분화되어 있지만 동일
한 의미망 안으로 수렴되는 이미지들이라 하겠다. 때문에 시인은 「나
무 · 2」에서 "나의 나무"라고 호명하게 된다.

가지마다 꽃은 피어 꽃속에 아련히 서린 太古의 숨결과,
활짝 핀 꽃속에 末世의 約束이 아스라……

하여, 나의 나무
오늘이 가면, 어제가 또 하나 와서 좋고

植物性 내음
森森 풍기는 順,

—「나무 · 2」 부분

「나무·2」에서의 나무는 '나무'의 격조를 온전히 회복한 것으로 그려져 있다. "오늘이 가면, 어제가 또 하나 와서 좋고"에서처럼 넉넉하고 의연한 표상으로 자리한다. 뿐만 아니라 그의 시에서 절대적 세계를 매개시키는 이미지인 '順'으로까지 나무는 상승된다. 그러나 이후의 시편들에서 그의 '나무'는 이 세계 위에 안전하게 정초되지 못하고 안타까움에 시달린다. 「나무·3」에서부터 '나무'는 점점 동요되기 시작한다.

지나가는 바람에
우두머니 서있는 나무,
나무는 서러워.

불어 오라
詩人의 숨길이 풍겨오는 바람.

詩人의
〈永遠한 나무〉

―「나무·3」 부분

"나무는 서러워"라는 표명은 이제 나무가 안타까움에 몸을 보채야 하는 단서가 된다. 장서언 대표작이라 할 장시 「나무와 시인」 3부작은 「나무·3」의 세계를 확장시킨 것이라 볼 수 있다. 이 시편들은 나무와 시인의 숨결이 혼융하는 여러 국면들을 제시해 보여준다. 이 시편들에서 시인은 '나무'를 女人으로 인격화한다. 다름 아닌 나무를 간절히 호소하는 여인으로 인격화하여 시인을 갈구하는 것으로 형상화시켜 놓고 있는 것이다. 즉, 나무와의 동화를 간절히 꿈꾸는 시인의 심리가 거꾸로 투사된 것이라 볼 수 있다. "투사에 의한 동일성 획득은 자신을 상상적으로 세계에 투사"[9]하여 세계와 자아의 합일을 추구하는 방식이다. 이는 「나무·2」에서 본대로 "나의 나무"라는 표현과 나무에게서 "順이"의 내음을 맡는 시인의 태도에서 유추되는 바다. 그러니까 장서언 시에서 '나무'는 시인의 의식의 변형이며 동화의 열망을 극대화하기에 알맞은 기제로 작동하는 상징체가 되는 것이다. 결국 시인과 나무는 각각 자리를 바꿈으로써 열망을 가열화시키는 효과를 얻는다 하겠다.

「나무와 시인」은 원래 5부작으로 기획되었다고 한다.[10] 그러나 3부작에서 그치고 말았다. 하지만 3부작은 대체로 서두와 중간, 결말을 갖추어 완결된 형태를 보여주고 있는 점을 감안할 때 애초의 의도를 바꾼 것으로 짐작된다. 3부작은 각각 『문학예술』(57년 4월호), 『현대문학』(57년 9월호), 『현대문학』(57년 9월호)에 발표되었다. 59년도에 상재한 『장서언 시집』에는 1부작만이 실려 있는데 그 이유는 분명치 않다. 사실 2, 3부의 경우 내용상으로 1부와 크게 다르지 않다. 그러나 '나무'의 열망이 점점 가열되다가 3부의 말미에서 체념과 함께 일단락되는 구조를 지니고 있음을 감안할 때, 3부작은 한 자리에서 조망될 필요가 있다.

1부는 "十里 벌 눈덮힌 벌판에/ 우두머니 서서 있는 나무 한 그루"의 출연으로 막이 열리는데 이 나무는 "벌판 한 복판에 옴짝할 수 없는 나무"다. 그가 원하는 곳으로 갈 수 없는 "남 모르는 눈물"의 나무인 것이다. 이 고독한 나무에게로 "나 하고 단 둘이 이야기하자"고 접근하는 시인과 더불어 시의 극적 전개는 이루어지게 된다. 나무는 점점 시인에

---

9 김준오, 앞의 책, 40면.
10 서정주 외, 『한국시인전집 8』, 앞의 책, 410면 참조.

게 빠져들어 "나의 시인이여", "시인이여 kiss me,"라고 호소하기에 이른다. 결국 나무는 아래에서와 같은 간절함에 이르고 만다.

> 꿈에라도 가보고 싶어라 詩人의 집에
> 詩人의 마도로스파잎이 되고지고 싶어라 나무는
> 詩人의 椅子가 되고지고 싶어라 나무는
> 詩人의 나무寢臺가 되고지고 싶어라 나무는
> 파묻히고 싶어라 詩人의 房에
> 온 몸과 온 마음 파묻고 싶어 나무는
> 이상한 나라에 깊숙히 주저앉아
> 온갖 情熱, 詩人의 가슴에 퍼붓고 나무는 활 활 타버리고 싶어
>
> ――「나무와 詩人·1」 부분

이 부분은 3부에서 다시 반복되는 모티프이기도 하다. 그만큼 나무의 갈망이 진솔하게 요약된 시의 핵심 부분이라 할 것이다. "되고지고 싶어라"의 반복 구조에서 보듯 나무의 욕망이 그대로 유출되어 있다. 온갖 정열을 시인 가슴에 퍼붓고 스스로 활활 타버리고 싶다는 욕망은 대상과 온전하게 합일하고자 하는 동화의 열망을 현시한다. 한 자리에 우두커니 서서 날마다 시인을 기다리던 나무는 스스로 "시인의 집에" 가고 싶은, "꿈에라도 가보고" 싶은 간절함을 드러낸다.

2부는 "서러워라 아름다움은/ 아름다워라 서러움은"이라는 탐미적 탄식과 함께 막을 올린다. 여기서도 "詩人이 찾아와 주기만을 서서 기다려야 하는 나무"라는 1부와 동일한 상황이 그려진다. 1부작에 비해 더 많은 설명적, 관념적 어귀들이 나열되어 화자의 사변적인 발언이 시의 흐름을 막는 경향을 보인다. 그만큼 1부나 3부에 비해 산문적 진술

이 지배적이다.

한편 2부에서부터 나무는 女人으로 화한다. 여인으로서의 나무의 모습은 화자에 의해 다음과 같이 그려진다.

> 나무女人이여, 詩人의 사랑이여
> 푸른 치마 도사리고 벌판에 서서 있는 나무女人
>
> 머리 풀어 헤치고 남몰래 思索하며 서서 있어야 하는 나무女人이여
>
> (…중략…)
>
> 나무女人이여, 火葬이여, 기쁨이여, 삶이여, 슬픔이여, 사랑이여, 詩人이여, 抱擁이여, 키스여, 나무여, 詩人
>
> ―「나무와 詩人·2」 부분

나무여인, 화장, 기쁨, 슬픔, 사랑, 포옹, 키스의 나열은 '나무'로 대상화된, 시인이 추구하는 존재의 넓이와 깊이를 한꺼번에 끌어안고자 하는 욕망을 암시한다. 이렇듯 2부의 내용은 1부에 비해 한결 가열된 욕망으로 채워져 있다.

3부의 내용과 구조는 앞서 말한 대로 1부와 상응하면서, 동시에 1, 2부를 무화시키려는 나무의 심회를 그린다. 채워지지 않는 욕망의 표출이라 하겠다. "나무가 지닌 情熱에 比해 「나무와 시인」 같은 시/ 너무 시시해요 詩人"이라는 메타적 표현이 그것이다. 이는 시인 스스로 자신의 열망을 온전히 표명할 수 없음을 자각하는 부분이기도 하다. "시인은 잠시 후 집으로/ 나무는 그저 벌판에" 홀로 서 있어야 하는 현실은 시인 자신의 현실이며 대상과의 온전한 동화가 이루어질 수 없는 실존

의 한계이기도 한 것이다 그리하여 "나무의 *存在*를 스스로 *怨望*하는 나무"일 수밖에 없으며 결국 '나무'의 불타오르던 열정은 체념과 순응으로 바뀌게 된다.

> 고마워라 벌판에 날 밝아옴은
> 어둠속에서는 만날 수 없는 詩人을 그나마 볼 수 있겠기에
>
> 참 고마워라 벌판에 날 밝아옴은
> 어젯밤 흘리던 눈물, 흘릴 수 없기에
>
> 고마워라 벌판에 날 밝아옴은
> 어젯밤 그렇게 안타까웠던 일 모다 모다 날아가 버리기에
>
> —「나무와 詩人·3」 부분

이상의 되뇌임이 보여주듯 나무는 "날 밝아옴"을 소중하게 맞으며 열망의 시간들을 잠재우려 한다.

김기환은 「나무와 시인」 3부작을 일컬어 S. 베케트의 「고도를 기다리며」가 연상된다[11]고 말한 바 있다. 실제로 외로운 들판에 서 있는 나무 한 그루와 시인 그리고 이들의 소통될 수 없는 대화는 고독한 실존의 모습을 떠올리기에 충분한 극적 구조를 갖고 있다. 말한 대로 「나무와 시인」은 대상에의 갈망과 좌절할 수밖에 없는 열정, 同化하려는 심리의 극대화를 표출한 작품이다. 그런데 「나무와 시인」 3부작이 보여준 나무의 동요하는 열망과 체념은 이후 「나무·9」에 이르러 안정된 정서의 회복으로 화한다. 따라서 이 작품은 그만큼 순치된 시인의 의식을

---

11 위의 책, 63, 410면 참조.

읽게 한다. 「나무·9」는 61년 1월 『사상계』에 발표된 것으로 「나무와 시인」 3부작의 여운을 차분하게 정돈하고 있는 듯한 느낌을 준다. 어느 덧 가열한 사랑은 "초록색 바람이/ 나무잎, 잎새 사이를 알마치/ 스치며 가는 사랑"으로 변모되었기 때문이다. 이 부분에 이르러서야 이제 '나무' 이미지를 통해 갈구하던 사랑은 "나무는 바람 속에 살고/ 바람은 나무 속에 살고"의 경지를 현현할 수 있었던 것이다. 이렇게 볼 때 「나무·9」는 앞서 「나무·2」에서 보여주었던 평온의 세계와 닿는 것이라 하겠다.

2) 절대세계의 환기

장서언이 나무와 시인이라는 배역을 정해 무대 위에 세워놓고 관능적인 사랑의 열망을 투사한 것은 동화하려는 간절함과 더불어 절대세계에 대한 강한 그리움을 드러내는 것이기도 하다. 현실은 결핍과 좌절의 공간이기에 여기서 꿈꾸는 동일성의 열망은 안타까움으로 끝날 수밖에 없는 것이다. 이에 장서언은 초월적 세계를 마련하고 그 세계에 이르는 길목에 "順이"를 설정한다. 順이를 통해 그는 절대세계를 환기하며 현실의 결핍을 메우려 했던 것이다.

최일수는 장서언의 시세계를 평하는 자리에서 "順이란 마치 20세기 초기에 모든 인테리들의 인도주의적 심볼이었던 「죄와 벌」의 주인공 '쏘냐' 처럼 30년대 우리 시인들의 정신적 온상이며 동시에 感傷의 발현"[12]이라고 말한 바 있다. 이 언급에서처럼 장서언 시에서의 順이는

---

12 최일수, 「장서언의 문학」, 『월간문학』(1971. 8), 249면.

정신의 정화로 작용된다. 즉 시인이 다다를 수 없는 세계를 환기시키는 이미지인 것이다. 현실과 이상과의 거리에 유난히 민감했던 탐미주의자, 장서언에게 이 소박한 여인 이미지는 현실과 이상의 간극을 메워주는 지고한 상징으로 자리한다. 앞서 최일수의 언급에서처럼 이 부분에서 다소의 감상성이 없는 것은 아니다. 그러나 20년대에서의 감상주의의 그것과는 다른, 절제된 정서로 표백된 것이다. 그에게서 順이는 고도로 순화된 정서의 응축으로 작동되는 이미지라 볼 수 있기 때문이다.

살구꽃 마구 터져나와
행인을 움켜 잡으랴 들고

햇빛도 하이얀 해서
그 앞을 지나기 나는 무서워.

꽃 피어서 봄이랴
그리운 順아

나비나 잡아 보려드는 내 심정
알아나 주렴.

나비야 잽히거나 말거나

허지만 그리운 順아
나비는 사알짝 날아가누나.

나비 잡으려던 손가락이
마흔 넷 봄을 하나, 둘, 센다.

—「나비야 나비」 전문

봄날의 현란한 아름다움과 마주한 허탈한 심회를 "나비나 잡아 보려 드는 내 심정"으로 그려내고 있다. 그러나 "나비야 잽히거나 말거나"처럼 화자는 봄날의 화창함 속에서 그 황홀감을 온전히 소유할 수 없는 안타까움을 어쩌지 못하고 있다. 바로 그런 허망한 자리에 떠오르며 현실의 결핍을 견디게 해주는 것이 다름 아닌 順이다. 그래서 "그리운 順"은 화자의 정서를 순화하는 기제가 된다. 다시 말해 그에게서 이 소박한 이름의 이미지는 지고한 세계를 떠올려주는 매개가 되는 것이다.

> 順아 집터자리 서너개 이빠진 石築을
> 예전 모양 다시 쌓아 올리고
>
> 하이야니 석회로
> 샛짬 마자 발렀다.
>
> 내 마음
> 한결 갸운하고
>
> 하이얀 石築도 구슬픈 노래
> 다시는 울지 않어 順아

—「白秋·2」 전문

이 작품은 『자유문학』(56년 6월호)에 「새마음」으로 발표되었으나 시집에는 「白秋·2」로 제목을 바꿔 게재하였다. 처음의 제목대로 이 시는 새로운 마음을 다지는 심리를 석축 고치는 일에 비유하고 있다. 마음을 다시 쌓아올리는 그 자리에서 順은 시인의 결의를 다져주는 모티프가 되어주는 것이다. 이렇게 順은 시인에게 현실을 견디게 하는 힘이며, 그리움의 정화가 된다. 이 정화의 이미지를 간직함으로써 시인은 견실한 내면 세계를 구축할 수 있었다 하겠다. 그래서 "나의 나무 順"(「나무 · 9」)이라는 결론이 마련된다. 이렇듯 시인이 나무와 順을 한 자리에 놓았을 때 이제 나무는 동요되는 것이 아닌 고요한 몸짓으로 자리한다. 앞의 항목에서 본 대로 나무의 열정이 고비를 넘어 체념의 자세로 밝은 날을 다시 맞는 그런 순응의 단계에서 나무는 順이가 되기도 하는 것이다. 이렇듯 '順'의 이미지는 시인의 정서가 고도로 응축, 승화된 자리에 솟아 여타의 이미지까지 그 자리로 끌어올리는 기제로 쓰인다. 그리하여 "순아 내 마음은 빈 의자/ 그리움에 앉아서 기다리는 빈 의자다// 너를 항시 생각하기에 하루를 잠자코 견디어 낸다"(「빈 의자」)에서처럼 삶을 지탱해주는 원동력이 되기에 이른다. 『장서언 시집』 이후의 작품 「불다 말다 바람」(『현대문학』 61년 5월호), 「비」(『현대문학』 62년 10월호)에서도 여전히 "順"은 줄기차게 호명되어 이상적 세계를 구축하려는 시인의 마음을 위무하는 기제로 작용한다. 이렇게 볼 때 "順이" 이미지는 허무의식을 치유하며 동시에 절대적 세계를 환기해주는 표상임을 확인할 수 있다.

3) 生의 탐미와 허무의식

대상을 향한 강렬한 동화의 열망과 동시에 절대세계를 환기함으로써 현실의 결핍을 채워나가는 의식은 생을 향한 탐미적 정서로 확산된다. 이어 '생'의 아름다움과 아름다움의 소멸을 겪어야 하는 현실은 허무감을 떨치지 못하게 한다. 따라서 장서언 시에서 탐미적 정서는 자연히 허무의식과 더불어 표출되는데 이러한 특성은 장시 「나무와 시인」을 비롯하여 그의 시 곳곳에 편재해 있다. 우선 한 편을 골라 이와 같은 사실을 확인해보기로 한다.

흰 치마 도사리고 앉았으니
헐일 없는 하이얀 항아리.

하이얀 목아지에 올몽졸몽 달린 耳·目·口·鼻는
헐일 없이 항아리에 꽂힌 한송이 薔薇

너의 손으로 딸아주는 술잔 내 손으로 받아 마시누나,
나의 손도 흙으로 빚어진 손이야,

아름다운 사람아
너의 얼굴에서 사라지누나,
耳·目·口·鼻가 별똥처럼 휘익,
휘익 사라지누나.

노래마저 사라지면
너의 얼굴은 하이얀 잇빨만 앙상한 해골.

너는 火葬이 좋다고 후둘어지게 웃고
나는 埋葬이 좋다고 후둘어지게 웃고

아무렴, 슬픔이사 내일이지
아름다운 사람아 나와 함께 오늘을 살자.

우리 대신 살아줄 사람 하나도 없어
우리 무척 즐겁구나.

흰 치마 도사리고 앉았으니
헐일 없는 하이얀 항아리.

—「女人像」 전문

이 시는 '항아리'를 오브제로 하고 있다. 한편 이 오브제는 다시 여인상으로 치환된다. "헐일 없는 하이얀 항아리"는 순수한 미적 대상으로 자리하기에 알맞다. 여기에 장미 한 송이가 꽂힘으로써 항아리는 아름다운 여인의 모습으로 더욱 구체화되기에 이른다. 이렇게 해서 항아리는 여인이 되어 화자와 술잔을 주고받는다. 술잔을 주고받으며 여인도 화자도 흙으로 빚어진 몸임을 상기한다. 그리고 "아름다운 사람아"라는 탄식이 뒤따른다. 이미 너의 "앙상한 해골"이 보이는 까닭이다. "아름다운 사람아 나와 함께 오늘을 살자"는 현세적 순응의 목소리에서 생의 탐미와 허무가 번진다. 이 시는 술기가 오른 화자의 목소리에서 탄식처럼 터져 나오는 생의 허무감을 잘 들려준다. 아름다운 여인의 얼굴에서 이목구비가 사라진 모습을 하이얀 항아리를 통해 유추하며 한편으로 영원에의 갈망을 내재화하고 있다는 작품이라 하겠다.

이 작품은 장서언이 즐겨 읽었다는 오마르 카이얌의 『루바이야트』[13]

---

[13] 오마르 카이얌은 11세기 중엽 페르시아의 철학자, 수학자로 알려져 있다. 그는 4행시 『루바이야트』로 명성을 얻었다. 『루바이야트』는 1인칭 화자, 시인 자신의 목소리에 삶의 고뇌와 회의, 그리고 포도주에 취하여 망각, 환희가 엇갈리는 탐미적 삶을 노래하고 있다. 피츠제럴드, 이상옥 역, 『루바이야트』(민음사, 1975) 참조.

장서언 시에 나타난 『루바이야트』의 영향을 알아보기 위해 루바이 두 편을 소개하기로 한다. 이 두 편은 특히 장서언의 「女人像」에 직접적 영향을 미친 것으로 보여진다.

> 님이여, 오늘은 잔을 채워 씻어내자
> 어제의 회한과 내일의 두려움을
> 닥쳐올 날이야 무슨 소용 있으랴
> 내일이면 이 몸도 7천년 세월 속에 잊힐 것을(루바이 21)
>
> 아, 이제 모든 것을 아낌없이 쓰자꾸나
> 우리 모두 언젠가는 한줌 흙이 되어질 몸
> 흙에서 나와 흙으로 돌아가 쉬니
> 거긴 술도 노래도 없고 끝없이 넓은 곳(루바이 24)

의 세계를 환기시키기에 충분하다. 생에의 탐미와 도취는 영원한 삶을 누릴 수 없는 한계에 대한 반응이다. 이 때문에 시인은 현세적 삶에 도취하는 듯한 자세를 보인다. 그래서 삶의 아름다움에 대한 의식은 고조되고 삶은 지극한 탐미의 대상이 된다. 이어 이 탐미의 정서는 서러움으로 물들고 허무감으로 번져 나간다. 이와 같은 탐미와 허무의식은 장서언 시의 기저에 내내 자리하는 정서라고 볼 수 있다.

나 살으리라
너무 서러워서라도
죽음아
나 다시 살으리라

— 「아름다워 서러워」 부분

그 달빛 아름다웠어라 그 달빛 서러웠어라

— 「나무와 시인 · 1」 부분

울안에 눈부신 모란꽃은
왔다가니 잘 있으란 봄 표적이냐

— 「봄」 부분

사랑이란 아름다워라
단념이란 더욱 아름다워라

— 「단념」 부분

유방이 부풀잖은 나의 少女야
너는 구름 위에 떠도는 장미

— 「음악실」 부분

이상, 몇 곳을 골라 장서언 시에서의 탐미적 정서와 허무의식을 확인해보았다.

앞서 말한 대로 그의 시에 나타나는 탐미성은 허무의식과 병행하면서 생의 안타까움을 자아낸다. 영원한 삶을 꿈꾸는 인간에게 있어 유한한 인생은 더욱 아름답고 그만큼 서러울 수밖에 없다. 따라서 그의 시에서의 현세적 도취는 때로 감상적 정조로 물들기도 한다. 장시 「나무와 시인」에서의 흥분된 어조 역시 이러한 흐름 안에서 이해된다. 장서언 시의 이러한 특성은 한마디로 「아름다워 서러워」에서 보여주는 대로 "나 살으리라/ 너무 서러워서라도/ 죽음아/ 나 다시 살으리라"는 비극적 생의 의지를 표명하는 일이기도 하다.

4) 감각의 화음

장서언 시의 방법적 특징은 비교적 다양하게 드러난다. 그의 시편들은 다분히 실험적인 요소를 지니고 있었기 때문이다. 장시 「나무와 시인」에서 본 바의 연극적 구성을 비롯하여 음악적인 정조, 조소적 형상화 등을 그 특성으로 거론할 수 있을 것이다. 이 자리에서는 이러한 제 특성을 '감각의 화음' 으로 응축하여 살피기로 한다.

장서언의 시편들은 한 대상에 대한 여러 관점을 동시에 제시함으로서 탄력을 얻는다. 대표 이미지인 '나무' 의 경우만 하더라도 정적, 동적 이미지와 더불어 시각적, 청각적 이미지를 교호시키며 형상화하고 있다. 다시 말해 그의 시편들은 대상을 향해 여러 각도의 이미지를 투사함으로써 구체성의 미학을 성취한다.

네모반듯한 房
꿈나라에서 들려오는 愁心歌인 양
구석 구석에서 스며 나오는 紛 냄새,
香水 냄새, 冬栢기름 냄새
풍기지마라 푸르스름한 壁아
내 몸에선 슬픔이 버섯처럼 피는구나.

—「女人의 房」 부분

　여인의 방을 대상화하고 있는 부분이다. 이 부분의 구체적 구도는 시각, 후각, 청각, 촉각 이미지가 교차되면서 그려져 있다. 다시 말해 "네모반듯한"의 시각 이미지, "들려오는 수심가"의 청각 이미지, "…냄새"의 후각 이미지, "…버섯처럼 피는구나"의 촉각 이미지가 겹쳐 있는 것이다. 이는 시각에서 청각으로, 청각에서 후각으로 다시 후각에서 촉각으로 전이되는 양상으로 드러난다.

　한편으로 장서언은 대상에게 양극단의 감각을 동시에 걸쳐놓음으로써 의미의 확장을 꾀하기도 한다. 다음의 경우를 보기로 한다.

샘물앞 손 씻는 시악씨
흰 치마
흰 적삼
하얀 비녀
흰 고무신
모다

눈처럼 차가우니

물 한그릇 청하는 나에게

한그릇 가득 부어 주는 마음

따사로워라.

—「가을날」 부분

 “흰…”으로 나열된 시각적 오브제가 “차거우니”의 촉각 이미지로 전
이되어 선연하게 돌출되었다가 “따사로워라”는 감각과 마주하며 “가
을”을 낳는 작품이다. 흰빛의 차가운 정결함과 따뜻한 마음이 섞여들면
서 가을의 의미가 한껏 구체화되어 있다. 장서언의 시적 대상들은 거의
흰빛으로 돌출되는데 이는 대상의 선명한 윤곽을 강조하면서 동시에
소멸의 두려움을 투사하는 기제가 된다. 「가을날」에서의 “흰” 역시 이
러한 기제로 자리한다. “눈처럼 차가우니”는 이 사실을 잘 보여준다.
여기서도 장서언이 보여주는 바의 대상에 대한 탄력적 시각은 잘 입증
된다.

 이상과 같은 다양한 감각의 활용은 시 전체에 혹은 연단위나 행단위
에 빈번하게 나타난다. 여기서는 그의 대표작으로 꼽히는 「古花甁」을
통해 이와 같은 사실을 다시 확인하면서 장서언 시의 방법적 특성으로
서의 ‘감각의 다양성’을 한 자리에서 조망하기로 한다.

古磁器 항아리
눈물처럼 구부러진 어깨에
두 팔이 없다.

파랗게 얼었다,
늙은 看護婦처럼
고적한 항아리.

愚鈍한 입술로

季節에 어그러진 풀을 담뿍 물고

그 속엔 한 五合 남는 물이

푸른 산꼴을 꿈꾸고 있다.

떨어진 花瓣과 함께 깔린

푸른 黃昏의 그림자가 거북 타신 모양하고

窓 넘어 터덜 터덜 물러갈 때,

다시 한번 내 품는

淡淡한 향기.

— 「古花瓶」 전문

오브제를 구상화인 듯 그려내고 있다. 김준오는 그의 『시론』에서 이 시를 "대상을 스케치한 전형적인 영물시"[14]라고 언급한다. 한편 서두에서 말한 대로 김기림은 이 작품을 당해 년도의 걸작으로 인정한 바 있다. 이러한 언급들은 모두 이 시가 보여주는 이미지 활용의 독특함에서 비롯된다고 보겠다. 영물시는 대상의 실감을 환기시키는 수법으로 그려지는 것이며 김기림의 평은 이미지즘과 관련하여 마련된 것이기 때문이다.

이 시는 시각 이미지 "두 팔이 없다"를 "파랗게 얼었다"는 근육 감각적 이미지로 전이시키며 시적 긴장감을 고조시킨다. 섬뜩한 감각을 읽는 이에게 일깨우며 감각의 구체화를 꾀하는 것이다. 이어 "淡淡한 향기"의 후각 이미지로 전이되며 고화병은 그 품격을 자아낸다. 단순히

---

14 김준오, 앞의 책, 129면.

대상을 스케치한 것이 아니라 감상하는 이에게 대상의 구체성이 직접 닿는 듯한 실감을 부여하고 있다. 여기서 고화병은 단순한 오브제로 대상화되는 것이 아니라 다양한 감각의 화음을 통해 구체적 사물성을 회복하며 그 존재가치를 드러내고 있는 것이다. 장서언 시의 대표적 방법이라 할 '감각의 화음'은 바로 이와 같이 대상의 사물성을 놓치지 않으려는 섬세함과 아울러 단일한 시선에서 벗어나 유연한 관점을 마련하는 기제가 되고 있다.

3. 결론

이상 장서언 시의 주제와 시적 방법을 한 자리에서 조망하였다. 그가 남긴 '50여 편'의 시를 중심으로 이미지스트로서의 면모에 주목하며 그의 작품을 따라가본 것이다. 장서언이 시작활동을 전개했던 1930년대는 주지하는 바대로 한국 현대시가 비로소 안착되었던 시기다. '시' 장르의 본질을 이해하고 시의 본령을 자각, 시의 한 높이를 구가했던 시기인 것이다. 구체적으로 말한다면 시문학파와 모더니즘의 기류에 힘입어 한국 현대시는 이때에 이르러 비로소 자율적 존재로서의 '시'를 자각할 수 있었다 하겠다. 장서언의 시편들은 모더니즘 영향권 내에서 거론되며, 그 위치를 점검받았었다.[15] 실제로 「나무와 시인」의 실험정신, 오브제의 사물성 드러내기 등은 그를 모더니스트 혹은 이미지스트

---

15 "30년대의 한국모더니즘을 이미지즘→모더니즘=주지주의 계열의 작품으로 규정하고 나서면 이 계열에 드는 시인으로 우리는 정지용, 신석정을 비롯하여 김기림, 김광균 및 장서언, 박재륜, 장만영 등의 이름을 들 수 있다." 김용직, 「30년대 모더니즘의 전개」, 김용직 외 편, 『문예사조』(문학과지성사, 1981), 460면.

로서 호명하기에 적당하였다. 한편 그의 시가 집착하고 있었던 대상의 명료한 형상화를 감안한다면 그는 이미지스트로 호명되기에 더 적당할 것으로 본다.

　장서언은 시적 대상을 명료화하는 데만 그치는 것이 아니라 대상의 사물성을 최대한 드러내주기 위해 다양한 감각을 동원, 시의 탄력을 얻음으로서 이미지스트로서의 위치를 새롭게 확보한다. 대상을 시각화하는데 멈추지 않고 시각, 청각, 촉각, 근육감각, 후각 등 감각의 화음 안에서 사물이나 정황을 구체화하는 데 주력했던 것이다. 한편 이러한 감각의 향연은 그의 시가 지향하는 주제의식과 잘 상응되는 것임을 살필 수 있다. 대상을 향한 갈망, 생의 탐미와 허무, 절대세계의 환기 등 그의 시의식이 지향하는 세계는 자연히 다양한 감각의 일깨움을 통해 근접해갈 수 있는 것이기 때문이다. 장서언 시의 이러한 특징은 내용과 형식의 경계를 지우며 시적 완성도를 성취하는 기제가 된다. 1930년대 시의 출발점에서부터 보여준 장서언 시의 이와 같은 완성도는 한국 현대시사에서 충분히 그 공로를 인정받아야 할 것이다.

장만영론 — 풍물과 동심의 세계

장만영론 — 풍물과 동심의 세계

1. 서론

草涯 張萬榮은 1914년 1월 25일 황해도 延白에서 출생, 1976년 타계했다. 경성 제2고보를 거쳐 일본 동경의 三崎英語學校에서 수학하였으며 1932년 『東光』지에 「봄노래」가 추천되어 시인의 길에 들어섰다. 그는 40여 년에 걸친 시작생활을 통해 첫시집 『羊』(자가출판, 1937)에 이어, 『축제』(인문사, 1939), 『幼年頌』(산호림, 1948), 『밤의 서정』(정양사, 1956), 『저녁종소리』(정양사, 1957), 『저녁놀 스러지듯이』(규문각, 1973), 『놀따라 등불따라』(경운출판사, 1988)를 남겨놓기에 이른다.[1] 이는 1930년대, 한국 현대문학의 정초기로부터 60년대에 이르기까지 꾸

---

[1] 이외에 『장만영 시선집』(성문각, 1964)이 있다. 한편 시집 『놀따라 등불따라』는 『저녁놀 스러지듯이』보다 먼저 기획되었으나 정식 출판되지 못하고 있다가 1988년도에 유고시집으로 나오게 된 것이다.

준히 시작활동을 전개한 결과의 적지않은 수확물인 것이다.

장만영은 자작시 해설서인 『里程標』(신흥출판사, 1958)를 통해 스스로 자신의 문학수업과 문학의 여정과 詩作의 근거를 제시하여 자신의 작품에 비교적 쉽게 접근할 계기를 남겨놓았다. 이 책에서 장만영은 1930년대의 모더니즘과 자신의 시작이 연루되어 있음을 시사한다. 정지용, 김기림의 시를 소개하는 자리에서 그는 두 시인의 영향력을 피력하며 자신도 그 영향권 내에 있음을 고백하고 있었던 것이다. 특히 이 자리에서의 "지용이 색채를 다루는 화가의 그 수법으로 작품을 썼다면 기림은 「메카니크」한 「카메라맨」의 수법으로 제작한 시인이었다고 나는 본다"[2]는 언급은 장만영의 시에 접근해가는 중요한 단서가 되기도 한다. 그의 시편들은 표현의 감각미와 형식처리에 그만큼 의식적이었기 때문이다. 즉 그는 시의 제작의식을 분명히 내면화하고 있었다. 이러한 사실은 장만영 시편들이 이미지즘, 넓게는 모더니즘에 근거함을 암시한다. 실제로 비록 단평이나마 그를 주목했던 흔적들도 이미지즘과 연계된 것들이 대부분이다. 우선 1930년대 모더니즘의 대표적 논객 최재서와 김기림은 각각 "산뜻하고도 억세인 쾌미는 주로 그 鮮銳한 이미지에 있다"[3], "조소적 깊이를 가진 시인"[4]이라고 그의 테두리를 그어준 바 있다. 그리고 이후의 단평들도 "장만영은 당시의 비평가들이 定評한 바와 같이 이미지스트였다"[5]는 범주에서 그어진다. 그런데 대부분의 논자들은 시사적 나열 안에서 이미지스트로서의 장만영을 각인시

---

2 장만영, 『里程標』(신흥출판사, 1958), 184면.
3 최재서, 『문학과 지성』(인문사, 1938), 249면.
4 김기림, 『김기림전집 2』(심설당, 1988), 57면.
5 백철, 『신문학 사조사』(신구문화사, 1968), 544면.

커 주고 있을 뿐[6], 그에 대한 본격적 논의는 펴고 있지 않다. 결과적으로 신석정, 김광균, 김기림, 정지용과 동시대에 활발한 시작활동을 전개했으면서도 이들에 비해 심도 있는 주목을 받지 못한 셈이다. 이는 장만영의 시편들이 보여주는 수준이 고르지 않았고, 또한 그의 전 작품들이 이미지즘, 모더니즘의 전망 속에서 고스란히 해명될 수 없었기 때문이 아닐까 한다. 그의 시에 대한 평가가 단평에 그치고 만 이유도 여기에 있을 것이다. 이런 중에도 뒤늦게나마 장만영에 주목한 박철희의 「김광균·장만영론」[7]과 김용직의 「장만영론」[8]은 선구적 업적이 될 만하다. 한편 최근의 작업으로는 박호영의 「장만영 시에 나타난 '환상성' 연구」[9]를 들 수 있는데 이는 현재 유행되고 있는 환상문학의 외연을 넓혀줄 뿐 아니라 장만영 시에 접근하는 또 다른 시도로 그의 시에 새롭게 주목하는 계기를 열어주고 있다.

이 글은 이상의 연구 성과를 염두에 두면서 장만영 시의 정체성을 보다 확고하게 자리매김하는 계기를 갖고자 한다. 이는 한국 현대시사에 끼친 이미지즘의 족적을 다시 확인하는 일이기도 하며 현대시의 정초기에서부터 꾸준한 시작을 전개하여 상당한 성과물을 내어놓은 장만영 문학의 위상을 가벼이 하지 않으려는 데 있다.

모든 문학작품들은 시대와의 관계를 통과하면서 새로운 수확물로 거듭날 수 있다. 이에 본고는 장만영의 시편들을 오늘의 시점에서 조망하

---

6 이러한 측면의 논거는 대략 다음에서 찾을 수 있다.

　　김윤식, 『한국현대시론비판』(일지사, 1976) ; 오세영, 『20세기 한국시연구』(새문사, 1998) ; 최동호, 『현대시의 정신사』(열음사, 1985).

7 박철희, 『서정과 인식』(이우출판사, 1982).

8 김용직, 『한국현대시사 2』(한국문연, 1996).

9 박호영, 「장만영 시에 나타난 환상성 연구」, 『국어교육』(2004. 2. 28).

면서 한 성과물로 수확해내려 한다. 찬찬히 눈여겨보았을 때 그의 시편들은 한국 현대시의 진폭을 확장하는 데 적지 않게 기여하고 있었기 때문이다. 자작시 해설집 『이정표』를 통해 볼 때도 장만영은 새로운 감각으로 시적 대상을 구축하려는 제작의식과 한편으로는 자발적 넘쳐흐름으로서의 서정을 기질적으로 소유한 시인이었음을 파악할 수 있었다. 이러한 사실들을 기반으로 그의 시편들에서 '정경과 풍물 묘사의 구체성'을 겨냥하여 그가 다루는 시적 대상과 그 묘사력을 간파함으로써 그가 전원에의 향수에만 젖어 있던 시인[10]이 아니었음을 밝히려 한다. 다음으로는 '다양한 형식과 미적 거리'라는 항목을 통해 그가 시형식에 고심하여 서정적 자아의 노출을 최소화하려는 의지를 보여준 점과 아울러 진술방식과 감정처리와의 상관성을 찾아보고자 한다. 이어서 시의식의 지향성, 즉 그의 시적 주제를 '어머니'와 '동심'의 세계로 요약하여 읽어내려 한다. 논의의 진행은 시기별 특성을 고려하기보다는 전 시집을 묶어 장만영 시의 본질에 접근하는 방식을 취하게 될 것이다.

2. 情景과 풍물 묘사의 구체성

장만영의 시편들은 풍경과 풍물을 즐겨 대상으로 삼는다. 직정적인 토로가 아닌 풍경의 세부 정황과 풍물을 통해 감정을 투사하는 것이다.

---

10 다음의 글들은 장만영의 시를 다른 모더니스트들과 차별화하기 위하여 '전원시'라는 관점에서 재단한 경우가 되겠다.

"그가 생각한 詩는 처음부터 전원, 또는 목가조의 세계에서 빚어지는 사람들의 가녀린 감정을 문맥화하는 것이었다." (김용직, 앞의 책, 377면)

"그는 모더니즘 一派에 속하는 시인이기도 하지만, 전원 티를 벗지 못했으며, …" (조병춘, 『한국현대시사』(집문당, 1980), 267면)

수준작이라 할 만한 대부분의 작품에서 우러나오는 부드러운 정조는 여기에 연유한다고 볼 수 있다. 그의 시에서의 풍경들은 '집중된 구체적 대상'으로 자리한다. 즉 한 상황과 상태를 섬세하게 포착하여 이미지화한다. 이때 그는 풍경에의 감흥까지를 감각화시킴으로써 이미지스트로서의 면모를 잘 드러낸다. 이는 결국 그의 시가 정경 묘사에 주력하고 있음을 보여주는 것이다. 더불어 그의 작품들은 풍물 보여주기에 능하다. 흔히 '풍물'은 풍경과 동의어로도 쓰이지만 본고에서는 한 시대적 공간의 독특한 경치, 삶의 모습을 말한다. 장만영의 작품에서 풍부하게 엿볼 수 있는 20C 초반 이 땅의 온천풍경, 술도가, 가옥풍경, 가정사, 풍속, 근대의 부정적 풍경으로서의 매음녀의 방 안 등에 대한 인상적인 묘사를 염두에 둔 것이다. 이렇게 볼 때 그는 막연히 전원풍경을 담아낸 시인이라기보다는 사실상 근대의 풍물과 거기에 어린 애수를 간접화함으로서 모더니즘의 특성을 예각화하고 있었던 것이다.

1) 정경의 세밀화

말한 바와 같이 장만영 시의 풍경은 한 정황에 집중하여 세밀하게 감각화하는 것이 특징이다. 그의 대표작 중의 하나인 「비」를 분석해보기로 한다.

順伊 뒷 山에 두견이 노래하는 사월달이면
비는 새파란 잔디를 밟으며 온다.

비는 눈이 水晶처럼 맑다.
비는 하이얀 眞珠 목걸이를 자랑한다

비는 垂楊버들 그늘에서
한 종일 銀色 레에스를 짜고 있다

비는 대낮에도 나를 키쓰한다
비는 입술이 함쑥 딸기물에 젖었다

비는 고요한 노래를 불러
벗향기 풍기는 黃昏을 데려 온다

비는 어디서 자는 지를 말하지 않는다
順伊 우리가 촛불을 밝히고 마주 앉을 때

비는 밤 깊도록 窓밖에서 종알거리다가도
이윽고 아침이면 어디론지 가고 보이지 않는다

—「비」 전문

7연 모두 비가 내리는 정황을 조밀하게 그려 보이고 있다. 4월, 봄비의 촉촉한 감촉을 시각, 청각, 후각으로 분산시키며 감각화하여 생동감을 자아낸 작품이다. 푸릇한 기운을 배경으로 비의 청신함이 한껏 내세워져 있다. 또한 봄의 역동성과 봄비의 역동성이 잘 얽혀 있다. 비를 의인화함으로서 역동성은 한층 섬세하게 이미지화된다. 즉 "온다", "자랑한다", "입술이…젖었다", "데려 온다", "종알거리다가도"와 같이 인간화된 움직임을 통해 비가 내리는 정황들을 세밀화로 그려내고 있는 것이다. 또한 이 세밀화의 부드러움은 화자의 어조에 힘입는다. 청자인 순이에게 조근조근 들려주는 목소리로 어조가 유지되고 있기 때문이다. 그렇다면 이 시는 비내리는 정황의 묘사와 어조의 부드러움이 섞여 들며 만드는 시각과 청각 이미지의 교직이라 할 만하다. 이러한 기법은 장만영 특유의 것이기도 하다. 또 다른 작품 「달 · 葡萄 · 잎사귀」의 경우에서도 이는 잘 확인된다.

> 順伊 버레 우는 古風한 뜰에
> 달빛이 밀물처럼 밀려 왔구나
>
> 달은 나의 뜰에 고요히 앉아 있다
> 달은 과일보다 향그럽다
>
> 동해바다 물처럼
> 푸른
> 가을
> 밤
>
> 포도는 달빛이 스며 고웁다
> 포도는 달빛을 머금고 익는다
>
> 順伊 포도넝쿨 밑에 어린 잎새들이
> 달빛에 젖어 호젓하구나
>
> ─「달 · 葡萄 · 잎사귀」 전문

이 시를 두고 최동호는 "그의 시적 특징을 반영하는 대표적인 작품 가운데 하나로서 그의 시세계를 규명하고 그 문학사적 위치를 조망하는 시금석"[11]이라고 언급한 바 있다. 따라서 이 시에 대한 해명은 특히 장만영의 이미지즘적 특성을 한꺼번에 대변하는 일이 될 것이다. 여기

---

11 최동호, 「성숙에의 동경과 고독감」, 정한모 · 김용직 편저, 『한국대표시평설』(문학세계사, 1983), 219면.

서 시인은 달, 포도, 잎사귀라는 오브제를 유기화시키는 데 주력한다. 시인의 내면에서 이들은 이미 하나로 응결된 사물들이기 때문이다. 따라서 이들은 시 속에서 이상적인 정경으로 응축되어 자리 잡는다. 3연에서의 "동해 바다 물처럼/ 푸른/ 가을/ 밤"을 배경으로 달빛에 버무려진 포도와 "어린 잎새"들이 한껏 전경화되고 있는 것이다. 한편 가을의 결실, 포도는 "고웁다", "익는다"는 단순 명료한 술어적 이미지를 통해 역동적 감각을 얻는다. 정적인 달빛의 이미지가 이처럼 역동화될 수 있는 것은 그만큼 세부의 국면들에 집중한 결과일 것이다. 청자인 순이의 고운 이미지까지 유추시키면서 행간에 의미를 투사함으로써 달빛의 효과를 전편에 고루 펴는 것이다. '달·葡萄·잎사귀'를 제목으로 정한 데서부터 이 시는 이미 효과를 단단히 얻는다. 즉 세 개의 사물이 서로를 투사하면서 하나의 정황 속에 용해되고 있음을 미리 암시하고 있기 때문이다. 먼저 인용한 「비」의 경우, "온다"에서 "가버린다"까지, 봄비가 내리고 그치는 절차가 예각화되어 있었다면 이번 「달·포도·잎사귀」의 경우는 달빛이 밀려와 지상에 배어드는 광경을 예각화하고 있었다 하겠다. 두 편 모두 풍경의 한 특정한 상황을 확대하고 구체화시킨 경우다. 두 작품은 첫 시집 『羊』에 게재된 바, 초기작에서부터 장만영은 이러한 면모의 정경을 그려내는 데 주력하고 있었다 하겠다. 이는 그가 당시의 모더니즘 조류를 의식한 나머지일 수도 있으며 그의 시적 취향일 수도 있을 것이다.[12] 따져보면 그가 안서 김억으로부터 시작태

---

12 장만영, 앞의 책, 173~178면 참조.
　　장만영은 정지용의 「카페 프랑스」를 감상하는 자리에서 「이미지스트」 운동을 거론하고, 이미지즘운동, 강령 등을 소개하며 이 유파에 대한 관심을 피력하고 있다. 또한 지용, 기림, 석정의 시에 대한 이미지즘적 특성을 거론하며 이 방면의 취향을 드러내고 있다.

도를 익혔을 것임에도 불구하고 감각적 이미지로 시세계를 조형하려는
의지는 실상 그의 시적 취향이었을 것으로 짐작되며 이 취향이 이미지
즘의 기법에 주목하게 만들었을 것으로 보인다. 이러한 특성은 이후로
도 내내 드러난다.

① 저녁 물바람이
　　풀피리 소리를 싣고 올 때

　　물동이를 이고 돌아가는
　　마을 색시들의 흰 옷 그림자가
　　조각달처럼 외롭구나

　　湖水로 가는 길은
　　별이 葡萄송이처럼 열린 저 하늘에 닿은 듯―

　　먼 마을 뒷山엔
　　벌써 소쩍새가 나와 운다.

―「湖水가는 길」부분

② 푸른 東海가 바라다 보이는
　　서늘한 테라스―
　　스페인 벳드 위에 누웠던 女人은
　　새벽달같이
　　차고 희었다.

―「女人」부분

③ 바람 소리
　　기와 골에 떨어져 굴르는 나무잎새 소리에도

나는 이불을 뒤집어 쓰고 숨도 쉬지 못하였다.

—「生家」 부분

④ 산ㅅ골의 반딧불은 별만큼이나 큰 것이 무서웠다
달이 밝으면 산짐승도 숲에서 처량히 울곤했다.

—「가버린 날에」 부분

①, ②는 제2시집 『祝祭』에서 ③은 제3시집 『幼年頌』에서 ④는 제4시집 『밤의 抒情』에서 발췌한 것이다. ①의 경우는 호수로 가는 길의 풍경을 감각화하고 있다. 물바람과 풀피리의 화음, 마을색시들과 조각달의 화음을 통해 길의 한적한 풍경을 그려내고 있는 것이다. 이어 호수 가는 길이 "하늘에 닿은 듯" 뻗친 모습을 시각화하고 "소쩍새" 울음을 들려주면서 외로움이 투사된 정경을 입체화하고 있다. ②는 "푸른"과 "희었다"의 극명한 색채감각을 내세워 "누웠던 女人"을 클로즈업시킨다. ③, ④의 경우도 한적함, 적막함의 정경이 클로즈업된 것이다. 이렇듯 영화기법[13]을 연상시킬 만큼 장만영은 세부를 전경화하여 정황을 압축하는 데 익숙한 솜씨를 보인다.

이와 같은 기법이 그의 시에서 지속적으로 드러나는 양상을 살피기 위해 후기 시집의 시편을 더 보기로 한다.

① 호미라도 끌적거리며 걸어가고 싶은
길 저쪽으로

---

13 위의 책, 92면.
　실제로 장만영은 "프랑스 같은 데서는 이미 「씨에・포엠」이라고 하는 이러한 수법을 쓴 시가 있음을 그때 나는 알고 있었다"라며 이 방면에 대한 관심을 보여준다.

　　파아란 하늘이 비잉빙 돌고

　　소달구지 하나 지나가지 않는

　　쓸쓸한 풍경 속엔

　　하이얀 갈꽃

　　한들 바람에 파르르 떨고 있었다.

―「길」 전문

　② 오솔길 더듬더듬

　　숲속으로 겨올라 가면

　　이윽고 앞을 막는듯

　　높다란 절문이

　　불쑥 나타났다.

　　여기가 나그네들의

　　고향 금산사

―「金山寺 가는 길」 부분

　　각각 후기 시집인 『놀따라 등불따라』와 『저녁놀 스러지듯이』에서 발췌하였다. ①은 「길」 전문이다. 여기서도 "파아란 하늘"과 "하이얀 갈꽃"의 대비가 극명하다. "갈꽃"의 떠는 모습에 초점을 모아 "쓸쓸한 풍경"을 잘 살려낸 작품이다. 선명한 시각적 이미지를 통해 외로움의 정경을 양각화하고 있는 것이다. ②는 金山寺가 툭 불그러져 나타나는 지점을 잘 포착하여 효과를 거둔다. "불쑥 나타났다"는 일상적 표현이 오히려 군더더기 없이 극적인 이미지를 조성한다. ①, ②의 경우 모두 정황의 세부를 통해 시적 분위기를 압축하는 구심력의 미학을 보여주고 있다.

이상에서와 같이 장만영의 시편들은 전 시집을 통해 지속적으로 정황의 세부를 파고들며 고적하고 외로운 정경을 잡힐 듯이 만들어낸다. 이와 같이 장만영의 시편들이 정황의 세부를 압축하여 시의 울림을 퍼뜨리는 방법은 이미지스트 강령 중의 하나인, "무엇보다도 집중이 시의 본질이라는 신념을 가질 것"[14]을 잘 환기시키는 대목이기도 하다.

2) 풍물의 세계

앞서 언급한 대로 장만영의 시편들은 풍물, 즉 20C 초반 이 땅의 독특한 삶의 경치를 여실하게 묘사함으로써 이미지스트로서의 면모를 잘 보여준다. 집안의 가업이던 술도가의 풍경, 그리고 부친이 손수 발견하여 운영한 배천온천장과 온천 주변의 정황, 근대도시로서의 서울의 모습들, 매춘부 이야기 등의 시편들이 바로 그것이다. 이러한 시편들은 시적 감흥과 함께 이 땅 다양한 삶의 모습들을 주마등처럼 들려주며 볼거리를 제공하기도 한다. 그만큼 그의 시편들은 막연한 전원지향보다는 구체적 풍경을 제시하는 데 더 주력하고 있었다. 이 자리에서는 풍속적인 것, 온천장 풍경, 근대 서울의 모습, 그리고 매춘부와 관련한 시편들을 예로 들어 살펴보기로 하겠다.

① 누룩이 뜨는 내음새
　술지게미 내음새가 훅훅 풍기던 집
　방마다 광마다
　그뜩 들어 차 있는 독 안에서는

술이 끓었다
술이 익었다

해수병을 앓으시는 어머니는
숨이 차서……기침이 나서
겨울이면
요를 둘른채
어둔 등잔불 곁에서
긴긴 밤을 노상 밝히군 했다.

—「生家」 부분

② 홍역에는 가재가 좋고
　노루 피나 신 개똥이 약이라는 데
　나는 그 놈의 신 개똥이 쓰고 더러워
　그것을 먹으라 할 때 마다 짜증을 내며 울었다.

—「紅疫」 부분

③ 송편에 고기에
　대추에 밤에 식혜에 술에
　모두 거기 차려놓고 절하다
　바라보는 하늘,
　하늘이 맑고 곱더라.
　뒷산 숲에서는 산꿩이 자꾸 울고……

—「省墓」 부분

　부분 발췌한 세 편은 모두 시집 『유년송』에 실린 것으로 유년의 시선으로 회감된 시편들이다. 「生家」의 경우는 술도가였던 집안의 술이 익는 풍경과 함께 어머니의 해수병 앓이에 근심스러워하던 화자의 심정이 잘 엿보이는 시다. "술지게미 내음새"와 어머니의 "숨이 차서……기침이 나서"를 통해 회감되는 유년의 정서는 그만큼 실감을 자아낸다. ②의 경우는 홍역에 쓰는 민간요법을 ③은 성묘의 풍속을 읽을 수 있다. 세 편 모두 유년의 기억에 저장된 인상을 재현하는 만큼 소박하고 지각의 낯설음과 신선함을 느끼게 한다. 수식없이 유년의 시선에 비쳤던 그대로를 세밀하게 담아내려는 데 주력하고 있는 시편들이라 하겠다.

온천풍경과 관련된 것은 『유년송』에서의 「祝願」, 「浴泉」에서도 볼 수 있지만 『밤의 抒情』안의 '泉鄉詩抄'에 집중되어 그려져 있다. 「溫泉이 있는 거리」를 비롯하여 12편의 작품은 모두 온천을 중심배경으로 삼아서 쓰여진 것들이다. 여기에는 호텔과 주변의 온실, 휴양중인 도회여인 등의 이미지가 감각적으로 드러나고 있다. 이는 근대화의 한 풍경들이라 할 만한 것들이다. 그런데 이 풍경들은 대부분 서정적 자아와 융화되지 못하는 것으로 드러난다.

> 硫黃냄새 훅훅 끼치는 따스한 샘이 솟는 거리
> 밤에는 안개가 비오듯 내려
> 山, 들 할 것 없이 안개에 싸여 자욱한 속에
> 旅館으로 불려가는 娼妓들 소리
> 娼妓를 나르는 人力車 나발소리
>
> 밤이 깊도록 새도록
> 아아 長鼓소리
> 愁心歌 소리 .
>
> ……나는 통 잠이 오지 않는다.
>
> ─「溫泉이 있는 거리」 전문

이 작품은 도시의 거리를 후각, 촉각, 청각의 감각을 동원해 여실하게 그려내고 있다. 특히 유황냄새 "훅훅 끼치는"의 경우, 후각과 촉각이 동시에 받아낸 구체적 감각이 인상적이다. "娼妓들 소리", "人力車 나발소리"가 안개에 젖어드는 풍경은 사실적이면서 몽환적인 분위기를 드러낸다. 이 분위기는 결국 페이소스를 자아낸다. 많은 소리 중에서 "愁心歌" 소리가 두드러진 것은 온천의 환락과 대비되는 일말의 슬픔을 느끼게 한다. 이는 낯설게 근대화하는 풍물의 분위기에 대한 위화감과 이에서 빚어지는 심정의 복잡함이 내현된 것이라 볼 수 있다.

  ① H 港으로 간다는
     장난감 같은 조그만 기차가
     호텔 門 앞을 뉘염뉘염 지나다니고

―「溫泉 호텔」부분

  ② 드높은 天井의 고풍한 남포가 좋다
     더운 물을 토하는 돌사자가 좋다.

―「Bath Room」부분

  ③ 방카로 風의 발코니―
     거기 장미꽃 皮膚를 가진 少女는
     암 체아에 누운 채
     잠이 들었다.

―「해바라기」부분

인용된 ①, ②, ③은 온천풍경의 한 모서리들을 구체화하고 있는 부분들이다. 모두 낯선 근대적 풍경들인데 화자는 이 풍경들을 훑고 지나가면서 일말의 애수를 놓치지 않는다. 이 땅 위에 새롭게 펼쳐지는 풍물들에 대한 신기함과 낯설음이 혼효된 감정이 은연중 투사되어 있는 것이다. 이 신산스런 감정은 결국 도시의 그늘에 도사려 사는 '매춘부'에게 꽂히게 된다.

> ① 賣笑婦복녀의 품 속에 疲困한 내가 있다. 내 가슴 속에
>   離別의 슬픔이 있다. 슬픔 속에 뜨거운 눈물이 있다.
>
> —「福女 1」부분

> ② 그는 殘忍한 肺菌이 복사빛 그의 가슴을 좀버레처럼 파먹는 것을
>   알지 못하였다. 그럼으로 肉體의 따뜻한 體溫이 어름짱 같이
>   冷却하여 가는 것을 그렇게 슬퍼하지는 않았다.
>
> —「賣笑婦」부분

①의 경우 화자는 자신을 매소부인 '복녀'와 동일시하고 있다. 점차 복잡하게 조직화되는 사회구조에 대응하지 못하고 소외당하는 운명을 양자는 공유하고 있는 것이다. ②의 경우는 매우 조소적인 시선으로 자신과 동일시된 매소부를 대상화시키고 있다. "알지 못하였다", "슬퍼하지는 않았다"는 냉소적 표현은 오히려 비극성을 극대화한다. 시인은 이 비정한 상황과의 거리를 최대한 유지하면서 감정의 온기를 거둔 채 보여주기에만 몰두할 뿐이다. 이러한 양상은 그가 도시의 풍경을 잡아낼 때도 여전하다.

> ① 관수동 다리를 건느면 變電所의
>   드높은 삘딩이 있는 부근
>   독을 파는 전방이 있고

담배가게가 있고
모퉁이의 육곳간을 돌아 골목길로 들어서면
바로 관수동 22번지.
담도 판장도 없이
길이자 뜰이요, 뜰이자 房인 집은
그 옛날 내가 순이와 외롭게 살던,
외롭게 살며 「祝祭」를 쓰던 곳.

—「관수동」 부분

② 그와 나란히 앉아 바라보던 로타리의 噴水
噴水에 물은 없고
나무잎새만 서름인양 쌓이었는데
世上은 바뀌고
사람 사는 것이 꿈만 같아.

—「光化門빌딩」 부분

시집 『밤의 서정』에서의 작품들이다. ①은 시인이 살았던 관수동 집과 그 주변의 환경들을 상세히 그려낸 것이고 ②는 시인이 자주 오고 가던 빌딩 주변의 모습들을 그린 것이다. 두 작품 모두 우울한 정조를 배면으로 도시의 풍경을 무심한 듯 세밀하게 그려내고 있다. 도시 속에서의 신산한 삶, 그 배음이 짙게 깔린 작품들이다.

3. 다양한 형식과 미적 거리

장만영의 시편들은 비교적 다양한 형식을 보여주고 있다. 한 편의 시가 드러나는 데 가장 적절한 형식을 모색하는 그의 남다른 노력을 엿보게 된다.[15] 그는 유기적 형식[16]으로서의 형식 모색을 통해 한 편의 시가 존립하는 존재성에 접근하고자 고심했던 것이다. 그런데 이러한 고심은 시인이 대상과의 거리를 확보하는 기제가 되기도 한다. 이때의 '거리'는 흔히 미적 거리(Aesthetic distance)로 통용되는 그것이다. 여기서 미적 거리의 구체적 양상은 시인과 시적 대상과의 거리로 드러나는데 이때 시인의 태도는 그만큼 주지적이 되는 것이다. 즉 "한 개인이 자신의 사적, 실제적 관심으로부터 분리되어 대상을 관조할 때 그 대상을 향한 그 태도와 관점"[17]이 작품에 투영되기 때문이다. 그렇다면 장만영의 시를 흔히 감상적 어조로 국한시키는 것은 그만큼 피상적 관찰에서 연유된 것이다. 그는 서정적 자아의 과도한 노출을 삼가기 위해 다양한 형식을 모색, 대상의 객관화에 힘쓰고 있었다. 이 자리에서는 몇 가지의 경우를 들어보기로 하겠다.

1) 被話者의 설정

여기서 피화자는 시 속에서 화자가 호명해낸 인물을 말한다. 시의 화자는 이 인물에게 말을 건네는 것으로 시 텍스트를 구성해나간다. 이 경우는 피화자의 응답은 없고, 다만 피화자에게 말을 건네는 화자의 목

---

15 "시상을 얻어 그것을 표현하려고 할 때, 나는 먼저 이걸 어떤 형식으로 쓸 것인가를 늘 생각해보곤 한다. (…중략…) 가령 꽃을 꺾어 왔을 때, 우리는 그 꽃을 꽂아 놓은 화병에 신경 써야 하지 않을까?" 장만영, 앞의 책, 372면.

16 "오오거닉(organic) 형식이란 일정한 외적 규칙이 없이 하나하나가 각기 독자적인 형식을 지니게 됨으로 그야말로 다양한 형식일 수밖에 없다." 정한모, 『현대시론』(보성문화사, 1982), 58면.

17 Allex Preminger, *Princeton Encyclopedia of Poetry and Poetics*(Princeton university Press, 1974), 5면.

소리만 들려올 뿐이다. 장만영의 시에 등장하는 피화자, 즉 청자는 '순이', '어머니', '누나', '아가' 등으로 호명되는, 정감어린 아니마(Anima)적 인물들이다. 이 인물들을 향한 화자의 목소리는 다정하고 부드럽다. 이렇듯 화자가 직접 자신의 목소리를 터뜨리지 않고 인물을 호명하면서 감정을 여과시킴으로써 시적 대상과의 거리를 확보하는 것이다. 그의 대표작으로 알려진 「비」, 「달·포도·잎사귀」는 화자가 순이에게 말 건네는 형식으로 전개된다.

順伊 뒷산에 두견이 노래하는 사월달이면
비는 새파아란 잔디를 밟으며 온다.

―「비」 부분

順伊 버레 우는 고풍한 뜰에
달빛이 조수처럼 밀려왔구나

―「달·포도·잎사귀」 부분

위의 시가 풍기는 부드럽고 다감한 어조는 '순이'라는 인물의 호명과 상관한다. '순이'는 소박하고 유순한 한국여성의 이미지를 대변하는 보통명사라 해도 무방할 것이다. 한국의 문화적 코드에 대응하는 '순이'라는 기호는 장만영 시의 분위기를 결정하는 지배소가 된다. 시집 『밤의 抒情』에서의 〈순아에의 戀歌〉와 관련된 작품들, 그 외에 「順伊와 나와」, 「湖水」 등의 시에서 '순이'는 시의 분위기를 모으는 결정적인 역할을 한다. 한편 그에게서 '순이'는 사실상 '어머니'의 또 다른 이름이기도 하다.

①어머니

　　두견이는 어디로 갔을까요?

　　여름날 저어 머언숲 짙은 그늘에 있는

　　푸른 搖籃을 그대로 두고

　　두견이는 지금 어디로 갔을까요.

—「돌아오지 않는 두견이」 부분

②어머니

　　저 푸른 琉璃처럼 맑은 하늘은

　　얼마나 沈靜한 얼굴입니까?

　　이 아침에 머언 海岸의 따뜻한 바위에는

　　흰 물새들의 해볕 즐기는 작은 모임이 있겠습니다.

—「가을아침 風景」 부분

　‘어머니’를 부르고 어머니에게 말 건네는 형식을 취함으로써 자연스레 뒤따르는 아어체의 문장은 서정적 자아의 감정을 순화시키는 좋은 기제가 된다. 한편 어머니에게 말을 건네는 서정적 자아의 천진한 감성이 내세워져 시의 세계를 낯설고 순박하게 드러내는 효과를 얻기도 한다. ①의 “푸른 搖籃을 그대로 두고/ 두견이는 지금 어디로 갔을까요”나 ②의 “저 푸른 琉璃처럼 맑은 하늘은/ 얼마나 沈靜한 얼굴입니까”에서 드러나는 어린애의 투명한 시선은 ‘어머니’를 청자로 설정함으로써 더욱 설득력을 얻는다.

2) 대화체

　피화자의 설정 외에도 장만영은 시 속에 다른 목소리를 넣어 입체감을 살리고자 애썼다. 다시 말해 이는 피화자의 목소리가 시 속에서 직접 발성되는 경우를 말한다. 즉 서정적 자아의 단일한 목소리로 유지되는 시가 아닌 다른 목소리를 삽입하여 '대화로서의 시'를 모색했던 것이다. '대화체'의 기법에 대해 장만영은 상당히 의식적이었다. 그는 베를렌느의 「슬픈 대화」를 소개하면서, 이러한 시쓰기의 방법에 대해 "이런 대화의 형식을 빌린 것은 역시 이 작품이 가지고 있는 그 동화성을 십이분으로 나타내고자 함"[18]이라고 밝힌 바 있다.

어머니 언니가 羊들을 데리고 나간 지는 벌써 여러 달이 되지 않습니까?
그런데 언니는 왜 돌아오지 않을가요?
나는 오늘도 저 銀杏나무 아래로 나아가
언니를 기다리는 日課를 잊지 않겠습니다.

어머니 夕陽이 되어 언니가 羊들을 몰고
저 山기슭을 돌아 휘파람 불며 올 때가 되었건만
언니는 영영 오지 않고
구름만 뭉게뭉게 山을 넘어 옵니다.

어머니
어디서 어린 뻐꾹새 소리가 들려옵니다.
만일 언니가 뻐꾹새가 되었다면
숲에서 오죽이나 외로워하겠읍니까?

애기야 저 파아란 하늘을 바라보아라
맑은 하늘에 나붓나붓 떠져 다니는

---

18 장만영, 앞의 책, 39면.

하아얀 구름이 보이지 않니?

너의 언니는 하늘에 사는 바람이 되고
떼지어 다니는 하아얀 구름은
언니가 사랑하던 羊들이란다.

오늘도 너의 언니는 고요한 하늘에 푸른 길로
羊들을 몰고 다니는구나.
나직히 떠갈 때는 휘파람 소리도 들리지 않겠니?

— 「바람과 구름」 전문

이 시의 화자인 '나'는 '어린 아이'다. 따라서 어린 아이의 시선과 목소리가 전편에 배어 있다. 한편 '나'는 여성으로 설정되어 있다. 이는 '언니'라는 호칭을 통해 드러난다. '나'는 어린 양을 데리고 나가서 돌아오지 않는 언니의 행방을 어머니에게 묻고 어머니가 대답하는 구조의 시라 하겠다. 시의 내용으로 보면 '언니'는 이 세상 사람이 아니다. 따라서 '나'의 기다림은 실상 '기다림' 자체로 멈추게 된다. 이에 어머니의 대답은 이미 현실 저 너머를 표상한 것서의 "오늘도 너의 언니는 고요한 하늘에 푸른 길로/ 羊들을 몰고 다니는구나"가 된다. 결국 이 시에서 우리는 바람이 된 언니가 구름이 된 양떼를 몰고 다니는 擬物化의 수법과 아울러 슬픔을 대상화하는 미적 거리의 확보를 감지할 수 있다. 「바람과 구름」에서와 같은 대화체의 활용은 「달」, 「바다」, 「아가」, 「마중」 등 초기시에서부터 『놀따라 등불따라』에서의 「바위가 된 少年」, 「行人歌」, 「停車場點景」, 「仙人掌」, 「기별」 등에 이르기까지 꾸준히 활용되고 있다. 한편 이런 대화체의 활용은 시나리오 형식으로 이어지기도 한다. 이와 관련해서 장만영은 「바다로 가는 女人」을 직접 해명하면서 "나는 이 시를 쓸 때 「씨나리오」적 수법을 써보려 하였다."[19]고 말한다. 이 시에 관한 장만영의 해명을 들어보면 그는 특별히 영상으로서의 시에 관심을 기울이고 있었음이 확인된다. 모두 3개의 장면으로 이루어진 「바다로 가는 女人」은 ㉠ 폐를 앓고 있는 여인이 처한 정황의 설정, ㉡ 여인의 가련한 동작, ㉢ 여인의 위기를 점진적으로 보여주는 것으로 설정되어 있다. 한 가련한 여인의 시들어가는 육체를 바다를 배면으로 하여 따라가는 이 시의 소재는 지극히 감상적이지만 시나리오 수법을 통해 객관화된 형상물로 거듭난다. 한편 이와 같은 사실에 대해 장만영이 스스로 "보다시피 주관적인 말이 하나도 나오지 않는 것이 특색"[20]이라고 언급한 것에서 그가 감상에 젖지 않으려 고심한 사실을 다시금 짐작할 수 있다 .

3) 산문체

장만영의 시편들에서 두드러져 보이는 또 다른 형식적 특성은 산문체를 많이 활용하고 있다는 것이다. 이는 '이야기' 나 '사건' 을 즐겨 시적 내용으로 치환하는 그의 시편들에서 자연스럽게 드러나는 특성이다. 산문 형식은 서정적 자아의 목소리가 한결 가라앉는 효과를 준다. 그렇다고 해서 장만영의 산문체 형식의 시가 그대로 산문시가 되는 것은 아니다. 경우에 따라서 산문시의 형식으로 드러나기도 하고 한편으로는 행과 연에 대한 배려를 잃지 않는 가운데 산문투의 문장을 쓰는

---

19 위의 책, 92면.
20 위의 책, 94면.

경우도 있는 것이다. 이와 같은 산문체의 기법에 대해서도 장만영은 퍽 의식적이었음이 발견된다. 그는 산문체시 「鄕愁」를 자평하면서 "그 표현에 있어 「나는 바다로 가는 길로 걸어간다」-이렇게 산문을 다루듯 쓰는 수법은 새롭다는 인상을 주었던 것이다."[21]라고 말한 바 있다. 이 부분의 글들을 더 읽어보면 장만영이 재래의 시법에서 벗어나 알맞은 容器로서의 시형식을 찾으려 애쓴 흔적을 잘 보여준다.

> 봄을 따라 아가가 갔다. 조그만 아가의 棺이 나가던 날은 비가 무섭게 퍼부었다. 나는 몹시 슬펐다. 나는 旅行을 떠났다. 산골의 溫泉에서 달포를 있었다. 밤바다 뻐꾹새가 울었다. 나는 그때 술을 배웠다.
>
> —「뻐꾹새感傷」 부분

핏줄을 잃은 慘慽의 슬픔을 담은 작품이지만 오히려 차갑게 가라앉은 어조로 유지되고 있다. 이 작품은 행과 연 구분을 염두에 두지 않은 산문시다. "나는 몹시 슬펐다"는 진술마저 건조하게 울릴 뿐이다. 또한 "나는 그때 술을 배웠다"는 담담한 어조는 농밀한 슬픔을 덮어놓고 있다. 산문시의 형식은 산문의 특성을 차용한다. 즉 대상과의 거리를 보다 멀리 잡아 객관화하는 것이다. 이 거리를 통해 시인의 감상은 충분히 객관화된 세계로 축조된다.

산문체의 활용은 초기시 「病室」, 「抒情歌」, 「가버린 날에」, 「賣笑婦」, 「福女」에서부터 점차 후기시로 갈수록 더욱 두드러진다. 유고시집인 『놀따라 등불따라』에서만 보더라도 「바위가 된 少年」, 「하나의 遺物」, 「噴水」, 「行人歌」 등 다수가 있다. 장만영은 "과거의 시가 청각적 효과

---

21 위의 책, 96면.

를 노렸다면 현대시는 시각적인 효과에 더욱 그 노력을 기울이고 있는 것"[22]이라고 피력하면서 산문체 형태가 드러내는 시각효과를 염두에 두고 있다. 그는 산문적 진술을 통해 시적 대상과의 거리를 확보함으로써 감정을 추스르는 효과와 더불어 시형태의 시각적 효과까지 염두에 두었던 것이다.

4. '어머니'와 '동심'의 세계

장만영의 시편들은 대부분 여성적 어조로 유지되고 있다. 그가 피화자로서 '순이'를 설정했을 경우에도 순이를 호명하는 시인의 목소리는 남성적이라기보다는 다정다감한 여성의 목소리다. 이는 '어머니'를 향한 목소리에서도 마찬가지다. 시적 대상과의 합일을 지향하는 서정적 자아의 태도가 가장 모범적으로 유지되는, 즉 서정시의 문법이 고스란히 지켜지는 한 예를 볼 수 있는 것이다. 장만영은 그의 시작법에서 "우리는 자연과 인생을 볼 때 어린이가 찬탄의 소리를 입밖에 내듯이 놀라운 눈을 뜨고 그것을 봐야 한다"[23]고 말한 바 있다. 이때 '어린애의 찬탄의 소리'는 그의 시에서 곧바로 '어머니'의 세계로 연결되곤 한다. 어린애의 호기심 가득한 시선은 누구보다 '어머니'의 넉넉한 가슴을 통해 그 해답을 얻는 것이기 때문이다. "아니마라는 극점을 우리의 몽상이 향할 때, 그것은 우리의 유년시절로 우리들을 다시 이끈다."[24]라는 관점을

---

22 장만영, 『그리운 날에』(박문출판사, 1965), 121면.
23 장만영, 『현대시감상』(산호장, 1953), 157면.
24 바슐라르, 김현 역, 『몽상의 시학』(기리원, 1990), 31면.

빌린다면 우리는 결국 아니마(Anima)의 육화로서의 어머니[25]와 어머니
의 세계로 침잠하는 동심의 구조를 동시에 읽어낼 수밖에 없다.

　장만영의 시적 자아는 고독하고 결핍된 인물로 설정되어 현실 너머
의 어머니의 세계를 그리워한다. 그 먼 곳은 어머니와 동심의 세계를
통과하여 이르게 되는 유토피아라고도 할 수 있을 것이다.

　　　어머니
　　　두견이는 어디로 갔을까요?
　　　여름날 저어 먼 숲 짙은 그늘에 있던
　　　푸른 搖籃을 그대로 두고
　　　두견이는 지금 어디로 갔을까요?

　　　어머니
　　　가을이 또 말 없이 찾아 와
　　　푸른 搖籃에는 빨갛게 단풍이 듭니다
　　　붉은 노을 곱게 비낀 하늘이 멀고
　　　해가 져도 두견이는 아니 옵니다

　　　어머니
　　　오늘도 한종일 두견이를 찾았으나
　　　嶺 넘는 나무꾼의 노래만 구슬프고
　　　두견이는 영영 아니뵙니다
　　　이윽고 겨울도 저 산을 넘어 온다는데……

　　　　　　　　　　　　　　　　　　　—「돌아오지 않는 두견이」 전문

---

25 에마 융, 박혜순 역, 『아니마와 아니무스』(동문선, 1995), 104면. 융의 부인인 에마 융은 "보통
　아니마는 우선 한 사람의 현실 여성에게 투여된다"고 말한다. 장만영의 경우는 그의 시에 여
　러 여성이 등장하지만, 이는 결국 어머니라는 구심점을 향하여 몰려든다고 볼 수 있다.

　3연으로 이루어진 이 시는 각 연마다 ‘어머니’를 부르고 어머니에게 말 건네는 형식을 취하고 있다. ‘돌아오지 않는 두견이’에게 쏟아지는 걱정스런 마음을 어머니에게 쏟아내며 어머니에게 기대는 어린애의 천진스런 심성이 그대로 내비친다. 1연은 “어디로 갔을까요?”의 연속된 의구에서 보듯 두견이의 행방에 대해 몹시 걱정하는 심정을 드러내고 있다. 2연은 가을의 아름다운 정취를 묘사하면서 두견이의 부재를 대비시킴으로써 더욱 애달픈 심사를 고조시킨다. 3연은 “嶺 넘는 나무꾼의 노래만 구슬프고”와 “이윽고 겨울도 저 산을 넘어 온다는데”를 통해 비극적 정황을 설정, 근심스런 마음을 두드러지게 하고 있다. 이 시의 서정적 자아인 ‘어린애’는 이 세계에 대해 아직 아무것도 확고한 인식을 가질 수 없는 나약한 존재다. 그렇기에 아주 사소한 것에게까지 염려의 눈길을 던지는 그런 무구한 존재이기도 하다. 그런데 이 염려의 눈길은 ‘어머니’를 부르고 ‘어머니’에게 기대어 근심을 덜고자 한다. 애초 염려의 시선은 어머니에게 안겨 있는 서정적 자아의 안락한 마음에서 비롯된 것이다. 그러니까 이 시는 표면적으로 ‘돌아오지 않는 두견이’에 대한 화자의 걱정스런 마음의 표백이지만 그 이면에는 모성에 기댄 천진스런 아이의 호기심과 평화스런 분위기가 은연중 내세워져 있다. 다시 말해 ‘어머니’의 크고 아늑한 품이라는 공간 안에서 촉발된 작품인 것이다. 장만영의 많은 시편들에서 서정적 자아가 풀어내는 마음의 흐름은 대개 이와 같은 맥락 안에 있다. 시인에게 ‘어머니’라는 존재는 그만큼 절대적 아니마로 고착되어 있기 때문일 것이다. 이러한 사정은 작품 「幼年」을 통해 유추할 수 있다.

뒤란은 햇볕이 잘 들어
사시장철 고운 꽃들이 피어 있었다
성처럼 싸 올린 돌담을 넘어
무수히 날아드는 흰나비, 호랑나비
형도 누나도 없이 자란 탓에
늘 계집애 모양 소꿉장난을 하며 놀았다
— 꼴 때 말 때
— 꼬올 꼬리 끌어라
가까이 누가 있는 기척
문득 고개 들어 바라보는 굴뚝 밑에
어머니의 얼굴이
보름달처럼 웃고 계시다.

—「幼年」 전문

이 시는 장만영의 시가 탄생되는 출처를 한꺼번에 시사한다고도 볼 수 있다. 그의 시에 빈번하게 나타나는 고향과 유년의 이미지를 그만큼 잘 집약하고 있는 것이다. 이 시에 모여든 고향집의 정겨운 공간들, 그리고 외로운 가족관계, 여성적인 섬세한 감각들은 내내 그의 시의 원천으로 자리한다. 그리고 보다 중요한 것은 시의 끝머리에서 고향의 이미지를 끌어안고 있는 보름달 같은 웃음의 "어머니의 얼굴"이다. 유년의 의식에 각인된 이 '보름달'은 많은 시에서 서정적 자아가 지향하는 모든 곳에 그 웃음을 투사하고 있기 때문이다.

바다가 어머니라면—하고 나는 생각해본다. 바다의 품에 안기고 싶다. 안기어
날개같이 보드라운 물결을 쓰고 맘 편히 쉬고 싶다.

—「鄕愁」 부분

기침을 하며 피를 토하며 農夫처럼 피로한 몸을 그는 어서 어머니-바다의
품에 맡기고 싶었다.

―「바다로 가는 女人」 부분

두 편 모두 바다와 어머니를 동일한 의미망 안에 두고 있다. 두 편이
모두 부드러운 바다의 이미지를 차용한 것은 가서 안기고 싶은 어머니
로 치환된 바다이기 때문이다. 어머니의 품안에서 자아는 어머니와 하
나가 되는 지고의 행복을 맛볼 수 있으며 이는 결국 우주 속에 안겨 안
락을 맛보는 것과 동일하다. 궁극적으로는 유토피아를 지향하게 되는
이러한 어머니에의 추구는 그의 시에서 다양한 변주를 보인다. '순이'
이에의 열망 또한 여기에 속하는 대표적 예가 된다. 특히 시집 『밤의 抒
情』에서의 〈순아에의 戀歌〉편의 시들에서 이는 두드러진다.

① 서울 어느 뒷골목
　　번지 없는 住所엔들 어떠랴
　　조그만 방이나 하나 얻고
　　순아 우리 단 둘이 사자

―「사랑」 전문

② 푸른 잔디밭에 나란히 앉아
　　순아가 말하는 그의 어린 적 이야기 속에는
　　노오란 호박꽃같은
　　조그만 마을

―「산골」 부분

③ 너의 눈 속 그윽한 곳에
　　순아 부디 나를 눕게 해달라

어두운 이 세상 어서 잊고

나는 너의 눈 속에 쉬고 싶다.

—「네 눈 속 그윽한 곳에」 부분

보는 대로 시편들은 순이와 나와의 하나됨을 희구하고 있다. ①에서의 "조그만 방", ②에서의 "조그만 마을", ③에서의 "너의 눈 속"은 모두 '하나' 됨을 위한 공간이며 어머니의 품으로 유추되는 곳이다.

어머니와 둘이 가을 하늘 밑을 가노라면

먼 숲에서 우는 산 비둘기 소리가 좋고

짤랑짤랑 노새의 방울소리가 좋아

어느듯 나는 어머니 품에 무치어 잠들곤 한다.

—「가을」 부분

가을 하늘 밑의 모든 풍요로운 풍경에 대응하는 듯 "나는 어머니 품에 무치어" 풍요로움을 만끽한다. 이 품을 기억하는 서정적 자아에게 현실은 두렵고 비애에 가득한 곳일 수밖에 없다.

거리에는

오가는 행인 하나 없고

개 하나 내딛지 않아 고교한 속에

무서운 밤이 왔다.

집집마다 문을 굳게 닫은 거리.

커어틴을 깊이 내리운

그 어느 유리창 안에서는

낡은 기둥 시계가 스물 두 시를 쳤다.

어디서 날아 오는 것일가.

어둠을 타고 퍼덕거리며
수 없이 날아드는
끔직한 박쥐의 무리.
소□□ 박쥐떼에 쫓기며 쫓기며
엄□□ 찾아 헤매 다녔다.

— 「거리」 전문

더 □상 '어머니'를 부르지 못하여 '어머니'에게 이 세계에 대한 의
□□ 묻지 못하는 곳은 "끔직한 박쥐의 무리"가 서식하는 "무서운 밤"
□ 다름 아니다. 이에 소년은 다시금 "엄마를 찾아 헤메"이는 어린애가
될 수□□□□다. 이렇듯 시인에게 삶의 거리는 암울하여 다른 곳을 지
향해야만 하는 '거리'일 □□다. 따라서 결국에는 어머니에게서 맛보
았던 지고의 세계를 꿈꾸는 동□□ 서정 안에 장만영 시는 그 뿌리를
내릴 수밖에 없었다. 이렇게 볼 □ 비교적 후기시에 속하는 「溫室 1」,
「溫室 2」가 보여주는 환상의 공간 □시 어머니의 품에서 촉발된 유토피
아의 표상이 □□□ 수 없다.

유리로 지은 집입니다
창들이 하늘로 열린 집입니다
작은 연못가 딸기밭 속에 있습니다
거기엔 꽃의 가족들이 살고 있습니다

— 「溫室 1」 부분

이와 같이 설정된 아름다운 공간은 꽃이 사는 공간이지만 시인은 이
곳을 마치 사람이 사는 공간인 양 상상력을 가동한다. 어린애 마음으로
그가 그리는 유토피아를 이미지화한 것이다. 이 시를 두고 박호영은

"이 동화적 분위기를 시인은 왜 만들고 있는 것인가, 그 온실과 같은 집에서 살기를 꿈꾸기 때문이다"[26]라고 말하고 있다. 그의 지적처럼 여기서 '온실'은 시인이 살기를 꿈꾸는 이상적인 '집'일 것이다. 꽃의 집, 온실은 유토피아적 공간이며 어머니의 품에 대한 향수에서 비롯한 공간이기도 하다. 어머니의 세계는 어린애의 마음 안에서 더욱 풍요롭게 확장되는 무구한 세계다. 장만영의 시편들에서 시적 자아가 지향하는 가장 뚜렷한 줄기로서의 '어머니'의 세계는 이처럼 '동심'과 함께 얽혀 있는 세계라 하겠다. 그리하여 그의 시에서 어머니의 세계와 동심은 하나의 同心圓 속에 있게 되는 것이다.

5. 결론

글머리에서 말한 대로 이 글은 30년대 비슷한 경향을 보인 시인들에 비해 상대적으로 미미한 평가를 받아온 장만영의 시작품들을 보다 가까이서 조망하여 그의 시편들이 지닌 의의를 찾아내려는 데 목적을 두었다.

장만영은 이 땅의 시문학이 그 본격적인 면모를 다져간 30년대에 등장하여 그 시기의 순수문학 일부를 충실히 담당한 시인이었다. 그는 1976년 타계하기 직전까지 꾸준히 작품활동을 게을리하지 않았으며 많은 외국시집들을 번역·출판하면서 자신의 시적 감성을 넓히고 이를 詩作에 투사하였다. 그럼에도 '전원시인'이니, '목가시인'이니 하는 지칭만을 받아온 것은 실제 그의 작품들을 상세히 보았을 때 지극히 피상

---

26 박호영, 앞의 논문, 755면.

박남수론 — 상승과 하강의 변증법

박남수론 — 상승과 하강의 변증법

1. 서론

시인 박남수(1918~1994)는 1939년 정지용의 추천으로 『문장』지를 통해 등단하면서 본격적인 시작활동에 임했다. 등단 이후 첫 시집 『초롱불』(동경 : 삼문사, 1940)을 시작으로 『갈매기 素描』(춘조사, 1958), 『神의 쓰레기』(모음사, 1964), 『새의 暗葬』(문원사, 1970), 『사슴의 冠』(문학세계사, 1981), 『서쪽, 그 실은 동쪽』(인문당, 1992), 『그리고 그 以後』(문학수첩, 1993), 『小路』(시와 시학사, 1994)를 상재했다. 이 8권의 시집들은 한국 현대시의 무게를 더해주는 데 손색이 없음을 여러 평자들은 언급해왔다. 그간 박남수의 시에 대한 연구는 단평, 소논문 형식으로 꾸준히 다루어지다가 차츰 학위논문으로도 적지 않게 다루어지는 추세에 있다.[1] 그간 박남수 시에 대한 대부분의 연구는 그가 창출한 문학 이미지의 신선함에 주목하고 있다. 즉 "이미지의 순수성을 추구하는 감각의 세계"[2]라거나 "모더니스트로서의 씨의 면모는 결국 시에서 이미지를 중시하는 태도로 요약된다"[3]는 언급은 대부분의 논의의 저변을 이룬다. 한편 박남수의 시는 특별히 새의 이미지에 집중함으로써 이와 관련한 분석적인 글들을 낳게 만들었는데 이 역시 선명한 이미지의 창출과 관련하여 감각의 순수성을 겨냥하는 방향을 취하고 있다. 본 논문 역시 이와 같은 기본 논지에서 벗어날 수는 없다. 다만 여기서는 박남수 시의 이미지들이 움직여가는 상상력의 가동성에 주목하면서 동시에 이미지의 구체성에 주목하여 박남수 시의 성과를 보다 입체적으로 드러내고자 한다. 즉 에즈라 파운드의 이미지즘에 대한 논지와 바슐라르의 상상력 이론을 함께 염두에 두고서 박남수 시를 읽어가며 그 특징적 면모를 살펴 한국 현대시의 이미지즘의 한 성과로서 다시금 크게 자리매김하려는 것이다. 김춘수는 박남수 시 이미지의 순수성을 따라가면서 그 미학적 입지를 "20년대 고월 이장희와 30년대의 정지용에게서도 뚜렷이 나타나"[4]는 것으로 설정한 바 있다. 이에 본 논문은 이 미학적 입지를 보다 상세하게 규명하여 그의 시가 한국 현대시의 이미지즘을 긍정적으로 심화·확장하고 있음을 확인하는 데서 그 의의를 찾게 될 것이다.

---

1 단평, 평론, 소논문 자료는 1998년 한양대 출판원에서 발간된 『박남수 전집 2』에 대부분 수집·게재되어 있다. 한편 학위논문의 경우는 석사학위논문의 경우, 이혜원의 「박남수 시의 상상력 연구」(고려대, 1990), 이선이의 「박남수 시 연구」(경희대, 1994), 이선아의 「박남수 시 연구」(이화여대, 1995) 등과 박사학위논문으로 김은정의 「박남수 시 연구」(충남대, 1998), 김요안의 「박남수 시 연구」(한양대, 2000) 등이 있다.
2 박철석, 「박남수론」, 『박남수 전집 2』(한양대 출판원, 1998), 328면.
3 이승훈, 「박남수와 새의 이미지」, 위의 책, 366면.
4 김춘수, 「박남수論」, 위의 책, 272면.

감각적 이미지의 섬세함과 한편 그 가동력에 주목하기 위하여 이 글은 『神의 쓰레기』와 『새의 暗葬』만을 대상 시집으로 국한하였다. 두 시집은 특별히 '새' 오브제 및 이와 유사한 오브제를 집중적으로 다루고 있는 시집으로서 박남수 시의 특질이 잘 집약된 텍스트라고 판단했기 때문이다. 즉 두 시집은 박남수 시의 전편에 고루 편재된 특성을 잘 압축하고 있다고 판단한 것이다. 무엇보다 두 시집의 시편들에 나타난 시어들은 바슐라르가 '문학 이미지'로 명명하는 "언어의 가장 혁신적인 기능"[5]으로써의 면모를 충실하게 보여준다. 이때의 혁신성은 시를 읽는 독자의 의식 안에 놀라움을 놓아주는 바로 그것이다. 이는 시의 이미지가 독자적 상상력을 가동시켜 나가는 그 역동성에서 비롯된다고 할 것이다. 에즈라 파운드는 초기 이미지즘의 경직성을 벗어나서 차츰 이미지의 의미와 역할을 확장하는 논의를 보여준 바 있다. 즉 이미지란 단순히 회화적 표현만을 이르는 것이 아닌, 다시 말해 정확한 단어를 사용한다는 것은 대상 묘사의 정확성이라기보다는 "대상물이 시인이 시를 쓸 때 시인의 마음에 그 자체를 보여준 대로 독자에게 그 대상물의 효과를 가져오는"[6] 것이어야 한다고 보게 된다. 여기서 독자에게 드러나는 그 대상물의 효과는 바슐라르가 설파한 시적 상상력의 "상호주관적 가치"[7]로서 영혼의 울림을 자아내는 기제로 자리한다. 이에 이 글은 박남수 시가 보여주는 이미지즘의 제기법과 바슐라르의 상상력 이론이 적용되는 국면을 이끌어내면서 시 읽기의 논리를 세워가려 한다. 이 작업을 통해 그의 시적 성과를 보다 풍성하게 가리켜 보일 수 있으

---

5 가스통 바슐라르, 정영란 역, 『공기와 꿈』(민음사, 1994), 499면.
6 김재근, 『이미지즘 연구』(정음사, 1973), 40면.
7 가스통 바슐라르, 곽광수 역, 『공간의 시학』(민음사, 1990), 92면.

리라고 본다. 논의의 방향은 먼저 이미지즘의 기법과 관련하여 오브제의 세부에 이르는 감각적이고 구체적 표현에 주목하고, 이어서 바슐라르의 공기와 대지의 상상력에 입각하여 '무한'에의 지향성을 살펴보는 것으로 잡았다.

2. 세부 감각과 구체성

박남수의 시편들에 드러난 이미지는 섬세하고 구체적이라는 데서 그만의 독특함을 얻는다. 낯설도록 구체적인 묘사가 섬세한 표현력에 힘입어 시적 언어의 한 성과로 드러나는 것이다. 구체적이고 섬세한 묘사를 위해 그는 대상 혹은 사건 자체와의 거리를 지운다. 그렇다고 대상을 주관적 감정의 투사물로 삼는 것은 아니다. 오히려 주관을 지우고 대상 그 자체만을 들어 올리는 것이 그의 시적 방법이다. 때문에 그의 시편들에서 이미지는 차갑고 냉정한, 섣불리 감정이 개입되지 않은 이미지 자체로 표상된다. 이러한 면모에서 박남수의 시편들은 이미지스트로서의 특성을 충실히 드러내는 편이라 할 수 있다. 무엇보다도 1915년 이미지스트 사화집에서의 여섯 개의 강령 중 다섯 번째의 "흐릿하거나 불명확한 것이 아니고 견고하고 명확한 시"[8]에 잘 근접하고 있다 하겠다. 이러한 면모가 잘 엿보이는 작품들을 통해 그 실상에 접해보기로 한다.

이른녘에
넘어오는 햇살의 熱意를

---

8 김재근, 앞의 책, 12면.

차고,
散彈처럼 뿌려지는 새들은
아침 놀에
黃金의 가루가 부신 *解體.*
머언 記憶에
投企된 *純粹*의 그림자.

―「새 2」 전문

　　지상으로 퍼져 나오는 햇살과 이를 차고 공중으로 비상하는 새들의 이미지가 감각적으로 돌출되어 있다. 이 시의 풍경은 퍼지는 햇살과 비상하는 새들로 일단 나눠볼 수 있다. 이 두 벌의 이미저리는 서로에게 스며들며 미세한 감각의 떨림을 강화한다. 여기서 지상으로 쏟아지는 햇살과 새의 비상은 대척적이라기보다는 "黃金의 가루가 부신 *解體*"에서 통합, 동일한 의미를 발하는 이미저리가 된다. 그리고 두 사건은 모두 "純粹의 그림자"를 환기시키기에 이른다. 이 시의 이미저리는 퍼져 나오는 햇살과 날아오르는 새를 구체적으로 묘사하는 데서 세부의 미학을 획득하면서 "純粹의 그림자"로 응축, 이미지들의 질서를 확보한다. 물론 여기서 순수의 그림자는 '새'와 더 강한 유추관계를 갖는다. 그럼에도 상상력을 가동시켜 간다면 햇살, 아침 놀, 황금의 가루는 새의 비상과 혼용된다. 다시 말해 아침햇살과 새의 비상이 겹쳐지는 존재 생성의 의미에 다다를 수 있는 것이다. 이는 대상의 세부를 파고드는 감각과 이를 구체화하는 데서 얻어진다.

응달목에
흰 눈이 아직은 시린
초봄의 꼭두 무렵은

—「초봄의 꼭두 무렵」 전문

　제목에서부터 세부를 향한 감각성을 느낄 수 있다. 초봄은 이미 봄의 꼭두인데, 시인은 다시 '초봄의 꼭두'라는 세부를 향하여 감각을 곤추세우는 것이다. 제목에서부터 드러나는 세부의 미학은 시 속에서 한결 두드러진다. 즉 흰 눈밭에서 겨울을 견뎌낸 매운 '파'의 정경을 통해 초봄의 꼭두를 예리하게 그려내고 있다. "파릿한 파내음의 파근한 宗敎"와 "알精神의 파릿한 健康"은 모두 역설을 통해 세부의 미학에 다다르고 있다. 여기서 "파근한"은 힘이 지쳐 피곤한 상태를 가리키는 말이고, "파릿한"은 핏기 없이 창백한, 즉 파리한 모습을 가리키는 말이다. 따라서 "파근한 宗敎"와 "파릿한 健康"은 역설적 표현이 된다. 이 역설적 표현들은 "파헤친 고랑마다 살찌는 파 줄기가/ 삐죽이 槍을 뽑고"에서의 파의 생명력, 즉 초봄 꼭두의 생명력을 구체적으로 묘사하는 데 기여한다. 겨울과 봄의 경계는 역설의 지대, 즉 파리함과 건강함이 겹쳐지는 지대일 수밖에 없는 것이다. "파근한" 다시 말해 노작지근하고 기운이 빠져 있던 곳으로부터 생명력은 "삐죽이 槍을 뽑"으며 그 힘을 발산하게 된다. 이렇게 하여 초봄의 생명력은 "젊은 神"에 값하는 것이다. 이 시에서 '파릿한'과 '파근한'이라는 두 형용사는 초봄의 생명력을 강하게 돌출시켜 주는 데 좋은 기제가 된다. 이상의 두 편을 통해 확인되는 것은 사물의 편에 최대한 충실하다는 것이다. 즉 철저하게 대상성에 몰입하고 있기 때문이다. 그러면서도 이 시편들은 의미론적 차원을 배제하지 않는다. 「새 2」의 경우에는 '純粹'에의 지향이, 「초봄의 꼭두 무렵」에는 '매운 정신'의 지향이 엿보이기 때문이다. 김춘수는 "이미지즘 계통의 물질시는 관념을 시에서 배제하고 있지만, 의미론적 차원의 의미 배제를 하고 있는 것은 아니다. 다만 이미지로서 조형적 세계의 딴딴한 틀을 보여주려고 한 것이다"[9]라고 이미지즘 계열의 시에 대해서 언급한 바 있다. 박남수의 시편들도 이 언급 안에서 적절히 해명된다. 『새의 暗葬』에서의 시편들을 통해 이상의 특성을 다시 확인해 보기로 한다.

> 밤은 새들을 죽이고
> 등불들을 죽이고
> 온갖 物象들을 죽인다.
> 새들은 어두운 숲, 나뭇가지에
> 그 外殼을 걸어두고
> 어딘가 멀리로 날아간다.
> 등불은 어둠을 밝히고, 어둠은 內藏한 것들을 밝히지만
> 스스로를 밝히지 못하여 絕望한다.
>
> —「밤 1」 전문

> 日沒에
> 보라빛 그림자가 짤리고
> 자잘한 器物들은 어둠이다.
> 굳은 껍데기에 쌓여
> 스스로를 防禦하는 검은 物象들.

---

9 김춘수, 『시의 位相』(둥지, 1991), 111면.

> 地下에서 얼굴을 내어미는
> 쥐의 예리한 잇발에,
> 잇발에 썰리는 나무 椅子는 톱소리를 낸다.
> 잠들기 전,
> 귀만 듣는 全貌.
> 담장 위를 쥐가 달빛을 지고
> 조르르 건너간다.

— 「밤 2」 전문

대체로 시집 『神의 쓰레기』의 시편들은 비상의 이미지가 충만한 반면 시집 『새의 暗葬』의 시편들에서는 어두운 대지의 이미지가 주조를 이루며 생명의 영원성을 암시한다. 이를 두고 범대순은 『神의 쓰레기』를 새의 생성으로 『새의 暗葬』을 새의 죽음으로 분별하기도 한다.[10] 실제로 위의 두 편은 앞의 예시된 시들과는 대조적인 풍경을 잡고 있다. 두 편 다 밤의 적막한 풍경을 건조하게 묘사하고 있는 것이다. 「밤 1」의 경우 "죽이고", "죽이고", "죽인다"에서 보듯 암울한 분위기가 내세워져 있다. 이 분위기는 스스로를 밝힐 수 없는 밤의 절망을 한껏 고조시킨다. 이 속에서 새들은 그 외관을 벗어둔 채 어딘가로 가버린다. 밤은 형체를 지우고 그 본질마저 미궁에 빠뜨리며 지상의 모든 것을 철저히 '죽이는' 시간이다. 이 정황은 바로 "새들은 어두운 숲, 나뭇가지에/ 그 外殼을 걸어두고/ 어딘가 멀리로 날아간다"는 감각으로 구체화, 세부화되기에 이른다.

「밤 2」의 경우도 밤의 물상들이 물기를 잃고 삭막한 정조에 함몰되는

---

10 범대순, 「박남수의 새」, 『박남수 전집 2』, 앞의 책, 257면.

건조한 층위를 예리하게 잡아낸다. "짤리고", "防禦하는", "잇발에 썰리는", "톱소리"가 환기하는 밤의 분위기는 사뭇 공포스럽다. 즉 쥐의 갖가지 움직임에 귀를 기울이고 있는 익명의 주체를 통해 펼쳐지는 밤의 층위는 "굳은 껍데기에 쌓여/ 스스로를 防禦하는 검은 物象들"의 공포와 두려움으로 점철된 곳이다. "담장 위를 쥐가 달빛을 지고/ 조르르 건너간다"는 데서 이 분위기는 한층 고조된다. 한편 이 시는 동적 이미저리를 통해 오히려 정적 세계를 형상화하는 섬세한 감각을 보여준다. 즉 쥐의 이빨 가는 소리와 담장 위를 건너가는 동작을 내세워 밤의 정적을 효과적으로 드러내는 것이다. 어둠의 현상에 바짝 접근하여 어둠의 숨소리를 받아낸 듯 구체성에 닿아 있다. 암울한 정적 그 자체가 스스로 발현된 지점을 '딴딴한 틀'로 조성한 것이다.

박남수의 전 시편들에서 이상과 같은 이미지즘의 문법은 그 근저를 이룬다 하겠다. 이 자리에서는 두 편의 시집, 그중에서도 세부의 감각과 대상의 구체성에 한껏 다가간 자취를 몇 편의 시를 들어 집중적으로 살펴보았다.

앞서도 말했듯이 박남수의 시편들은 순수한 이미지의 제시에서 끝나지 않는다. 그가 조성하는 이미지의 방향은 의식의 방향을 품고 있기 때문이다. 김춘수는 『神의 쓰레기』를 논하는 자리에서 박남수의 날카로운 언어 감각에 주목하면서도 그의 작품들이 관념으로부터 완전히 자유롭지 않음을 시사한다. 이 자리에서 김춘수는 박남수 시에서의 관념이 '소박하다'는 단서와 함께 결국 "감각 위에 세워진(관념이 배제된)"[11] 미학이라는 복잡한 논리를 펴고 있다.[12] 이는 결국 이미지스트로

---

11 김춘수, 「박남수론」, 앞의 책, 266면.
12 이창민은 이러한 김춘수의 논의를 따르면서도 관념을 배제하고 있다는 논지를 관념을 해체

서의 박남수의 입지를 마련하는 데 편중된 논리일 것이다. 그러나 앞서 말한 대로 순수하게 촉발된 이미지들의 어떤 일관된 방향성에 주목할 때 시편들은 순수한 사물시의 범주를 벗어난다. 물론 이는 역사적 혹은 윤리적 지향이 아닌 순수한 상상력의 지향점으로서의 그것이다. 바로 이 지점에서 박남수 시편들 속에서 생성되는 이미지와 그 이미지의 가동성, 의식의 지향점을 살펴보아야 할 필요를 느낀다.

3. 공기와 대지의 상상력

『神의 쓰레기』와 『새의 暗葬』의 시편들은 새의 몽상[13]으로 가득 차 있다. 새에서 촉발된 이미지의 역동성은 그만큼 시인이 선호하는 어떤 정신세계와 연결되어 있다고 보아야겠다. 여기서의 이미지란 바슐라르가 설파하고 있는 바의 '문학 이미지'를 가리킨다. 바슐라르는 문학 이미지란 "태어나는 상태의 의미"[14]라고 설파하는데 이는 단순한 모사가 아닌 스스로 탄생하는 이미지의 자주성과 독자성, 그리고 자유를 가리키는 말이다. 이어 "문학 이미지는 단어들을 운동하게 하며, 그들이 지닌 상상력의 기능으로 그들을 돌려보내준다"[15]고 말했을 때 바로 여기서 시적 이미지의 운동성, 가동성에 주목하게 되는 것이 바로 그가 제

하여 감각의 언어로 재구성하고 있다는 진술로 바꾸어 이해하는 것이 필요하다는 예리한 지적을 놓치지 않고 있다. 이창민, 「사막의 길」, 앞의 책, 242면 참조. 본 논문에서도 감각화된 관념의 방향을 추적해봄으로써 박남수 시의 의미론적 향방을 밝혀보려는 것이다.

13 몽상은 하나의 대상물에 언제나 집중되어 있다는 사실만으로도 꿈과 명백히 다르다. 장 이브 타디에, 김정란 외 역, 『20세기 문학비평』(문예출판사, 1995), 142면.

14 가스통 바슐라르, 『공기와 꿈』, 앞의 책, 497면.

15 위의 책, 500면.

창한 '이미지 현상학'이다. 이때 분석자의 입장에서의 현상학적 수행은 "작품 속의 상상적 행동을 지적함으로써 독자들로 하여금 그 행동에 잘 참여할 수 있도록, 즉 그 행동을 통한 작자와 독자 사이의 공모 상태가 잘 이루어질 수 있도록"[16] 해주는 그 일이다. 한편 바슐라르는 상상력의 흐름은 4원소(물, 불, 공기, 대지) 중의 하나와 긴밀하게 연관을 맺게 된다는 사실을 강조하면서 다른 한편으로는 몇 가지 원소들이 동시에 하나의 이미지에 개입하는 경우도 있음을 시사한다.[17] 그러면서도 바슐라르는 단일한 원소로 수렴되는 이미지의 통일성에 더 의미를 두고 있는 듯하다. 본 장에서는 이러한 논의에 의지하여 박남수 시의 '문학 이미지'들을 공기의 상상력과 대지의 상상력으로 나누어 살피기로 한다.

1) 공기의 상상력

바슐라르는 그의 『공기와 꿈』에서 상상력의 가동성과 그 미학적 실현에 관하여 많은 문학 이미지들을 예로 동원하며 설명한다. 그는 이 책의 서론을 통해 개별적 이미지들이 움직여가는, 그 움직임의 특징과 그 특징이 형성해보이는 계열성에 주목하는데 이는 상상력의 방향이 곧 원소적 특성과 관련됨을 주목하는 일이기도 하다.[18] 공기의 상상력을 전개하는 이 책에서 그는 아주 먼 곳이나 아주 높은 곳으로 갈 때 사람

---

16 곽광수, 『가스통 바슐라르』(민음사, 1995), 99면.
17 가스통 바슐라르, 앞의 책, 24면 참조.
18 바슐라르는 위와 같은 곳에서 다음과 같이 말한다. "일련의 흐름을 가지면서 이미지들이 제시되자마자 그것들은 최초의 어떤 물질, 근본적인 어떤 원소를 가리키게 된다."

들은 스스로 '열린 상상력'의 상태에 속하게 되고 이때 상상력은 대기의 실재들을 갈망한 나머지 하나하나의 인상마다 새로운 이미지를 부여하는 적극성을 갖게 된다고 말한다. 이러한 이미지의 적극성을 박남수의 시편들과 연계하려는 것은 앞서 말한 대로 '새'의 표상에서 비롯되는 이미지의 생성에 연유한다. 이런 작업을 통해 박남수 시편의 상상력과 그 질서, 그리고 의미의 방향을 잡는 일은 한결 분명해질 것이다. 두 시집 중『神의 쓰레기』는 특히 상승의 벡터로 충만한 텍스트라 말한 바 있다. 이 시집 전체의 흐름을 주도하는 상승, 가벼움, 자유의 감각은 첫 자리에 놓인「새 1」에서부터 잘 드러나고 있다.

1
하늘에 깔아 논
바람의 여울터에서나
속삭이듯 서걱이는
나무의 그늘에서나, 새는
노래한다. 그것이 노래인 줄도 모르면서
새는 그것이 사랑인 줄도 모르면서
두 놈이 부리를
서로의 쭉지에 파묻고
다스한 體溫을 나누어 가진다.

2
새는 울어
뜻을 만들지 않고,
지어서 교태로
사랑을 假飾하지 않는다.

　　3

　－포수는 한 덩이 납으로

　그 純粹를 겨냥하지만,

　매양 쏘는 것은

　피에 젖은 한 마리 傷한 새에 지나지 않는다.

—「새 1」 전문

　이 시에서 새는 그 형태를 드러내지 않는다. 다만 노래인 줄 모르면서 노래하고 사랑인 줄 모르면서 사랑하고 체온을 나누어가지는 동사로서만 현존한다. 즉 여기서 새의 이미지는 움직임으로만 현행될 뿐이다. 그 현행성은 "하늘에 깔아 논/ 바람의 여울터", 혹은 "속삭이듯 서걱이는/ 나무의 그늘"에서 펼쳐진다. 이곳은 이미 상승의 이미지를 투사하는 공간이다. 이 공간으로부터의 새의 상승력은 그 가벼움을 배가한다. 즉 새의 노래와 사랑은 공기적 상상력으로 충만하게 된다. 이 상승의 정신은 어떤 형태 안에 갇히기를 거부하는 자유에의 의지이기도 하다. "포수"나 "한 덩이 납"은 이 자유의 정신을 잡을 수 없다. 김진국은 이를 두고 "〈매양 쏘는 것은 피에 젖은 한 마리 상한 새에 지나지 않는다〉는 결구는 허무와 회의 그리고 체념의 선언이 아니다. ―회의와 체념은 역설적으로 새를 향한 집요한 시선의 추적을 그리고 정열을 말하는"[19] 것이라 분석한다. 이러한 시각이 가능한 것은 바로 "매양 쏘는 것"의 그 '매양'에 있을 것이다. 여기서 매양은 행위의 지속성, 가동성을 잘 환기시킨다. 새가 "뜻을 만들지 않고", "假飾"하지 않으면서 끊임없는 벗어나기를 거듭하는 존재라면 포수의 행위 역시 이처럼 지속되

---

19 김진국, 「새의 비상, 그 존재론적 歡悅」, 박이문 외, 『현상학』(고려원, 1992), 161면.

어야만 한다. 그는 매번 상한 새를 얻을 뿐이지만 이는 그가 얻으려는 것이 아니기 때문이다. 이때 우리는 매번의 실패에도 불구하고 다시 꿈꾸는 포수의 순수한 숨결을 상상해야 한다. 이 시에서 새의 노래와 사랑은 더 없이 부드러운 동사로 현행된다고 말한 바 있다. 포수의 되풀이 되는 행위도 또한 이와 같은 현행으로 보아야 한다. 「새 2」, 「새 3」, 「새 4」의 경우도 이와 같은 논리를 따를 수 있다.

여기서 다시 「종달새」를 통해 논의의 설득력을 더 하기로 해본다. "종달새란 순수한 문학적 이미지를 보여주는 명백한 예"[20]라고 했을 때 이는 현실적 종달새의 모사로서의 그것이 아니라, '생성되는 이미지'로서의 그것을 가리킨다. 종달새는 형상의 왜소함과 달리 강력한 역동성을 보여주는, 마침내 '비상'이라는 존재 자체를 지상에 현현시키는 그런 공기와 같은 존재이기 때문이다. 그리하여 "시적 공간 속에서 종달새는 환희의 물결이 동행하는 비가시적 미립자"[21]라고까지 말할 수 있게 된다. 박남수의 「종달새」 역시 이러한 비가시적 환희를 현현하며 비상하는 존재의 영혼성을 일깨워준다.

　　하늘의 屛風 뒤에
　　뻗은 가지, 가지 끝에
　　　포롱
　　　포롱
　　포롱
　　뛰는
　　天上의 樂器들.

---

20 가스통 바슐라르, 앞의 책, 171면.
21 위의 책, 176면.

　　　　　*

보리밭에 서렸던
아지랑이의 靈身들이, 지금은
하늘에서
얼굴만 내어밀고.

　　　　　*

群鐘이 울리는 音樂의 잔치가 되어
고운 갈매의 하늘을
　　　포롱
　　포롱
포롱
날고 있다.

　　　　　*

흐르고
있다.
포롱
　포롱
　　포롱
시냇물 위에 날리는 잔바람에
하늘이 떨어져
破顔의 즐거운 波紋.

—「종달새」 전문

종달새는 이 시에서 천상의 악기로 변성된다. 공기 중에 '소리'로 퍼지면서 그 벡터는 사방으로 번진다. 이리하여 '소리'는 공기 중에서 무한으로 확장되어 가는 것이다. 이에 다시 주목한다면 「종달새」는 "天上의 樂器들"이며 "아지랑이의 靈身들"이다. 다시금 "群鐘이 울리는 音樂"이었다가 "破顏의 즐거운 波紋"이 된다. 여기서 파문은 바람이 만든것이다. 이 시에서도 '종달새' 자체의 표상은 없다. 가벼운 운동의 궤적만 그어져 있을 뿐이다. "하늘이 떨어져", 역시 무거운 추락이 아니라 물결 위에서 "破顏"이 되는 그런 퍼짐과 스며듬으로 공기화된다. "포롱/포롱/ 포롱"의 배열은 상승의 벡터를 시각화하면서 동시에 소리의 퍼짐을 경쾌하게 그려내는 공감각의 이미지로 자리한다. 이리하여 종달새의자유롭기 그지없는 운동은 마침내 물질성을 털어버리고 "존재와 생성의순수한 통합, 비상과 노래의 순수한 통합"[22]만을 보여주게 되는 것이다. 한편 이와 같은 새의 비상은 종소리의 진폭으로 호환되기도 한다.

나는 떠난다. 靑銅의 表面에서
일제히 날아가는 振幅의 새가 되어
광막한 하나의 울음이 되어
하나의 소리가 되어.

忍從은 끝이 나는가,
靑銅의 壁에
〈歷史〉를 가두어 놓은
漆黑의 監房에서.

나는 바람에 실리어

---

22 위의 책, 176면.

들에서는 푸름이 된다.
꽃에서는 웃음이 되고
天上에서는 樂器가 된다.

먹구름이 깔리면
하늘의 꼭지에서 터지는
雷聲이 되어
가루 가루 가루의 音響이 된다.

—「鐘 소리」 전문

이 시는 종소리, 스스로의 생성을 이미지화하고 있다. 여기서 "表面"으로부터 날아오는 종소리는 '새'의 비상과 동일한 흐름을 갖는다. 종소리는 "漆黑의 監房"에서 자유를 향해 "일제히 날아가는 振幅의 새"인 것이다. "광막한 하나의 울음"으로 터지는 "하나의 소리"는 "들에서는 푸름"으로 "꽃에서는 웃음"으로 자유롭게 생성된다. 마침내 "天上에서는 樂器"가 되었다가 "雷聲"으로 "가루 가루 가루의 音響"으로 파동화된다. 즉 "바람에 실"린 종소리는 바람 그 자체가 되어 존재의 무수한 떨림으로 되돌아가는 것이다. 이 작품의 감동 역시 존재와 생성의 통합을 현현하는 데서 비롯된다.

이상과 같이 상승의 벡터로 치솟는 공기적 상상력[23]은 대체로 시집 『神의 쓰레기』를 관류한다고 볼 수 있다. 즉 "이윽고 나무는 향기로 흐

---

23 곽광수는 바슐라르적 문학비평, 즉 이미지의 현상학을 위해서는 특정 범주의 물질적 이미지가 어느 정도 지배적이어야 작업이 수월하다고 말한다. 박남수 시편들을 공기의 상상력으로 보려는 것은 이런 사정을 충분히 감안한 것이다. 곽광수, 『가스통 바슐라르』, 앞의 책, 196면 참조.

르고 있었다"(「나무」), "어지러운 티끌에 汚染된 머리를 바래고/ 내가 지금 菊花 앞에서 그 황홀한 빛깔 속으로 들어간다"(「菊花」), "바람은 소리가 되어/ 지붕에서 운다"(「解土 1」), "軟綠의 눈이 열리면/ 세상은 꽃"(「解土 2」) 등에서와 같은 상승의 상상력이 시집을 주도한다.

2) 대지의 상상력

시집 『새의 暗葬』에서의 시편들은 대부분 솟아오르던 힘을 잃고 어둠에 함몰되거나 땅 위로 내리거나 지층으로 파고드는 '하강의 벡터' 로 변성된다. 바슐라르는 『공기와 꿈』에서 "중력은 우리 내부에 존재하며, 그것은 정복해야 할 운명이고, 공기적 기질은 몽상 속에서 중력에 대한 자신의 승리를 예감한다"[24]고 말한 바 있다. 이 부분은 공기의 상상력을 편애하면서 동시에 공기와 대지의 상상력, 그 긴장감을 암시한다. 바슐라르는 이어 『大地와 意志의 몽상』에서 이 언급을 다시 환기시키며 '重力의 心理學'을 설파한다.[25] 한편 이 부분에서 그는 대지의 물질들이 단순히 현실적인 기능을 넘어서도록, 즉 무의식의 의지를 따라 원형으로 지향하는 상상력이 작동되어야 함을 강조한다. 따라서 대지의 상상력 역시 사물의 형태를 되받아 그려내는 것이 아니라 "사물의 내면에 집중한 정서적 공간"[26]을 시적 세계로 끌어내는 데 몰두해야 하는 것이다.

24 가스통 바슐라르, 앞의 책, 121면.
25 가스통 바슐라르, 민희식 역, 『大地와 意志의 몽상』(삼성출판사, 1982), 185~186면 참조.
26 위의 책, 189면.

虛無의 벌레를 쪼으는
딱따구리의 부리를 박고
내가 물어오는
한 낱씩의 言語. 그것이
다만 物象의 옷이라면
얼비치어 저쪽이 넘보이는, 그것은
存在의 이쪽에서 느끼는
노스탈쟈의 집. 그것이
다만 物象의 집이라면
大門 안 쪽으로 사라진, 그것은
골목 밖에서 느끼는
짝사랑의 悲嘆.

―「言語」 전문

언어는 지상의 사물들에게 주어진 이름으로 지상에서 소통되는 사물(음성과 문자의 측면에서)이다. 그런데 언어는 다만 "物象의 옷"이라면 물상 그 자체가 아님은 자명하다. 시인은 이 물상의 옷을 찢으며 그 안의 내밀성, 그 기미를 본다. 그러나 그것은 애매하게 "얼비치어" 온다. 그럼에도 그 애매성은 못 견디게 그리운 "노스탈쟈"로 변성하며 못내 자신의 존재를 환기시킨다. 이 시는 언어의 내밀한 운용으로 존재의 울림을 포착하려는 심리를 잘 보여준다.

한편 박남수 시편들에서 '대지'는 어두움과 밝음의 이미지가 서로 교차되는 변증법적 공간이기도 하다. 우선 「아침 이미지」 연작에서도 어둠과 밝음은 다음에서처럼 교차된다.

어둠은 새를 낳고, 돌을
낳고, 꽃을 낳는다.

아침이면,

어둠은 온갖 物象을 돌려 주지만

스스로는 땅 위에 굴복한다.

무거운 어깨를 털고

物象들은 몸을 움직이어

勞動의 時間을 즐기고 있다.

즐거운 地上의 잔치에

金으로 타는 太陽의 즐거운 울림.

아침이면,

세상은 開闢을 한다.

—「아침 이미지 1」 전문

1

아침 空間에

얼얼히 울리는 지난 여름의

雨雷 소리가 들린다.

꿈에서 現實로 돌아오는

어둔 골목에

수레바퀴가 삐걱이고,

멀리 街燈은 안개에 뜬 작은 섬.

2

起動하는 都市는 든든한 두 다리를 벌리고

巨人처럼 서 있다.

저잣거리에 모여드는 장사치들은

버얼건 눈을 부비며

錢帶를 끌러 무딘 銀錢의 銀빛을 되질 한다.

3

이윽고 멀리 라디오는
첫 뉴우스를 알린다.
에멘에는 다시 쿠데타가 있었고
한국에는 또 物價가 오릅니다.
어제같은 오늘이 몸을 흔들어
조금 더 거센 波動이 인다.

— 「아침 이미지 2」 전문

「아침 이미지 1」의 경우, 지상은 "무거운 어깨를 털고", "즐거운 地上의 잔치", "즐거운 울림"으로 가득 차 있다. 대지의 표면에서 일렁이는 삶의 실감이 가득 실려 있는 것이다. 따라서 이 아침은 생명이 새롭게 약동하는, 힘의 강도가 한껏 고조되어 "開闢"이 될 수 있다. 반면에 「아침 이미지 2」의 경우는 "얼얼히 울리는 지난 여름의/ 雨雷 소리"에서 둔중하게 지상으로 내려 떨어지는 얼얼한 소리로 막이 열린다. 이어 "수레바퀴가 삐걱이고", "무딘 銀錢의 銀빛을 되질"하는 삶의 중력이 둔중하기만 하다. 먼 이국의 "쿠데타"와 높이 치솟는 "物價"와 연계되는 지상 위의 "波動"은 삶의 무게를 대변한다. 이렇듯 시인은 지상의 삶, 그 파노라마를 상세하게 따라간다. 그런 중에 시인은 지상의 '어둠'과 '죽음'에 더 관심을 보이기도 한다. 이는 「밤 1」, 「밤 2」, 「投槍」, 「외로운 個體」, 「合乘地點」, 「病棟의 긴 복도」, 「바다의 勞動」 등에 골고루 배어 있다.

한편 이 자리에서 무엇보다 집중해서 살펴보아야 할 작품들은 「새의 暗葬」 연작이다. 이 시편들은 앞서 살폈던, 공기의 상상력에서의 '새' 이미지, 그 상승의 벡터에 반하는 세계를 보여주고 있기 때문이다. 따라서『神의 쓰레기』와 대화적 관계를 상정해볼 수 있는 시편들이라 하겠다. 「새의 暗葬 1」의 경우, "삶보다 透明한 軌跡을 그으며/ 한 마리의 새는/ 저승으로 넘어가고 있다"에서 보면 얼핏 '날아오름'의 이미지를 환기하는 듯하지만, "저승"은 그런 경쾌한 무드를 보여주지 않는다. 더구나 "붕 붕 날리는 危脅으로/ 온 몸에 소름을 쓰고 떨고 있다"는 것은 '추락'의 이미지를 가동한다. 「새의 暗葬 2」에서 이 추락의 암시는 현실화된다. 치솟아 오르며 경쾌하고 자유로운 비상의 꿈을 보여주던 새들은 어둠 속에 묻혀버린 것이다. 그러나 새들은 어둠 속에 묻혀 부동하는 그런 무기물로 돌아가는 것이 아니라 대지의 내면, 그 내밀한 공간에 틈입함으로써 다시금 그 존재성을 발현한다. 이리하여 박남수의 시편들이 따라간 '어둠'과 '삶의 신산함' 들은 이 부분에 와서 새롭게 변성된다. 즉 시인의 몽상은 "밤의 세계가 지닌 힘과 지하 세계가 가진 힘의 어떤 절대성"27쪽으로 최종 방향을 잡는 것이다. 이 방향은 「새의 暗葬 3」에서 확연해진다.

> 땅 속을 자맥질 하던
> 한 쭉지의 날개는
> 三千年의 季節을 넘어서, 지금
> 이승 쪽으로 떠 오르고 있다.
>
> 高句麗의 하늘이었을까, 아니면
> 濊貊의 하늘이었을까
> 부릉 날아 오른 활촉에
> 꿰뚫린 것은 새가 아니라, 그것은

---

27 가스통 바슐라르, 정영란 역, 『대지 그리고 휴식의 몽상』(문학동네, 2002), 13면.

죽음에 앞지른 絕叫,

一瞬 後에

새는 피를 쓰고 곱게 落下하였다.

*

땅에 떨어져 내린

한 쭉지의 날개는 地下로 降下하여

어느 地層을 날아가고 있었다.

피를 앞지른 絕叫.

사람의 귀에 세운 不立文字.

化石은 어느 標本室

유리창 속에서 證言하고 있다.

*

죽음을 앞지른 絕叫는

三千年이 지난 지금에도,

어느 十字路에서

나이 어린 少年의 붉은 입술에서

어느 戰場터에서

꽃다운 젊은이의 목덜미에서

지금도 귀먹은 사람의 귀에

不立文字를 세우고 있다.

*

어두운 三千年의 세월을

자맥질 해 온 한 쭉지의 날개는
지금 어느 標本室에서 證言하고 있지만
귀먹은 사람의 귀로는 듣지 못한다.

무수한 죽음을 앞지른 絕叫는
긴 季節의 저쪽에서 化石하여
鮮明한 쭉지의 무늬를 만들고 있다.

― 「새의 暗葬 3」 전문

「새의 暗葬 2」의 마지막 연에서 "새는/ 죽음의 粘土에 떨어져/ 스스로를 한 幅의 版畵로 찍"으며 「새의 暗葬 3」의 "땅 속"으로 들어온다. 그러나 새는 땅 속에서도 날고 있다. 그 날갯짓은 "化石" 속에 고스란히 남아 "三千年의 세월"을 자맥질하고 있다. 그리하여 지상 곳곳에 "不立文字"를 세우고 있다. 불립문자는 귀먹은 사람, 즉 눈앞에 것만 집착하는 사람에게는 잡히지 않는 무한과 절대의 영원한 세계를 암시한다. 새가 돌 속에 제 날갯짓을 새긴 것은 "죽음을 앞지른 絕叫"의 문양, 삶과 죽음의 경계를 꿰뚫었던 그 절규의 문양이기 때문이다. 따라서 화석이 되었다가 지상의 표본실로 올라온 새의 날개는 죽음과 삶을 휘돌아가는 절대적인 힘으로서의 그 날갯짓을 우리에게 보여준다. 이때 우리는 눈앞에서 새가 지금까지 날아온 그 시간 "三千年의 세월"을 한꺼번에 직관해낼 수 있다. 이어 우리는 "무수한 죽음을 앞지른 絕叫"와 만나면서 무수한 죽음이 '휴식'의 의미와 만나는 지점을 포착한다.[28] 그렇다면

---

28 "기실 끝없는 죽음이란 절대적인 죽음이 아닙니다. 그래서 대지의 상상력이 말하는 죽음은 일종의 휴식입니다." 이지훈, 『예술과 연금술』(창작과 비평사, 2004), 243면.

새의 죽음은 휴식으로서 다시금 "이승 쪽으로 떠 오르는" 계기를 품어 주는 새 생명의 기제가 된다. 여기서 우리는 영원성의 의미를 감지할 수 있다. 품었다가 다시 내어주는 대지의 풍요로움과 무한 그리고 절대성의 기미를 느낀다. 이렇듯 『새의 暗葬』에서의 대지에 관련된 몽상은 추락, 어둠, 그리고 대지의 심연에 이르러 다시금 생명의 약진을 추동하는 영원의 상상력으로 우리를 이끌어간다. 즉 대지는 "단순히 생명의 주검을 수용하는 무덤의 공간이 아니라 순수한 생명의 기억을 증언하여 새로운 존재의 상을 생성하는 공간"[29]으로 역동화되는 것이다. 이렇듯 두 시집의 시편들은 상승과 하강, 재상승하는 국면들을 각각 담당하며 '무한'과 '절대'의 기미를 드러내는 데서 암묵적인 통일성을 갖는다.

4. 결론

이상에서 살핀 바 공기와 대지의 상상력이 펼쳐진 박남수의 시편들은 말한 대로 '무한'과 '절대'의 기미를 포착하려는 인간의 원초적 의지와 관련된다. 즉, 영원한 것, 절대적인 것에 이끌리는 의지의 꿈이 역동화된 곳이 바로 그의 시편들인 것이다. 그에게서 무한과 절대로 표상되는 경지는 충만한 존재의 함성에 참여, 영원성 그 자체가 되는 일이다.

영원성의 감각은 더없이 부드러운 공기와 든든한 대지의 힘이 서로를 감싸 안는 경지에서 감지되는 그것이다. 이는 일상사로부터 초탈되는 '일요일'의 안락한 감각으로 펼쳐진다.

---

29 김요안, 「박남수 시 연구」(한양대 박사학위논문, 2000), 35면.

들판에 누워
제가 지금
한 포기의 풀처럼 바람에 날립니다.
우리가 바람에 날리면서
옛날엔 그렇게 살았읍니다.

                    *

여기에선 누구나
사랑하는 너그러움의 팔을 베고
그렇게 누울 수가 있읍니다.
일곱 날째의 休息.
알푸른 하늘엔 鐘이 울리고
지금 우리는 풀잎처럼 날리고 있읍니다.

―「日曜日」 부분

이 시는 하늘과 땅의 화음이 어우러진 한 주체의 내면, 안락한 영원
의 기억이 촉감되는 지점을 포착한다. 지금 나는 누워 있다. 대지의 중
력에 몸을 맡긴 채, 그러면서도 나는 바람에 날리며 퍼지는 종소리를
듣고 있다. 누워서, 즉 대지에 바싹 다가서서 느끼는 바람의 숨결은 한
층 경쾌하고 가볍다. 여기서 우리는 공기와 대지의 변증법과 만난다.
즉 "역동화된 존재에 있어 대지와 공기는 서로 떨어질 수 없게 상호 맺
어져"[30] 있는, 그 상황에 우리는 다다르고 있다. 그렇다면 박남수의 시
편들은 우리에게 행복의 감각을 일깨우고 있었던 것이다. 이 행복으로
의 상상력은 '무한'과 '절대'를 직관하는 감각이 펼쳐낸 것이다. 따라

---

30 가스통 바슐라르, 『공기와 꿈』, 앞의 책, 217면.

서 박남수 시의 이미지즘은 이미지의 사물성에만 고착되지 않는다. 선명하고 구체적인 세부의 감각적 표현들은 스냅사진처럼 각인되었다가 곧바로 시인의 순수한 욕망에 이끌리며 역동화되기 때문이다. 바로 이 점이 박남수의 특장으로 자리한다.

이상 두 권의 시집을 대상으로 박남수 시의 이미지와 상상력, 의식의 방향을 추적, 박남수 시의 세계를 압축해보았다. 말한 대로 『神의 쓰레기』에서는 공기적 상상력을, 『새의 暗葬』에서는 대지의 상상력을 살폈다. 이어 다시금 『새의 暗葬』 안에서 양자의 변증법적 세계를 찾아, '무한'과 '절대'의 꿈을 감지해보았다.

이 글은 시인의 생애를 관련시키지 않고 순수하게 작품에 나타난 상상력만을 좇아 상상력, 즉 이미지 운동이 내적 질서를 통해 발현하는 궁극의 의미를 찾아본 것이다. 즉 "상상력은 외계의 대상 이미지를 받아들여, 그것을 스스로 궁극적인 것, 즉 이상적인 것으로 삼고 있는 상태로 변화시키"[31]는 이미지 현상학을 염두에 두면서 대상 이미지의 구체성에서는 이미지스트로서의 면모를, 궁극적인 것으로의 변화에서는 상상력의 가동성을 따라가본 것이다. 이로써 박남수는 단순한 이미지즘의 논리에 얽매이지 않고 이미지의 현상학자로서의 면모를 충실히 보여준 시인이었음을 살필 수 있었다. 한편 여기서 대상으로 삼은 두 권의 시집은 박남수 시의 전체적 흐름이 잘 압축된, 詩性의 밀도가 높은 텍스트였다는 데서 취해진 것임을 다시금 밝힌다. 이어 두 시집 안의 각 시편들의 완성도를 살펴가면서 동시에 시편들을 대화적 관계로 묶어 주제의식을 응축하였음을 또한 밝힌다.

---

31 곽광수, 앞의 책, 161면.

김종길론 ─ 초탈과 '슴슴함'의 기율

김종길론 — 초탈과 '슴슴함'의 기율

1. 서론

이 글은 김종길 시의 방법을 이미지즘과 연관하여 탐구하면서 동시에 주제를 파악해보는 데 주안점이 있다. 이는 김종길의 시가 갖는 특성이 이미지즘 범위 안에서 해명하기에 적당하기 때문이다. 한국 현대시사를 돌아보면 감각을 생생하게 부려놓는 방법을 비로소 이미지즘은 일러주고 있었다. 영탄적 어조를 물리치고 세계를 여실하게 구성해보이며 풍경과 정신을 조응시키는 감각화의 기법을 터득케 한 것이다. 감각에 맞닿은 세계를 신선하게 펼쳐 그 배후의 여운과 행간의 의미를 우리에게 비로소 전할 수 있었다 하겠다.

김종길은 한국 현대시사 안에서 이미지즘 시의 위상을 더욱 공고하게 잡아준 시인이다. 또한 한국시단에 신비평가와 그의 이론들을 현실감 있게 소개하여 시적 자양을 풍부하게 제공해준 공로를 지닌다. 그는 신비평의 대가들을 직접 면담한 생생한 경험과 그들의 시론을 소개[1]함으로써 우리에게 시적 안목을 넓힐 구체적 기회를 제공했던 것이다.

김종길은 1926년 경북 안동에서 출생했으며, 그 지방 특유의 한자문화권에서의 분위기를 몸에 물씬 익히며 시인의 길을 지향하게 된다.[2] 그는 예정된 것처럼 1947년 『경향신문』 신춘문예에 「門」으로 등단, 본격적으로 시작에 임하여 한국 현대시의 한 격조를 우리 앞에 펼쳐주었다. 그간 비교적 과작이었던 시인은 시선집을 포함하여 6권의 시집 『聖誕祭』(1969), 『河回에서』(1977), 『黃沙現象』(1986), 『天地玄黃』(1991), 『달맞이꽃』(1997), 『해가 많이 짧아졌다』(2004)를 우리 앞에 선보였다. 그간 김종길 시에 대한 평가는 시집 해설, 평론, 논문, 단평 등의 방식에서 심도 있게 논의되어 왔다.[3] 그럼에도 불구하고 2004년도에 간행된 『해가 많이 짧아졌다』까지를 포함한, 시적 방법과 주제에 관한 종합적 논의는 아직 이루어지지 못했다.

이에 이 글은 그간의 김종길 시의 연구에 기반하면서 그의 전 시집을 대상으로 삼아 시적 방법과 주제를 일목요연하게 파악하여 종합적인

---

1 김종길, 『시론』(탐구당, 1965)에는 엘리엇에 대한 감동적 인상과 랜섬과의 만남, 그밖의 신비 평가 이론들이 자세히 소개되어 있다.
2 김종길, 『詩와 詩人들』(민음사, 1997), 4부 「사사로운 이야기」편 참조.
3 대표적 글들은 대략 다음과 같다.
　① 김흥규, 「세계내적 초월의 비전과 절제」, 『김종길 시선—河回에서』(민음사, 1977).
　② 김우창, 「감각과 그 紀律」, 『지상의 척도』(민음사, 1981).
　③ 유종호, 「점잖음의 미학」, 『동시대의 시와 진실』(민음사, 1982).
　④ 이남호, 「명징성과 염결성」, 『김종길 시선—天地玄黃』(미래사, 19991).
　⑤ 고형진, 「회화적 상상력의 확산과 동양시학의 계승」, 『또 하나의 실재』(새미, 2003).
　⑥ 이희중, 「역사의 부침과 시의 행로」, 송하춘·이남호 편, 『1950년대의 시인들』(나남, 1994).

연구 성과를 기대하려 한다.

특별히 그의 시적 방법에 대한 탐구는 그간 20년대의 이장희, 30년대의 정지용, 김광균, 장만영, 장서언, 40년대의 박목월의 시편들이 보여준 이미지즘의 연장선상에서 50년대 이미지스트로서의 면모를 밝혀줄 것이다. 이로써 한국 현대시사에서의 이미지즘 계보를 더 이어보려는 것, 또한 이 글의 한 의도다. 한편 그의 시적 주제에 대한 탐구는 삶의 격조를 향한 긴장을 늦추지 않았던 안동 선비로서의 기율을 엿보게 할 것이다. 이러한 향방의 좇음은 한국 현대시의 한 품격을 통해 21C의 한국 현대시를 다시 조망해보는 반성적 계기가 되리라고 본다.

2. 김종길 시의 방법과 주제

지금까지의 김종길 시편들을 일관하는 뚜렷한 시적 방법은 대상을 구체적 이미지로 형상화하는 데 주력하고 있다는 것이다. 즉 선명한 사물성을 내세워 읽는 이로 하여금 한 풍경이나 상황을 구체화시킬 수 있도록 하는 것이다. 따라서 그의 시는 모호하거나 난해하지 않다. 이 글에서는 이러한 방법의 구체적 실현 양태를 '침묵의 감각화', '미적 거리와 구체성'으로 나누어 살펴보고자 한다. 한편 이와 같은 시적 방법에 의해 구현된 주제의식은 '슴슴함'과 초탈의 자세, '견딤'과 '높음'의 정신으로 함축하여 살피기로 한다.

1) '침묵'의 감각화

유종호는 김종길 시의 특성에 대하여 "한마디의 군소리도 낭비하지 않는 야무진 언어경제"[4]라는 표현을 쓰고 있다. 이는 이미지즘 강령 중의 하나인 "일상어를 사용하되 거의 정확하거나 단지 장식적인 낱말이 아니라 정확한 낱말을 구사할 것"[5]을 환기시킨다. 김종길 시의 '언어경제', '정확한 낱말'은 시적 대상을 감각화하는 것으로 실현된다. 이미지즘에서 말하는 바의 정확한 이미지의 제시를 통해 시인은 최소한의 표현으로 침묵을 현현하는 것이다. 즉 그의 시편들이 보여주는 산수화의 여백미, 아득한 세계를 간결하게 응축하여 제시하는 방법은 바로 침묵의 현현, 그것이라 할 수 있다. 김우창이 지적하는 대로 "김종길씨의 경우, 우선 두드러지게 기억에 남는 것의 하나는 그의 시를 점철하고 있는 산뜻한 이미지"[6]라는 사실은 주지하는 바다. 이 '산뜻한 이미지'는 곧 선명한 이미지일 것이며, 이는 『성탄제』에서의 새빨간 '산수유 열매'의 도드라짐으로부터 현재에 이르기까지 변함없는 시적 방법이 되고 있다. 고형진과의 대담에서 "고도의 이미지는 완전히 분석하고 설명해내기 어렵죠. 그런 것이 훌륭한 이미지라고 할 수는 있어요."[7]의 '고도의 이미지'는 바로 그가 침묵을 담는 그릇이었다 할 것이다. 이 침묵의 세계는 분석하고 설명하기에 쉽지 않은 무한성의 드높은 세계다. 김종길은 아득하고 무한한 우주를 표현하는 방법으로 감각을 응축하여 고밀도의 세계를 구성해내고자 주력한다. 이 자리에서는 논의의 가닥을 위해 (1) 공간과 색채, (2) 공감각과 '기미'의 감촉으로 나누어 그 감각화의 양상을 살펴보기로 한다.

---

4 유종호, 『동시대의 시와 진실』(민음사, 1982), 104면.
5 이영걸, 「서구 이미지즘 시학의 성립과 전개과정」, 『현대시』(1994. 4), 22면.
6 김우창, 『지상의 척도』(민음사, 1981), 260면.
7 김종길, 『시와 시인들』(민음사, 1997), 207면.

(1) 공간과 색채

그의 시가 보여주는 확연한 공간의식과 구체적 색채 감각은 그의 데 뷔작인 「門」을 시작으로 하여 초기작에서부터 잘 확인된다.

> 주춧돌 놓인 자리에 가을풀은 우거졌어도
> 봄이면 돋아나는 푸른 싹이 살고, 그리고 한
> 그루 진분홍 꽃이 피는 나무가 자랐다.
>
> —「門」 부분

> 乾草가 널려 있는 등성이에 서면 눈 닿은 곳 어디라
> 진초록 아닌 곳이 없다. 쓰다듬기만 해도 손바닥에 온통
> 초록물감이 묻어날 것만 같다. 푸르다 못해 지긋지긋할 만큼
> 초록빛이다. 그 짙은 단색의 풍경을 먼 목장의 경계선 돌각담이
> 까만 연필선을 그은 듯 구획하고 있다.
>
> —「영국소묘」 부분

두 작품 모두 분명한 공간설정과 구체적 색채를 제시하여 잡힐 듯한 구도를 그려내고 있다. 시인은 그의 감각에 포획된 세계를 감각화할 뿐 의중을 내비치지는 않는다. 침묵 속에 세계에 대한 해석을 감추는 것이 다. 김종길 시에서 포획되는 공간과 공간 안에 부려진 선명한 색채들은 부정할 수 없는 이 세계의 '있음', 그 엄연성, 경외성을 현시한다. 흔히 그의 대표작으로 거론되는 「성탄제」에서도 이러한 특성은 잘 집약된 다. 「성탄제」는 회고의 시점을 유지하면서도 바로 눈앞에 있는 일인 듯 선명함이 극대화된 작품이라 할 수 있다.

어두운 방안엔
빠알간 숯불이 피고,

외로이 늙으신 할머니가
애처로이 잦아드는 어린 목숨을 지키고 계시었다.

이윽고 눈 속을
아버지가 藥을 가지고 돌아오시었다.

아 아버지가 눈을 헤치고 따오신
그 붉은 山茱萸 열매—

—「성탄제」 부분

"어두운 방안"은 어린 시인이 몹시 앓고 있는 공간이다. 이 공간은 어둠과 "빠알간 숯불"의 극명한 대비로 채워져 있다. 이 공간 속에 "그 붉은 山茱萸 열매"가 맺힌다. 이 열매는 흰 눈 속에 있었던 붉은 알맹이다. 때문에 그 색채의 선연함이 한층 더한, 그것이다. 이 열매는 "애처로이 잦아드는 어린 목숨"을 살려낸 신성한 열매다. 이 경험 속의 선명한 이미지는 시인에게 '성탄제'라는 제의적 상상력으로 경건하게 각인되었으며 그의 침묵을 대변하는 구도로 형상화된 것이다.

靑鶴洞 밤하늘은 금시 쏟아질 것만 같은
푸르스름한 흰 빛 일색이었다.

—「靑鶴洞 所見」 부분

황토밭 머리엔
유난히 붉은 복숭아꽃 한 그루

—「公州에서」 부분

메마른 黃土 언덕 비탈,
여윈 노새처럼 등이 굽은 橄欖나무는
시들은 갯버들 잎사귀 같은 잎사귀를 달고 있지만

그 사이론 푸른 枸杞子 열매만한 열매들이
지금 진초록으로 조롱조롱 영글고 있다.

—「天地玄黃」 부분

　　이상 임의적으로 골라본 시편들에서도 공간과 색채의 뚜렷함이 돋보이고 있다. 시인이 구축하고 있는 공간과 이 공간 속에 부려진 선명한 시각 이미지, 그중에서도 색채 이미지를 내세우는 이 기법은 침묵의 감각화인 동시에 김우창의 지적대로 '紀律'[8]의 감각일 수 있을 것이다. 삶의 기율은 단호한 의지에서 비롯된다. 김종길이 보여주는 공간과 색채의 분명한 감각은 기율, 그 자체의 감각화라고도 볼 수 있을 것이다. 이러한 특성은 최근 시집 『해가 많이 짧아졌다』에 이르면 더욱 도드라진다. 그 대표적 예로 「겨울 아침 풍경 1」 전문을 통해 그 면모를 살펴본다.

안개인지, 서릿발인지
시야는 온통 우윳빛이다.

먼 숲은
가지런히 세워놓은
팽이버섯, 아니면 콩나물.

그 너머로 방울토마토만한
아침 해가 솟는다.

---

8 김우창, 앞의 책, 264~265면 참조.

겨울 아침 풍경은

한 접시 신선한 샐러드,

다만 초록빛 푸성귀만이 빠진.

—「겨울 아침 풍경 1」 전문

    이 작품은 완벽하게 이미지즘의 강령들을 환기시킨다. 동원된 낱말들은 축축한 물기가 전혀 없으며 하나같이 견고한 형상의 것들이다. 표현에 기여하지 않는 말은 철저하게 배제되어 있다. 때문에 시인이 축조한 세계는 우리 앞에 흐트러짐 없이 단정하게 다가선다. 세계의 분명함을 목도하는 시인의 시선은 정신의 기율을 내부에 축적시키게 될 것이다. 이 시에 동원된 "우윳빛", "팽이버섯", "콩나물", "방울토마토", "한 접시 신선한 샐러드"는 겨울아침의 이미지를 싱싱하게 생명화시키고 있다. 삶의 경외, 신비, 긍정을 풍경들은 스스로 투사한다. 그러한 가운데서도 시인은 그 특유의 구체성을 다시금 마련한다. "다만 초록빛 푸성귀만이 빠진"이 그것이다. 겨울아침 풍경의 바깥에서 불려온 "초록빛 푸성귀"는 시의 생동감을 더하며 풍경을 따라가던 독자의 시선을 갑자기 의아하게 만든다. 이 부분은 구조와 길항하는 그러면서도 심층부에서 구조로 귀환하는, 랜섬이 설파한 바의 결(texture)의 기능을 환기시킨다. 이 시는 전혀 한자어를 사용하지 않은 드문 경우이기도 하다. 그는 "한자를 하나도 안 쓴 시는 소위 서정성이 높아지고, 한자를 쓰는 경우에는 지적인 요소가 가미된다고 할 수 있겠다."[9]라고 말한 적이 있다. 이 시는 따뜻한 시선, 세계와 일치하려는 긍정의 감각이 구도해낸 아름다움으로 가득 차 있다. 그러면서도 정신의 높이가 잘 투영된 경우

---

9 김종길, 앞의 책, 208면.

라 하겠다. 이상 공간의 확정과 구체적 색채 이미지로 공간의 안정감을 확보하는 면모들을 짚어보며 시인이 내재화시킨 침묵의 세계를 따라가 보았다.

(2) 공감각과 '기미'의 감촉

위에서와 같이 김종길의 시편들은 선명한 시각성을 구체적인 색채 이미지를 통해 보여준다. 그러면서도 그는 청각, 촉각 등의 감각을 동원하기에 게으르지 않다. 그의 시편들에 드러나는 시적 대상들은 시인의 정신적 기율과 연계하는 만큼 대상 스스로 철저하게 감각의 동원을 요구하고 있기 때문일 것이다. 즉 그에게서 풍경이나 사물들은 세계에의 인지작용, 그 자체로 현현된다. 이와 같은 면모는 영시와 한시의 영향이 아니겠느냐는 언급에 대해 그는 "내 자신의 감수성"[10]이라고 답변한다. 그 자신이 한학하는 집안에서 성장했으며 영시를 공부하고 특히 모더니스트들에 대한 관심을 가졌지만 결국에는 자신의 기질이 자신의 시에 투영될 수밖에 없었다는 얘기인 것이다.

김종길 시의 공감각적 이미지에 대한 언급의 자리에서 오형엽은 "시간의 풍화작용에 대한 저항의 내면동력"[11]이라는 표현을 쓰고 있다. 이 표현에서처럼 그의 공고한 감각은 한순간의 엄연한 '있음'을 정직하게 포착하려 한다. 이 정직성이 곧 풍경과 사물을 향한 감각의 총 집중으로 드러난다 하겠다. 이러한 면모는 그의 이미지스트적 자질이 선명하게 드러난 「春泥」를 비롯하여 곳곳에서 찾아볼 수 있다. 이 자리에서는

---

10 위의 책, 204면.
11 오형엽, 『현대시의 지형과 맥락』(작가, 2004), 49면.

시각과 청각의 화음이 절묘한 작품 「칠오조」를 읽어 그 특성에 닿아보
기로 하겠다.

중곡동
김형 댁의
영산홍 꽃을

올해도
해질녘에
돌아보고는,

앞으로
몇 번이나
저 꽃을 볼까

둘이서
쓸쓸하게
웃고 왔더니,

수유리
내집에선
초저녁부터

귀촉도
울음소리
들리어오네.

앞으로
몇 번이나

들겠느냐고

귀촉도
울음소리
들리어오네.

— 「칠오조」 전문

이 시는 시각과 청각, 이어서 또다시 리듬이 온몸에 실리는 촉각을 유발하며 감각의 교향악으로 자리한다. 정확하게 4연/4연으로 나뉘어 시각과 청각의 선명한 대비를 구성하는 한편, 7 · 5조의 리듬을 통해 삶의 감각을 온몸에 부려, 촉각화시키고 있는 것이다. "영산홍"과 "귀촉도"의 대비를 통해 홀연히 어느 하루 삶의 충만한 감각을 응축시킨 경험을 경건하게 리듬에 실어 여유롭게 전한다. 의미와 리듬이 길항하며 시적 긴장을 더하는 유기체로서의 '형상'을 완벽하게 구현하고 있다. 이 시의 경우처럼 김종길은 행과 연의 질서를 의식적으로 실천하는 시인이기도 하다. 자신의 시론을 통해 행과 연에 대한 소견을 피력한 바도 있거니와 그에게 행과 연의 분명한 처리는 질서의 감각을 표상해주는 것이기도 하다.[12] 한편 김종길 시에 동원된 감각, 그 감각의 완성된 의미는 다름 아닌 생의 기미를 감촉하는 데서 비롯된다 할 것이다. 그는 감각의 총화로서의 '기미'를 역력하게 짚어내는 데서 그만의 독특한 감각을 열어 보여준 시인이다. '기미'는 몸에 와 닿은 이상한 낌새, 생생한 감촉을 말한다. 이 '기미'의 감촉은 「성탄제」에서의 "서러운 서른 살 나의 이마에/ 불현듯 아버지의 서느런 옷자락을 느끼는 것은"에

---

12 김종길, 앞의 책, 182~183면 참조.

서처럼 서럽고 서느런 것이지만 시인은 그냥 자신에게 와 닿은 이 느낌을 예의 그 솜씨로 구체화시킬 뿐이다. 그의 시편에 흐르는 한 가닥 비극성은 여기에서 연유하는 것이기도 하다.

<blockquote>

그 위태로운 바위모서리의 感觸은
아직 손바닥에 남아 있었으나

— 「백운대」 부분

차운 가을비가 황급히 뿌리고 가면
어느날 이마엔 흰 눈발이 흩날리리라!

— 「중년」 부분

아 내 삶이 맞는
또 한번의 가을!

허나 더욱 성글어지는 내 머리칼
더욱 엷어지는 내 그림자

해가 많이 짧아졌다.

— 「가을」 부분

</blockquote>

이상, 시인이 기미를 감촉해내는 순간을 임의로 골라보았다. 특히 「가을」에서의 "~짧아졌다"는 시인의 온 감각과 정신이 응축된 지적·정서적 융합으로서의 이미지가 아닐 수 없다. 생 앞에 펼쳐진 시간의 성그러짐, 그 성그러짐의 '기미'를 온 감각으로 촉감하는 것이다. 결국 그가 감지하는 세상의 '기미'는 말한 대로 무상하고 쓸쓸하다. 구태여

여기에 그는 사족을 달지 않고 다만 '침묵'의 행간을 마련한다. 이러한 침묵의 감각화는 「生凉」을 통해 보다 실감있게 드러난다. 친구의 죽음을 조문하러 간 대구에서 느끼는 "生凉"의 느낌, 긴 여름 끝에 갑자기 냉한 기운이 스며오는 듯한 어느 날의 그 서러운 느낌조차 그는 "영영 그가 떠나버린 이 內陸의 都市—/ 올핸 유난히 일찍 生凉이 되나보다" 라고 물기를 거두며 담담하게 표현한다.

2) 미적 거리와 구체성

앞서 거론한 김종길 시에서의 특성들은 그가 시적 대상과의 거리를 유지하는 데서 비롯한다. 오르테가 E. 가세트의 설파[13]처럼 그는 비인간적 거리를 유지하는 정도는 아니지만 대상으로부터 넉넉한 관조의 거리를 둔다. 거리를 유지하면서도 그는 무의미나 차가운 사물성으로 시를 몰아가지 않는다. 따뜻하고 긍정적인 시선을 투사하는 것이다. 즉 따뜻하고 긍정적으로 발현되는 풍경이나, 사물성에 그의 감촉은 열린다 하겠다. 그러니까 그의 시선은 거리를 유지하면서도 대상의 존재론적 자리가 가장 선명하게 드러나는 그 자리에 머무른다. 그 자리는 사실 대상이 가장 평온하게 드러나는 곳이다. 한편 대상에 대한 애정이 잘 유지되는 곳이기도 하다. 그 좋은 예를 하나 들어본다.

> 설악산을 우주 삼아 산
> 시인 이성선이 간 지
> 꼭 반 년,

---

13 오르테가 E. 가세트, 장선영 역, 『예술의 비인간화』(삼성출판사, 1977) 참조.

그가 자주 찾은
백담사 경내에서
그의 시비 제막식이 있는 날 새벽,

그 경내를 혼자 거닐며 쳐다본
음력 열아흐레
새벽달.

절 앞 개울에서
찬물로 세수하고
막 올라온

생전의 그의
기미 낀
얼굴.

—「새벽달」 전문

차갑고 경건한 촉감이 생생하게 느껴진다. 후배 시인의 죽음에 대한 주관적 감정은 철저히 침묵으로 대변된다. 후배 시인의 죽음이라는 무상한 사건을 그는 적절한 거리에서 오히려 아프게 그려낸다. 시비 제막식 날 새벽에 그는 경내를 거닐며 새벽달을 통해 후배 시인의 인상을 환기한다. "기미 낀/ 얼굴"이라는 극히 사실적인 묘사가 이 시의 밀도를 높여준다. '기미낀 얼굴'의 신산스러우면서도 인간적인 다정한 얼굴이 부각되면서 고인에 대한 더없는 애정이 투사된다. 차갑고 높고 서러운 시인의 감촉이 "음력 열아흐레/ 새벽달"에 "생전의 그의" 얼굴을 겹쳐놓은 것이다. "기미 낀/ 얼굴"이라는 더할 수 없는 구체성이 오히려 적절한 거리를 통해 확보되는경우를 잘 보여준 시라 하겠다.

雨水 다음날
마을버스 속에서 본
앳된 데가 있는 어느 노인의 여윈 옆 얼굴

—「雨水 다음날」 부분

우정 이웃 나들이라도 갈 만한
비개인 봄밤의 안개와 어둠,
大門은 몇 그루 꽃나무가 지키고 있었다.

—「喪家」 부분

그 아래 미나리논 진흙 바닥엔
싸늘한 저녁해가 찔끔 묻어 있었다

—「公州에서」 부분

장마와 무더위에 극성스럽던 벌레,
잎이라고는 거의 남지도 않은
멋쩍게 웃자란 줄기 끝엔,

아직도 악착스레 피어있는
붉은 꽃 두세 송이

—「늦가을 장미」 부분

이상의 예들은 시적 대상과의 거리를 유지함으로써 오히려 대상의
면목을 확연하게 잡아낸 경우를 더 보여주기 위한 것들이다. 이렇듯
김종길은 적당한 거리에서 그려낸 세필화를 통해 정신의 자리를 독자
에게 가늠토록 해주는 것이다. 이와 같은 발상의 예는 「探點」의 경우에
도 두드러진다.

내가 학기말 試驗答案을 채점한 것은
新聞의 버스事故 記事 가운데서
너의 이름과 寫眞을 본 뒤였어.

90점이 조금 未達인 點數를
네가 받아볼 수 없는 評價表에
또박또박 나는 옮겨적었지.

—「採點」 부분

널리 알려진 대로 이 시는 제자의 죽음과 관련되어 있다. 안타깝기 그지없는 젊은 목숨의 상실을 향해 시인은 일체의 감정을 섞지 않고 채점하는 행위의 구체성만을 내세워 보인다. "네가 받아볼 수 없는 評價表" 안에 집중된 비극성은 이 시에 함부로 터뜨려져 있지 않다. 다만 시를 읽는 이의 마음 안에 터뜨려질 뿐이다. 이와 같은 사실을 두고 이남호는 "이러한 절제의 태도가 더 큰 슬픔을 전달할 수 있음을 우리는 익히 알고 있다"[14]라고 언급하면서 그의 절제는 그의 정신, 즉 선비정신의 체현이라고 덧붙이고 있다. 이는 함부로 말하지 않으려는 이의 침묵과 그 기율에 대한 언급이기도 할 것이다.

한편 김종길은 자기 자신마저도 대상화하기를 서슴지 않으며 그런 경우에도 역시 냉정한 거리를 잃지 않는다. 다만 거리를 통해 인지되는 '구체성'에 최대한 집중하여 응축된 이미지를 구사한다. 「저녁해」에는 이러한 면모가 전면화되어 있다.

---

14 이남호, 「명징성과 염결성」, 『김종길 시선집─천지현황』(미래사, 1991), 146면.

어느 해 늦가을 어느 날 오후,
나는 京釜線 急行列車를 타고 있었다.

列車가 水原을 지날 무렵,
西湖에 반사된 현란한 저녁 해가
車窓 가득히 어떻게나 눈부시던지,

나는 골든 델리셔스라는
사과덩이 속을 파고드는
한 마리 눈먼 벌레가 되었다.

추수가 끝난 들녘도
잎이 진 잡목숲도, 人家도,
황금빛으로 무르익은 果肉 속이었다.

―「저녁해」 전문

이 시는 저녁햇살 속을 달콤한 사과덩이 속으로 치환하여 한순간 황홀하게 풍경 안에 들었던 경험을 반추하고 있다. 나 스스로 풍경에 몰입했던 순간을 "사과덩이 속을 파고드는/ 한 마리 눈먼 벌레"로 대상화하여 그 구체성을 응축해내고 있는 것이다. 경부선, 수원, 골든 델리셔스라는 사과 등에서 보는 대로 지극히 사실적인 것들을 지시해가며 "무르익은 果肉 속"에 들었던 환상적 체험을 형상화하고 있다. 사물과 사물을 접목하여 구체적 풍경을 만들고 이 풍경과 융합하는 순간의 환상적 체험을 실감 있게 묘사한 작품이라 하겠다.

3) '슴슴함'과 초탈의 자세

위에서 살펴본 김종길 시의 방법들, 침묵의 감각화나 거리유지의 미학은 그가 말하려는 주제와 밀접하게 연결되어 있다. 그렇다면 그가 침묵하는, 함부로 발설하지 않으려는 삶의 의지는 무엇이었을까. 우선 그것은 무엇보다 범속한 욕망으로부터 비껴서는 것이었으며 넘치지 않는 슴슴한 태도를 견지하려는 것이었다고 말할 수 있다. 이러한 태도는 어느 정도 그의 몸에 익은 것이었으며 한편으로는 그의 시편들 심층에 기저한 것이기도 하다. 심층의 것은 시인이 스스로 말한 바의 "쥴리아 크리스테바가 이야기하는 글이 내포하는 〈생리적〉 환경적 및 사회적 요인에 의해 조건 지어지는 이른바 〈제노텍스트〉를 나는 그분들과 어느 정도 공유하고 있을 법"[15]한, 그것이다. 여기서의 그분들은 바로 이육사, 조지훈을 가리킨다. 이육사, 조지훈, 유치환은 그의 시론에서 자주 언급되는, '초탈의 자세'[16]를 공유하는 시인들이다. 김종길 시인이 유지하는 의식으로서의 슴슴함은 격정적이지 않고 잔잔한 자세를 유지하려는 그것이며 이는 자연스럽게 초탈한 정신으로 개화된다. 시인은 그의 작품을 통해 '슴슴함'의 자세를 다음과 같이 천명한 적이 있다.

> 人生이 어찌 이로움만을 위해 살 수야 있을까마는
> 더러는 단념하고 잊을 줄도 알아야 하는 것을.
> 아무튼 지금부턴 좀더 슴슴하고 고요해야겠다.

---

15 김종길, 『시와 시인들』, 앞의 책, 184면.
16 위의 책, 62면.

靑苔낀 바위틈 물을 따와서
가랑잎을 태우며 茶를 달이듯
지금부터는 좀더 슴슴하고 고요해야겠다.

—「茶를 달이듯」 부분

"슴슴하고 고요해야겠다"고 다시 옷깃을 여미는 시인은 기실 일찍부터 그러한 자세를 견지해온 바다. 그래서 "좀더"라는 부사어가 요긴하다. "靑苔낀 바위틈 물을 따와서/ 가랑잎을 태우며 茶를 달이듯"한 자세는 넘치지 않는 고요의 격조를 갖는, 그것이다. 이는 속세의 오욕스러움에서 한 발 물러서 자기를 올곧게 유지하는 일이기도 하다. 초기 작품에서부터 꾸준히 이러한 추구는 견지된다.

눈 오면 그리움
한결 더하여

눈 속에 차운 볼이
꽃으로 피네.

말없이 밟아가는
어스름길에

눈은 소리없이
쌓여만 가고,

西天엔 눈보라와
보랏빛 落照,

어디메 먼 곳엔

그리운 靑山.

—「雪夜」 전문

세속의 티끌이 조금도 묻어 있지 않은 풍경과 풍경 속을 걸어가는 사람이 보인다. 눈 오는 밤의 순결과 고요의 풍경, 이 풍경이 촉발하는 "그리운 靑山"의 여운이 시편에 가득하다. 이 시편을 통해 보면 시인은 이미 "눈 속에 차운 볼"을 꽂인 양 피우며 탈속하고 있으면서도 "그리운 靑山"을 머리에 다시 이고 있다. 그만큼 더 높은 정신을 향한 목마름이 있는 것이다. 이 목마름은 다시 견딤과 더 높음의 삶을 향하는 동력이 된다.

4) '견딤'과 '높음'의 정신

시인의 초기 작품 「소」에는 "어리석음이 어찌하여/ 어진 것이 되느냐?"는 구절이 있다. 그에게서 어리석음은 '견딤'일 것이며, 이는 어진 것이며, 끝내 '높음'일 것이다. 김종길 시가 내재화시키고 있는 '견딤'과 '높음'의 정신은 우리에게 삶의 위의를 깨우쳐준다. 작품에 나타난 삶의 격조가 그대로 읽는 이에게 이행되어 삶의 기율을 다짐하는 계기를 베풀어주는 것이다. 이남호의 지적대로 "김종길 시의 의의와 미덕은 탁월한 상상력으로 빚은 이미지의 명징성과 고전적 품격에서 비롯되는 정신적 염결성의 우아한 조화"[17]에 있다. 즉 김종길의 시편들이 보유하고 있는 명징한 이미지들은 그대로 정신적 자세를 드러내는 장치인 셈

---

17 이남호, 앞의 글 참조.

이다. "세상은/ 험난하고 각박하다지만/ 그러나 세상은 살만한 곳"(「설날 아침에」)이라고 시인은 신산스런 삶을 달래준다. 그는 세속의 욕망으로부터 초탈할 뿐 한계 밖으로의 초월을 감행하는 시인은 아니다. 시인은 "난 사실 상당히 현실주의적인 면이 있어 리얼리스트라고 할 수 있어요."[18]라고 스스로 말한 바 있다. 그는 현실의 풍경과 그 풍경에 응하는 자세를 정한 그 자리에서 최대한 발돋움하는 충실한 리얼리스트라 할 수 있을 것이다. 그리고 그가 발돋움한 그 자리는 견디면서 동시에 높은 삶을 영위하려는 격조의 자리일 것이다.

> 奸貪의 무리와 어깨를 비비면서도
> 武橋洞 같은 데서
> 해질 무렵이면,
>
> 市營버스에서 쏟아져 나오는
> 순박한 얼굴들에
> 가슴 절로 더워오고,
>
> 그들의 어깨 위의
> 잎진 街路樹,
> 그 너머 그림 같은 北岳과 仁旺—
>
> 그 변함없는
> 착한 風景에
> 공연히 마음 설레어 보고.
>
> ─「新處士歌」 부분

---

18 김종길, 앞의 책, 209면.

이 작품은 세속 안에서 세속을 넘어서려는 견인의 자세와 그 견딤을 가능하게 해주는, "北岳과 仁旺"의 "착한 風景"을 그려내고 있다. "北岳과 仁旺"은 '높음'의 정신을 불러일으켜 시인에게 삶의 기율을 추동한다. 그리하여 '山' 이미지는 시인에게 더없이 좋은 매개가 될 수밖에 없다. 이에 그의 전 시편에는 산 모티프가 고루 분포되어 있다.

北漢山이
다시 그 높이를 회복하려면
다음 겨울까지는 기다려야만 한다.

(…중략…)

왼산은 차가운 水墨으로 젖어 있는
어느 겨울날 이른 아침까지는 기다려야만 한다.

—「孤高」부분

道峯은 언제 보아도 여위어 있다.
그것은 사철 메말라 있다.

—「道峯」부분

인수봉과 백운대의
언제 보아도 변치 않는 모습

—「진달래 능선에서」부분

맑게 여위다 못해 이미
춥게 여위기 시작하는
初老의 선비

—「청량산에서 1」부분

산에 관한 시편들 중에서 골라보았다. 보는 대로 인내와 孤高性을 대변하는 이미지로서의 산의 모습을 담백하게 그려내고 있다. 시인은 "맑게 여위"어 "차가운 수묵으로 젖"은 봉우리를 향하여 눈뜨고 있는 것이다. 비단 '산'을 통해서만 '기율'을 투사하는 것은 물론 아니다. 다만 선연한 자취를 따라가 보려는 데서 '산'에 대한 예를 골라본 것이다. 다른 경우의 예를 통해서도 '견딤'과 '높음'의 정신을 지향하는 의식은 얼마든지 드러난다.

> 가난과 고독이
> 없었던들,
>
> 생각이 저렇게
> 無邪할 수 있었을까
>
> 아픔과 목마름이
> 없었던들,
>
> 꿈이 저렇게
> 화려할 수 있었을까.

— 「逆說」 전문

'이중섭 전시장에서'라는 부제를 달고 있는 작품이다. 가난과 고독이라는 인고로부터 "無邪"를 얻고, 아픔과 목마름으로부터 '화려한 꿈'을 얻는다는 명료한 역설의 무늬를 그려내고 있다. 후기작인 이 작품은 초기작 「소」에서의 "어리석음이 어찌하여 어진 것이 되느냐?"는 그 역설과 잘 닿아 있다. 이 역설은 삶의 진실을 오묘하게 투사한다. 한편 시인의 정신은 이 역설을 껴안고 묵묵하게 삶을 완성하려는 의지로 충만해 있음을 깨닫는다.

이상에서처럼 '견딤'과 '높음'을 향한 그의 시정신을 따라가 보았다. 그의 정신은 "바윗돌에 부서지는 흰 물줄기로 눈을 씻고/ 우렁찬 목소리로 귀를 헹구"(「수유리에서」)어낸 것으로 시편마다의 감각속에 오롯하게 내재화되어 있었다. 이로써 "병없이 앓는,/ 안동 댐 민속촌의 헛제사밥 같은,/ 그런 것들을 시랍시고 쓰지는 말자"(「솔개」)고 스스로의 작품 안에서 다짐해보이는 詩作에의 의지가 그의 작품 정수리마다 서려 있음을 확인한 셈이다.

3. 결론

김춘수는 김종길의 「春泥」에 대하여 "군살과 츔가 없다"[19]고 말한다. 이어 이 작품에 드러난 수사법과 발상의 균형감각에 주목한다. 그는 결국 김종길의 이 작품을 두고 고전주의적이며 유교적 미감각이 구현된 것이라고 말한다. 그런데 김춘수의 이 간단한 지적은 「春泥」의 경우에만 국한되지 않는다. 김종길의 시편들은 모두 이와 같은 지적 안에 놓일 수 있는 것이다. 즉 '군살이 없다', '고전적이다', '유교적이다'라는 범주 안에서 시의 방법과 주제가 고스란히 해명될 수 있기 때문이다. 특별히 여기서 '고전주의적'이라는 말에 주목해보자. 이는 그의 이미지스트로서의 면모, 더 나아가서는 모더니스트로서의 면모를 가리켜주는 말이다. "이미지즘은 흄과 에즈라 파운드의 주도 하에 일어난 운동

___

19 김춘수, 『詩의 位相』(둥지, 1991), 94면.

이었으며, 모더니즘은 이미지즘의 영향 하에 엘리엇의 전통론과 객관적 상관물 이론을 중심축으로 발원"[20]한 것이다. 김종길의 시편들이 보여주는 특성은 이미지즘의 강령들과 연계되면서도 전통과 역사의식을 기저로 하는 모더니즘적 요소를 포괄한다 하겠다. 따라서 김종길 시에 대한 이미지즘적 특성의 거론은 모더니즘적 요소를 포괄하면서 진행될 수밖에 없다.

본 논문에서 밝혀본 김종길 시의 방법과 주제는 말한 대로 이미지즘, 나아가서는 모더니즘과 연계된 것이었다. 그의 시작 방법을 '정신의 감각화' 라는 테두리 안에서 살펴보았기 때문이다. 그는 시야에 명확하게 잡힌 공간을 정지시켜 놓고 여기에 자리 잡은 사물들과 사물들이 배열하여 만든 풍경을 구체적 감각으로 그려낸다. 정지된 공간과 그 안에 자리 잡은 대상들의 적확한 윤곽은 혼란된 인간의 의식을 안정시켜 주기에 족하다. 여기서 이미 그의 시의 격조는 마련된다 하겠다. 한편 그의 시정신은 변화하는 모든 무상함으로부터 초탈하여 예나 지금이나 변함없는 산봉우리를 우러르는 것이었다고 볼 수 있다. 첫 시집 『성탄제』로부터 2004년의 『해가 많이 짧아졌다』에 이르기까지 그는 정신의 침묵화, 다시 침묵의 감각화를 꾀하며 김춘수의 지적대로 '군살' 없는 시작품을 줄곧 내놓았다. 이에 본 논문은 특별히 작품의 제작년도를 염두에 두지 않고 여섯 권의 시집을 하나의 텍스트로 묶어 그 특성을 요약하였다. 대상을 감각화하여 정신을 투사하는 측면은 ① '침묵의 감각화' 로, 대상과의 거리를 유지하면서 대상의 구체성을 파악하는 방법은 ② '미적 거리와 구체성' 으로 짚어나갔다. 한편 이러한 방법들이 투사

---

20 최유찬, 『문예사조의 이해』(실천문학사, 1995), 376면.

하는 정신의 풍경, 주제의식은 ③ '슴슴함'과 초탈의 자세, ④ '견딤'과 '높음'의 정신으로 포착하였다.

그의 시집들을 훑어가면서 나누어본 시의 방법과 주제는 실상 긴밀한 유기성을 띤 것이었다. 그가 보여준 시의 방법은 그대로 그가 지향하는 삶의 기율을 침묵으로 드러내려는 기제였기 때문이다. 다만 본 논문에서는 그 침묵의 행간을 풀어 주제의식을 해명하여 시인의 시세계에 보다 근접해보려 했을 뿐이다.

김요섭론 — '빛' 이미지와 대비의 구도

김요섭론 — '빛' 이미지와 대비의 구도

1. 서론

김요섭 시인은 1927년 함경북도 나남에서 출생하여 1997년 향년 71세로 생을 마감하였다. 그의 시작활동은 1947년 대구에서 발행되던 시잡지 『죽순』을 통해 본격적으로 개진되었다. 이후로 첫 시집인 『體重』(서울 : 문성각, 1954)을 상재한 이래 시선집을 포함, 13권[1]의 시집을 엮으며 의욕적인 시작활동을 전개하였다. 1981년 한국시인협회상을 비롯하여 1983년 펜클럽문학상, 1987년 대한민국문학상 등의 수상은 그

---

[1] 13권의 시집은 다음과 같다.

1. 『체중』(서울 : 문성당, 1954), 2. 『달과 機械』(성문각, 1965), 3. 『國語의 主人』(문원사, 1970), 4. 『빛과의 關係』(보진재, 1973), 5. 『얼굴이 없는 얼굴』(금연재, 1976), 6. 『달을 몰고 달리는 진흙의 巨人』(동서문화사, 1977), 7. 『바이킹 155호를 쏘라』(문천사, 1978), 8. 『銀 빛의 神』(동화출판공사, 1980), 9. 『검은 시간이 무덤을 파고』(청하, 1983), 10. 『맥』(한국문연, 1987), 11. 『빛의 뿌리』(홍일, 1988), 12. 『63억 광년을 산 이슬』(가꿈, 1994), 13. 『김요섭詩選』(계몽사, 1997).

의 가열찬 시작활동과 그 성과를 입증한다. 이러한 사실에 비추어 김요섭은 50년대의 주요 시인으로 자리매김 되어 그 작품세계에 대한 성과를 인정받아야 마땅할 것이다. 그럼에도 불구하고 김요섭은 한국 현대시사에서 그 위상을 제대로 부여받지 못하고 있다. 이는 그가 아동문학가로서의 입지를 강하게 마련하고 있었던 탓과 한편으로는 그의 시적 성과를 면밀히 보아내지 않은 한국 현대시사의 불찰이기도 할 것이다.

이형기는 6·25를 전후로 50년대 한국시단의 현황을 조망하는 자리에서 김종삼, 김요섭, 김광림, 성찬경, 문덕수를 묶음하면서 "각기 뉘앙스의 차이는 있어도 범박하게 주지적 심상화라고 볼 수 있는 이들은 감정의 자연발생적 유로를 거부한, 언어의 지적 조작을 통해 시를 구성해 간다는 방법론적 특성을 공유하고 있다"[2]라고 언급, 전통서정파와 구별되는 자리를 잡아준 바 있다. 실제로 김요섭의 시는 이 언급에 주어진 바의 '주지적 심상' 이나 '언어의 지적 조작' 에서 한 성과를 보여주고 있다. 즉 그의 시편들은 '감정의 자연발생적 유로' 를 거부하고 섬세한 이미지의 조형에 몰두하는 양상을 보여주는 것이다. 또 다른 자리에서 이형기는 "김요섭은 그 상상력이 매우 풍부한 사람이다"[3]라고 말하고 있는데 이는 김요섭 시편들의 상상력이 보여준 넓이와 깊이를 충분히 간파한 데서 비롯된 것이다. 한편 시인은 스스로 "인간에게도 날개가 있다. 그 날개의 이름은 이미지다"[4]라고 말한 바 있거니와 그의 시작 방법은 무엇보다 풍부한 이미지의 구현과 거침없이 다양한 언어를

---

2 이형기, 『시와 언어』(문학과 지성사, 1987), 382면.
3 이형기, 『한국문학의 반성』(백미사, 1980), 132면.
4 김요섭, 「나의 시론」, 시집 『검은 시간이 무덤을 파고』 참조.

시적 언어로 변환하여 텍스트를 활기차게 만드는 데 있다. 이렇게 하여 그의 시편들은 감각적 언어의 군집으로 꽉 짜여져 텍스트, 그 자체의 존재성에 강조점을 두게 된다. 이렇듯 축축한 감상성을 배제하고 대상을 압축된 이미지로 그려내는 그의 시편들은 "주관적이든 객관적이든 사물을 직접"[5] 다루어야 한다는 이미지즘의 강령을 환기시킨다. 실제로 군더더기 없는 선명한 감각의 조형을 보여주는 그의 시세계는 이미지즘의 방법을 여실하게 보여주는 것이기도 하다. 그럼에도 그의 시는 이미지즘이 표방했던 바의 견고하고 명료한 이미지 자체의 사물화로 드러나는 극단적인 순수의 세계를 그려내지는 않는다. 그는 스스로도 '시에 있어서 의미성을 극도로 배제하는 것은 인간적으로 백치상태를 갈망하는 것'에 지나지 않는다고 보아 경계하였다.[6] 즉 감각적 구도를 즐겨 사용하면서도 극단적인 물질시로 굳어지는 것을 원하지 않았다. 이렇듯 김요섭의 시편들은 텍스트 자체의 자율적인 미학에 주력하면서도 의미론적 방향을 또한 뚜렷이 한다는 데서 단순한 이미지즘의 면모를 넘어선다 하겠다. 이렇게 볼 때 그의 시는 이미지즘이 추구한 물질시의 공허함을 극복하여 한 걸음 나아간 신고전주의, 즉 영미의 모더니즘 맥락에서 잘 해명된다. 여기서 모더니즘이란 말한 대로 "시에 있어서 네오클래식은 이미지즘을 토대로 하면서 이를 발전적으로 극복한 양상"[7] 이라 할 때의 그것이다. 특히 사상과 감정을 선명하게 감각화하는 그의 시적 특장은 "사상을 장미의 꽃향기처럼 맡을 수 있는"[8], 통합된 감수

---

5 David Perkins, *A History of Mondrn Poetry*(Belknap Harvard, 1979), 333면.

6 김요섭, 앞의 책, 같은 곳.

7 오세영, 『20세기 한국현대시 연구』(새문사, 1990), 149면.

8 T. S. Eliot, *Selected Essays*(Faber and faber limited London : Boston, 1980), 287면.

성으로서의, 엘리엇 시론을 잘 환기시킨다. 결국 이미지들 간의 융합을 통해 보여주는 감수성의 통합, 나아가 '빛' 이미지를 통해 신화적이며 우주적인 상상력을 펼쳐놓는 김요섭의 시세계는 모더니즘의 자장 안에서 해명되기에 합당한 것이다.

이와 같이 해명될 수 있는 김요섭의 작품들은 30년대 한국 모더니즘의 계보를 발전적으로 이어간 50년대 모더니즘의 한 성과로 자리하기에 모자람이 없다. 그럼에도 50년대, 60년대 시의 모더니즘 범주 안에서 김요섭은 그 자리를 제대로 부여받지 못했다.[9] 이제 현시점에서 볼 때 1997년 타계하기까지 왕성하게 자신의 시세계를 확장해간 그에 대한 본격적 논의는 한국 현대시사의 올바른 전개를 위해서 반드시 필요한 것으로 사료된다.

부분적인 단평 외에 그에 대한 본격적인 논의가 없었던 차에 최근 김현아의 「현실인식의 반영과 판타지의 시학」[10]은 본격적인 김요섭론의 서장을 열었다는 점에서 매우 의미 있는 일이라 할 수 있겠다. 이 논문은 김요섭의 판타지론 「판타지와 현실」에 기반하여 현실과 이어지는 공간으로서의 판타지에 주목하면서 판타지와 현실인식의 관계를 조망하고 있다. 따라서 김요섭 시가 보여주는 이미지의 풍요로움과 그 의미세계에 대한 보다 섬세한 분석을 그 여지로 남겨두고 있었다. 이에 본고는 김요섭 시의 기법과 주제에 초점을 두어 이미지 조성의 특성과 그

---

9 『현대시』(1994. 3)와 『현대시 사상』(1995. 가을)은 각각 〈모더니즘의 수용과 전개〉, 〈한국 모더니즘 60년〉을 특집으로 하면서 30년대, 50년대, 60년대의 한국모더니즘을 종합적으로 검토하는 자리를 마련한 바 있다. 이 자리에서 김요섭은 그 이름조차 거론되지 않고 있다.
10 김현아, 「현실인식의 반영과 판타지의 시학」, 김학동 외, 『한국전후문학전집 5』(예림기획, 2005).

의미, 이어 그의 시 전편을 관류해간 '빛'의 상상력과 그 의미를 살펴 그의 시세계를 심도 있게 조망하고자 한다.

2. 대비와 융합의 상상력

김요섭 시편들에서 대비적으로 이미지를 조성하고 이를 다시 융합의 상상력으로 구축하는 양상은 제3시집에서부터 두드러진다. 제1, 2시집에서도 특유의 선명한 감각성에 주력하고 있지만 이 무렵의 시편들에는 주로 절망적인 삶의 인식이 전면화되어 있다. 즉 이 무렵의 시편들에 드러나는 '붉은 피'나 '흰 손길', '흰 나비' 등의 이미지는 각각 파편화되어 자리하면서 "전쟁의 체질은 피와 눈물// 피와 눈물에 축축히 젖은/ 지구의 중량이 자꾸 무거워져 간다(「지구의 체중이 무거워져 간다」)"에서와 같은 절망의 인식을 투사하는 기제로 쓰인다. 이 무렵 시인은 "끝끝내 무거운 내 정신의 중량을 달 수 없는/ 체중기 위에/ 전쟁과 내가 얹혀져 있다"(「체중」)는 실존의 무게에 압도되어 있었던 것이다. 결국 그는 이 무렵의 "절망의 봄밤의 피"(「봄밤의 피」)를 통과해가면서 차츰 흰색의 순결한 바탕과 붉은색의 열정을 대비, 융합시키며 싱싱한 상상력을 얻어가기에 이른다. 수직적 세계와 수평적 세계의 대비적 이미지와 융합 또한 이와 같은 맥락에서 구성된다. 한편 수직적 세계와 수평적 세계의 대비와 융합은 상상력의 보편적 기저일 수 있으나 김요섭의 경우는 특별히 의식적 장치로 전경화되어 있다는 사실에 주목하였다.

1) 흰색과 붉은색의 대비와 융합

말한 대로 제3시집에서부터 텍스트 안에서 이미지들은 대비적으로 구조되면서 더욱 선명한 감각미를 보이게 된다. 이는 주로 흰색과 붉은색의 대비로 드러나게 되는데, 실제 텍스트 속에서는 눈과 불의 대비로 드러나는 경우가 많다. 한편 눈은 이슬, 얼음, 혹은 단순하게 흰빛으로 변이되며 불은 피, 태양, 혹은 붉은색이나 금빛 등으로 변이되는 양상을 보이기도 한다.

> 마가복음을 읽는 날
> 흰 눈이
> 온 종일 내리는 것은
> 포인세티아를 위한
> 하늘의 파괴
> 베들레헴 나무들의 울음소리
> 그리스도의 피 속에 흘러들면
> 울음도
> 꽃으로 변하는 기적
> 풀잎에도 스미는
> 눈 속의 축복
> 포인세티아

— 「포인세티아」 전문

포인세티아의 붉은 빛이 눈의 흰 빛과 대비되고 있다. 여기서 대비된 빛깔은 서로를 보충하며 융합하게 된다. "눈 속의 축복/ 포인세티아"에서 단적으로 드러나듯 붉은색과 흰색의 구도는 하나의 성스러움으로

화한다. 즉 이 시에서의 붉은색은 포인세티아와 그리스도의 피로 구체
화되는데 이는 흰색의 눈과 조화를 이루며 더욱 성스러운 것으로 현현
된다. 한편 "그리스도의 피 속에 흘러들면/ 울음도/ 꽃으로 변하는 기
적"에서와 같이 흰 눈에서 울음소리로, 울음소리에서 꽃으로 변환되는
이미지의 역동성은 포인세티아 잎이 붉은색으로 물들어가는 절차와 그
리스도의 피가 이 세상에 스며드는 듯한 감각을 여실하게 보여주며 생
동감을 얻는다.

손을 대도 데지 않는다
그 불은
이슬이 떨어지면 더욱 놀라는
그 불은
태고적 이야기에 향기 입힌다
그 불은
태양도 꺼트리지 못한
이슬의
그 불은
별빛의 씨 땅 위에서 눈을 떴다
그 불은
꽃

—「꽃」 전문

이 시는 "이슬의 불"에서처럼 '이슬과 불', 그 대립적 이미지를 융합
하고 있다. 즉 이슬과 불이라는 극단적 이미지를 융합하여 마침내는 이
슬과 불의 개별적인 사물성을 지우고 "꽃"이라는 신비로운 존재를 합
성해낸 것이다. 불가사의한 꽃의 탄생, 그 자체의 존재론을 보여주려는

이 시는 불과 이슬, 별빛을 꽃 속으로 수렴하여 이미지의 집중력을 높이고 있다. 이렇게 하여 텍스트 자체가 피어나는 꽃으로서의 존재론에 값하게 된다.

> 흰 눈이 무겁다
> 한 순간처럼 무겁다
> 순간이 터지는 소리
> 매화나무 속에서 터지는 소리
>
> 흰 눈이 무겁다
> 할아버지들이
> 할머니들이
> 두 손으로 받은 햇빛처럼
>
> 죽음에 취한 대지 안쪽에서
> 은빛 불덩어리로 피어난 뿌리
>
> 바람이 나뭇가지에 정지된 채
> 한 순간이 터진다
> 매화나무 속의 시간

—「梅花」 전문

"매화나무 속의 시간"이 터지는 것, 그것은 바로 매화가 피는 놀라운 사건이다. 여기서 매화는 "죽음에 취한 대지 안쪽에서" 피어난 것으로 "은빛 불덩어리"라는 모순어법을 통해 현현된다. 눈처럼 하얀 매화를 불덩어리라는 대극적인 이미지로 변화시키는 것은 매화가 피는 순간의 놀라움, 그 생명력의 뜨거움을 환기시키기 위한 것이다. 이처럼 이 시는 매화가 피어나는 그 사건 자체의 숨막히는 감동을 감각적으로 그려내는 데 집중하고 있다. 청각과 시각을 공명시켜가면서 개화의 놀라움을 생생하게 그려 보임으로써 시적 긴장감을 더하고 있는 것이다. 이때 매화의 흰 꽃이 불덩어리로 변성되며 생명의 뜨거움을 열어 보이는 감동은 오래 여운을 끈다. 이 여운은 "터지는 소리"의 감각이 그대로 "은빛 불덩어리로 피어"나는 사건으로 전이되는 역동적 상상력에 의한다. 한 그루 매화나무의 개화를 역동적으로 그려줌으로써 우주의 오묘한 섭리를 표상하고 있는 작품이라 하겠다.

이상과 같은 방법들은 김요섭 시의 도처에 자리하는 특유의 기법이다. "포인세티아 속으로 흐르는/ 흰 눈의/ 피"(「성서의 눈」), "바닷가 사람들의 불 속의 눈송이"(「겨울불」), "아내와 사나이는 눈을 헤치고/ 땅 속에서 불길을 꺼냈다"(「춤」)에서와 같이 많은 시편들이 흰색과 붉은색의 대비와 융합의 상상력을 통해 전개되고 있는 것이다. 이는 단적으로 대비되는 이미지가 다시금 융합의 상상력으로 거듭나면서 존재생성의 신비를 현현한다는 데서 그 미학적 의의를 갖는다.

2) 수평과 수직적 세계의 대비와 융합

앞서 말한 대로 수평과 수직적 세계의 대비와 이의 융합은 김요섭 시의 상상력을 지탱하는 주요 기제이다. 김요섭에게서 수평과 수직의 대비와 융합은 의식적 장치임이 확인되는데 그는 시작노트를 통해 "지평적인 것과 수직적인 것의 눈의 조화"[11]를 역설한 바 있다. 그의 시에서

---

11 김요섭, 앞의 책, 79면.

수평적 이미지와 수직적 이미지의 대비는 바로 하늘과 땅, 신과 인간의 대비이며 이는 다시금 혼용되어 우리의 삶을 성스럽고 안온하게 현현하는 기제가 된다.

해시계 위에
고궁의 햇빛이 모였다

지금은 二月
大理石에서 뿜는 돌향기 같은
二月

손이 차거운 사람들이어
해시계 그늘을
조금씩 손에 받자

빛도
땅에 떨어지면
돌아서 그늘이 된다
땅에 떨어져 온
이 불꽃같은 말씀을

지금
大理石을 스친 그늘은
내 時間의 內部를
새가 날아간 것이다

— 「해시계」 전문

빛(수직)과 그늘(수평)의 이미지가 선명하게 대비되어 있다. 빛은 햇빛, 불꽃, 새로 계열화되고, 그늘은 대리석, 땅, 내 시간의 내부로 계열화되어 각기 수직과 수평의 세계를 가리켜 보인다. 4연으로 된 이 시의 1연에서 햇빛은 "해시계 위"에 자리한다. 즉 수직적인 위치에 자리한다. 2, 3연을 거쳐 가면서 4연에 이르러 빛은 그늘로 내려앉는다. 동시에 이 그늘은 "불꽃같은 말씀"이기도 하다. 5연에서 그늘이 된 빛은 "새가 날아간 것"으로 표상됨으로써 다시금 수직적 상상력으로 가동된다. 이렇듯 수직적인 것과 수평적인 것은 수시로 변성하며 그 자리를 서로 바꾼다. 빛과 그늘이 서로의 경계를 넘나들며 공존하고 있는 것이다. 지상은 이처럼 성스럽게 일어나고 또다시 성스러운 빛은 포근히 땅에 눕는 것이다. 이렇듯 무심했던 한 공간은 상상력에 힘입어 성소로 화하는 놀라움의 공간으로 낯설어진다.

태초의 말씀과 함께
하늘에는 불과 음악이 있었다
하늘 가득히 울려퍼졌던 음악
사람들을 찾아 마을 위로 거리 위로
휘날리며 오는 동안
소리는 슬어지고 눈송이가 되었다

나뭇가지 위
음악의 흰 그림자로 앉은 눈송이
눈송이로만 있기에는 심심했다
나무 속 심줄을 타고 녹아드는
뿌리끝에서 소리가 나고
흙들이 귀를 기울였다

어느 태초의 아침 같은

아침
대지는 풀포기를 토하면서
허공에다 새를 날렸다
음악처럼

―「음악」 전문

흔히 그의 대표작으로 거론되는 「음악」의 경우도 수직과 수평, 그 융
합의 상상력에 기반을 두고 있다. 이 시는 융합의 상상력이 마치 흐르
는 음악처럼 가동되고 있는 작품이라 하겠다. 하늘로부터 대지에 이르
는 신의 충만함이 텍스트를 가득 메워주고 있다. "하늘 가득히 울려퍼
졌던 음악"은 "대지는 풀포기를 토하면서/ 허공에다 새를 날렸다/ 음악
처럼"에서와 같이 지상의 음악으로 내려온다. 하늘의 음악은 눈송이가
되어 나뭇가지 위에 내려앉았다가 다시 나무속으로, 나무의 뿌리 끝,
흙속으로 내려가고 대지는 이를 다시금 토해낸다. 그리고 또다시 허공
에 나는 새처럼 지상의 음악은 날아오른다. 이리하여 지상의 음악은 하
늘과 땅의 화음이 된다. 시각적인 이미지를 청각적인 울림으로 변주해
가는 절차는 그 자체로 음악의 현존성에 상응한다.

이처럼 하늘과 땅의 대비와 이 대비적 이미지가 융합의 이미저리로
구현되는 세계는 그가 제1, 2시집에서 보여주었던 절망의 인식으로부
터의 탈출을 시사한다. 이로부터 그의 상상력은 낙관적 인식에 토대하
여 가동되기에 이른다. 이렇게 구성되는 세계는 활기차고 건강한 감각
미를 얻는다. 이형기가 지적한 바의 "신선한 건강미의 포에지"[12]는 이
에서 연유한다. 이는 절대적인 세계에 대한 확신과 함께 그 세계와 유

---

12 이형기, 『감성의 윤리』(문학과 지성사, 1976), 245면.

기적으로 맺어져 있는 지상의 삶에 대한 확신이며 그 찬가이기도 할 것
이다. 「은빛의 神」이 보여주는 상상력은 이를 잘 대변한다.

해를 등에 지고
은빛의 神
동녘에서 떠나 서녘 땅으로
짐지고 가는 길
한 발을 헛디뎌
푸른 눈물이 담긴
시간을 차버렸다

마을 씨름판에 쏟아진
소나기
냇물은 불어나고
은빛 여름이 휘감겨 돌아가는
늙은 물레방앗소리 높다

—「은빛의 神」 전문

이 시에서의 1연은 신의 세계다. 이어 2연은 1연의 수직적 세계가 누
워 수평화된 곳으로 바로 지상의 세계다. 신의 "푸른 눈물"이 지상으로
와서 "쏟아진/ 소나기"로 불어나고 냇물이 되어 흐른다. 냇물은 다시
"은빛 여름이 휘감겨 돌아가는/ 늙은 물레방앗소리"가 된다. 신의 눈
물은 이처럼 지상의 온갖 아름다운 흐름으로 변성된다. 그리고 이 흐
름 위의 대지는 더없이 활기차고 아늑한 공간으로 솟는다. 삶의 공간
이 마치 성소인 양 펼쳐져 있는 것이다. 또 다른 시 「祈雪歌」, 역시 이
렇듯 수직적 세계와 교감하는 성스러운 대지에 바치는 하나의 노래일
것이다.

눈이 풍성하게 내린 것은
마을의 복이다
눈이 풍성하게 내린 마을에서
길이 소멸되는 것은
더욱 복된 일이다
길이 소멸된 눈에 덮인 마을
날짐승 들짐승들이 그득히 찾아오는 것은
복이다 하늘의 복이다

눈이 풍성하게 내린 것은
마을의 복이다
눈에 파묻힌 마을에서 길을 잃은
나그네들은 더욱 복되다
그들은 모든 길에서 해방되었다

마을과 사람과의 길
집과 사람과의 길
나무와 사람과의 길
단절이 성좌를 보게 하는 마을
우리들은 천상을 향해 얼음의 불을 켜놓을 뿐이다

눈이 풍성하게 내리는 것은
마을의 복이다
불과 얼음과의 길이 트이고
고독과 꽃과의 길이 트이고
사랑과 죽음과의 길이 트이고
아이들만 가지고 있던 눈물을 가지게 되는 기쁨

하늘의 寂寞이 부서져 내리는
福, 福 하늘의 肉體

우리들은 눈의 무게 밑에서
태고의 뜰에 자라는 보리들
우리들은 눈의 무게 밑에서
햇빛이 묻은 모이를 쫓는 봄닭들
우리들은 눈의 무게 밑에서
흰 여인의 밤을 금빛으로 닦는다
눈이 풍성하게 내리는 것은
마을의 복이다.

— 「祈雪歌」 전문

　시인 김요섭의 세계관을 잘 드러내는 작품이라고 보아 다소 길더라도 전문을 읽었다. 이 시는 부정적 인식이 투사될 수 있는 상황을 반전시켜 대화적 상상력의 세계를 열어가는 감동을 보여준다. "눈에 파묻힌 마을에서 길을 잃"는 것은 축복이다. 여기서 길 잃음은 곧 분별을 지운 근원적인 세계로 들어서는 그 일이기 때문이다. 내린 눈으로 하여 고립될 수도 있을 정황을 시인은 특유의 상상력으로 열어가며 자유와 해방의 감각을 느끼도록 해주고 있는 것이다. "단절이 성좌를 보게 하는 마을"이라는 데서 이는 단적으로 드러난다. 이 시에서 지상을 덮고 있는 "눈"은 바로 "하늘의 육체"다. 그리고 다시금 눈 덮인 지상의 풍경은 "천상을 향해 얼음의 불을 켜"놓은 것이 된다. 이렇게 수직적 세계는 수평적 세계로 내려앉고 다시금 수평적 세계는 수직적 세계를 투사하는 향연 가운데서 지상의 대립적인 것들은 함께 섞이며 장관을 이룬다. "불과 얼음", "고독과 꽃", "사랑과 죽음", 그리고 "눈물"과 "기쁨"까지 함께 섞이며 훤한 길을 내는 것이다. 이렇듯 웅장한 화음 안에서 눈 덮인 지상의 아름다움은 천상의 아름다움으로 현현된다. 시인은 평소에

"이미지란 존재는 먼저 내부에 있던 꿈이 외부의 사물과 만들어진 것"[13]이라고 그의 이미지관을 피력한 바 있다. 그렇다면 대비적 이미지의 제시와 이의 융합을 통해 드러나는 화해와 상생의 충만성은 시인의 내부에 있는 그 꿈의 충만성일 터이다. 다시금 "상상력이란 상상하는 인간의 의지로서의 상상력"[14]이라 할 때 시인이 보여주는 거침없는 이미지의 생성력[15]은 바로 시인의 의지가 추동해가는 그것이라 보아 무방하다. "우리들은 눈의 무게 밑에서/ 흰 여인의 밤을 금빛으로 닦는다"는 청신한 구도에서 보듯 정적과 적막조차도 역동적으로 감각화하며 삶을 축제의 분위기로 들어 올려준다는 데서 이 시는 의미론적 지향점을 보다 뚜렷이 보여준다. 즉 삶에의 외경과 낙관적 인식이 잘 투사된 작품이다.

3. '빛' 의 현상학

김요섭 시에서 빛의 이미지는 앞서 살핀 바 있는 흰색의 계열, 붉은색의 계열과 수직과 수평의 계열을 넘나들며 텍스트의 부분 부분에 골고루 퍼져 있다. 그에게서 빛은 삶의 풍경을 이루는 곳곳에 관여되어 삶의 빛깔을 구체화, 감각화시키는 핵심 기제다. 때문에 김요섭 시의 특장인 선명한 감각미를 얻는 것이다. 그러나 김요섭 시를 빛의 현상학으로 설정하려는 것은 단순히 이와 관련하는 것은 아니다. 이 자리에서

---

13 김요섭, 『63억 광년을 산 이슬』, 머리말 참조.
14 곽광수, 『가스통 바슐라르』(민음사, 1995), 46면.
15 "이미지는 우리들의 상상 속에서 끊임없이 흔들리고 조금씩 변화하는데 이것이 이미지의 생성이다." 위의 책, 191면.

는 그의 시편들이 반복적으로 빛을 전경화하여 주 오브제로 삼는 경우에 대해 주목하려는 것이다. '빛'은 원형상징으로서 흔히 신성의 현현, 우주창조, 신의 말씀과 관련하여 시작과 끝을 관장하는 신성한 원리, 원초적 지성으로서의 숭고한 정신을 수렴한다.[16] 김요섭 시에서의 빛 이미지 역시 이와 같은 맥락에 있음은 물론이다. 이처럼 특별히 시인이 주요 모티프로서의 빛 이미지를 통해 다다르려는 의미 세계는 바로 '빛의 현상학'을 통해 해명되기에 합당하다. 여기서 현상학의 의미는 다음과 같은 맥락 속에서 해명될 수 있다.

> 이미지는 객관적 사물, 혹은 세계의 인과적 관계로 설명되는 기계적 반영이 아니며 세계의 비전이 아니라 세계 속에 사는 주체로서의 인간의 표현이다. 그것은 한 주체자가 세계를 어떻게 설정하는가에 대한 의도를 나타낸다. 따라서 근본적으로 사물적인 존재라기보다는 의미적인 존재─즉 언어 또는 상징이다. 한 문학작품이 사물현상을 객관화하는 개념의 체계가 아니라 그러한 사물현상에 대한 작가의 원초적 의미화, 즉 이미지로 구성된 세계임을 인정한다면 그 작품의 의미를 밝혀내는 작업, 즉 작품해석은 어떤 법칙에 의해서 설명하는 작업이 될 수 있는 것이 아니라 서술을 통해서 궁극적으로는 직관에 의해서만 파악하고 공감하는 작업이 되어야만 할 것이다. 이것이 바로 현상학적 작업이 된다. 달리 간추려 말해서 작품의 해석은 상상세계의 현상학이 된다.[17]

이와 같은 논리 안에서 볼 때 텍스트에서 반복되고 있는 빛 이미지들은 시인의 의도를 담고 있는 장치라 할 수 있다. 문학 현상학에 있어서 고려되는 것은 무엇보다 "반복되는 주제와 이미지의 패턴들에서 발견

---

16 진 쿠퍼, 이윤기 역, 『세계문화상징사전』(까치, 1994), 194~195면 참조.
17 박이문 외, 『현상학』(고려원, 1992), 112면.

되는 정신의 심층구조들"18이다. 이에 빛 이미지는 어떠한 의미 지향점을 갖는가를 살펴봄으로써 빛의 현상학에 임할 수 있다. 『빛과의 관계』, 『은빛의 신』, 『빛의 뿌리』와 같은 시집명에서 보더라도 시인이 빛 모티프에 주력하고 있음은 자명하다. 시인은 시집 『빛과의 관계』, 후기에서 정신과 육체의 이분법에서 해방되어야 한다는 제언과 함께 이 해방의 기제로 "빛의 단계"19를 설정할 만큼 빛에의 경사를 드러내고 있다. 한편 그의 텍스트에서 반복되는 빛 모티프는 우주의 근원, 생성 그리고 영원성의 의미를 지향하는 경우와 고양된 인간정신으로 지향되는 경우로 대별할 수 있다.

1) 생성과 영원성

김요섭 시에서 빛은 우주의 생성과 영원성의 원리로 작동한다. 생성의 원리로 작동하는 빛은 이미지의 생성, 그 자체가 되어 움직이는데 다시금 이 움직임은 시간의 제약을 벗어난 영원한 사건으로 존재화되기에 이른다. 이렇게 하여 생성과 영원은 한 자리에서 현현되며 그 깊이를 얻는다.

풀밭 위로
풀밭 위로
굴러가는 불덩어리

18 T. 이글턴, 김명환 외 역, 『문학이론입문』(창비, 1989), 78면.
19 김요섭, 『빛과의 관계』, 후기 참조.

불덩어리를
불덩어리를
차면서 달리는
고구려의 여인들
신라의 청년들

풀밭 위로
풀밭 위로
굴러가는 불덩어리

밤에 차면 해가 되고
낮에 차면 달이 되는
해를 차는 사람들
달을 차는 사람들

불덩어리
불덩어리
대지도 피가 돌아 기운을 쓴다
풀을 토하며 기운을 쓴다.

—「해를 차는 사람들」 전문

이 시에서 빛은 굴러가는 "불덩어리"가 되어 그 육체를 얻는다. '불덩어리'는 굴러가면서 해가 되고 달이 된다. 김요섭 특유의 육체성의 부여와 아울러 이미지의 생성, 그 변화의 흐름을 역동화하는 것이다. "풀밭"과 "불덩어리"의 대비적인 시각 이미지와 더불어 '굴러가다', '차다', '기운을 쓴다'라는 자동사, 타동사가 텍스트의 활기를 한껏 더하고 있다. 이는 빛의 가동성과 그 자체가 생성력이 되는 절차를 감각화한 것이라 하겠다. 여기서 "해를 차는 사람들"은 다름 아닌 스스로 빛이 되어 움직이는 사람들이다. 이 움직임에 의해 "대지도 피가 돌아 기운"을 쓸 수 있는 것이다. 다시 말해서 '차면서 달리는 사람들'은 바로 생성원리로 작동되는 빛의 의인화로 보아도 무방하다. 이는 빛의 움직임을 보다 구체화시키는 데 더없이 적절한 방법이다. 한편 이렇듯 빛이 지상에서 가동되어 생성의 힘이 되어주는 그 원리는 무시간적인 영원한 것으로서의 존재론을 오롯하게 획득한다. 따라서 불덩어리를 차는 사람들을 "고구려의 여인들/ 신라의 청년들"이라 할 때, 여기서 고구려와 신라는 반드시 역사적 시공간을 가리키는 것이 아닌, 영원히 반복되는 시공간으로서의, 그 영원성을 상기시킨다. 결국 꿈틀거리며 힘차게 굴러가는 빛 이미지는 신화적 의미로 현현되기에 이른다. 이 신화적, 원형적 세계에의 장엄한 환기는 김요섭의 시가 뿜어내는 환상성의 다른 측면이기도 하다. 자유자재하게 현실적 층위를 훌쩍 뛰어 넘어 영원성과 무한성을 구현하고자 할 때, 환상적 이미지는 보다 요긴한 기제가 되어주기 때문이다.

> 하늘이 옛적 같은 날
> 지구에 처음 온 빛의 원적지
> 그 빛의 원적지를 찾아 걷기에
> 오늘은 아름다운 날이다
> 죽음도 손을 잡으면 따뜻하리라
> 새소리에 놀란 붉은 꽃잎이 날아왔다
> 벤치에 꽃잎과 함께 앉아 있는 이슬
> 63억 광년을 산 이슬
>
> —「63억 광년을 산 이슬」 부분

이 시에서 "빛의 원적지"는 "붉은 꽃잎"에 맺힌 "이슬"이다. 이 이슬은 "63억 광년을 산 이슬"로서 빛이 탄생한 그 원점이다. 여기서 빛은 곧바로 영원이며 무한이다. 63억 광년이라는 어마어마한 시간의 단위는 인간의 시간 단위를 벗어나며 그 스스로 영원성으로 자리한다. 이 영원이 한 방울의 이슬로 붉은 꽃잎에 맺혀 있다. 빛은 그렇게 지상의 우리에게로 왔다. 이는 분명히 환상적 상상력에 의한 것이며 영원성을 표상하기에 더없이 적절한 방법이다. 한편 이슬은 그 영롱함 그리고 생명력을 돌궈준다는 점에서 빛의 표상으로 자리하기에 충분하다. 이슬과 빛의 상관성이 다른 시편들에서도 종종 발견되는 것은 이 때문이다.

빛의 근원성에 대한 탐구는 「흰 종이」에서 보다 섬세한 표상을 얻는다.

들풀의 투명한 살
처음 열리던 하늘
빛의 빛 흰 종이
이슬로 축이고
달빛으로 물들이고
햇빛으로 말리고
바람 향기로운 달
옛글을 읊으면서
흰 눈 밟듯 밟고
아내는 첫닭 울 때까지
별을 보면서 다듬이질한
너는
광야같이 넓고 넓은 땅
하늘같이 크고 큰 흰 종이

—「흰 종이」 전문

이 시는 "빛의 빛"이라는 표현을 통해 보듯 빛의 근원에 보다 적극적으로 접근해가는 추이를 형상화한다. 그렇다면 빛의 빛은 어디로부터 오는 것인가. 그 원점에 대한 탐색은 "아내는 첫닭 울 때까지/ 별을 보면서 다듬이질"하는 행위로 표상된다. 이 다듬이질에 의해 탐색된 세계는 "크고 큰 흰 종이"로 펼쳐진다. 이 흰 종이가 바로 빛의 빛, 빛의 근원인 것이다. 여러 단계의 움직임을 통해 현현된 이 "흰 종이"는 모든 것이 다시 시작되는 영원한 원점으로 자리한다. 이렇듯 시인은 이미지의 다양한 변화를 시도해가면서 그 궁극에 다다른 뒤에 궁극의 영원성을 현현하는 방법을 보여준다. 이는 우주적 사건으로서의 빛을 장엄하게 의미화하기 위한 전략일 것이다.

이상에서 본대로 김요섭은 우주적 상상력의 진폭을 거침없이 보여준다. 이렇듯 거침없는 그의 상상력은 서사적 세계를 통해 보다 총체적인 빛의 형상화를 꾀하기도 한다. 장시 「빛의 뿌리」의 세계가 그것이다. 이 시는 앞서 보았던 '빛의 빛'으로서의 근원적 세계에 대한 탐색을 서사적 구도를 통해 보여주고 있다. 「빛의 뿌리」는 혼돈의 세계로부터 이야기의 서두를 마련한다. 혼돈의 세계를 지배하던 한울에게 딸이 있었다. 한울의 딸은 잃어버린 옥반지를 매개로 흙빛장사와 맺어지게 되는데 둘의 결합으로 하여 카오스의 세계는 코스모스의 질서를 찾는다. 시인은 옥반지가 떨어졌던 그곳을 "빛의 뿌리"가 있는 곳으로 상정한다. 이곳은 "그 아득한 그때부터/ 동그랗게 빛이 반짝이는 땅"으로 묘사된다. 이 시는 말의 뿌리, 춤의 뿌리, 기쁨의 뿌리 그리고 산맥과 강의 근원을 추구하면서 이들을 모두 빛의 뿌리로 수렴하는 절차를 그 서사의 축으로 삼는다. 한울의 딸과 흙빛 장사라는 신화적 인물을 통해 초개인적 임무를 수행해가는 구조는 그대로 서사시의 범례를 보여준다 하겠

다. 또한 잃어버린 것을 찾는 탐색의 과정과 임무의 완성을 통해 승화
된 세계에 들어서는 절차는 통과제의의 원형을 보여주기도 한다. 이 원
형의 구조를 통해 빛의 탄생과 빛의 생성력은 무시간성의 영역, 영원
성을 획득하는 것이다. 한편 시인이 추구하고 형상화하는 근원의 세계
는 어디까지나 관념적 실재로서의 세계일 수밖에 없다. "엄밀하게 형
이상학적인 실재는 신화와 상징을 통해서가 아니라면 접근할 방도가
없다"[20]할 때 김요섭이 보여주는 서사적, 혹은 신화적 장치의 의미도
여기에 자리할 것이다.

2) 정신의 숭고성

김요섭의 시편들은 빛 이미지를 지성, 정신의 숭고함을 드러내는 기
제로 쓰기도 한다. 즉 시인에게서 빛 이미지는 숭고한 정신으로 지향되
는 경우가 빈번하게 드러난다. 앞서 원형 상징에서 언급한 대로 빛은
신의 말씀, 원초의 지성, 이성과 관련한다. 이의 자장 안에 인간 정신의
숭고함이 포함될 수 있다. 이때 빛은 램프, 불, 불꽃 등의 이미지로 거
듭나면서 동일한 의미지향을 보여준다. 김요섭 시에서의 정신과 빛의
상관성은 이와 같은 맥락에서 해명될 수 있다.

그의 장시 「푸른 흙의 연가」는 말씀과 빛의 등가성을 설화적 모티프
를 통해 구현해낸다. 여기서는 빛이 말이 되고, 말이 빛이 되어 세상의
삼라만상을 출현시키는 동력이 된다. 잘 알려진 바보온달의 설화를 통
해 말의 힘을 환기시키고 있는 이 시는 인간의 정신성에 대한 탐색을

---

20 미르치아 엘리아데, 이재실 역, 『이미지와 상징』(까치글방, 2000), 73면.

담고 있다. 이 정신성은 언어, 즉 말을 통해 구현된다. 여기서 평강공주
는 말이 곧 빛임을 입증하는 상징적 인물이다. "공주의 울음으로/ 궁성
뜰에 되살아나는 금빛 햇살"에서처럼 이 시는 울음과 햇살의 은유로부
터 출발된다. 여기서 울음은 결국 말이다. 그리고 말은 사물을 낳는 빛
이 된다.

> 말이 찾아간 다음부터
> 새들이 반짝이기 시작했고
> 풀잎들이 반짝이기 시작했고
> 별들이 반짝이기 시작했고
> 바람이 노래하기 시작했고
>
> ―「푸른 흙의 연가」 부분

이처럼 말은 빛이 되어 사물을 반짝이게 한다. 바로 사물을 태어나게
하는 것이다. 자연의 빛이 사물을 태어나게 했듯 말을 통해 사물은 비
로소 인간의 의식 안에 자리 잡는다. 사물이 그 존재론적 지위를 얻는
것은 인간의 언어, 인간의 정신을 통해서다. 이는 인간정신의 숭고함을
환기시킨다. 결국 이 작품은 인간의 말과 빛이 동일한 기제임을 감동
깊게 보여주고 있다. 평강 공주의 울음, 공주의 울음을 달래는 왕의 말,
다시금 성장한 공주의 말이 빛 이미지로 전개된 아름다운 서사시라 하
겠다.

> 시인의 하루는 등불을 켜면서 시작된다
> 향기로 필 기름을 그득히 채운다
> 심지를 조금 더 돋운다
> 등피의 그스름을 닦아낸다

불을 댕긴다

— 「마른 꽃잎을 씹으면서」 부분

이 시는 시인이 지향하는 정신세계를 빛 이미지를 통해 구현하고 있다. 여기서 시인이 등불을 켠다는 행위는 실제의 행위를 가리키는 것이 아니라 시인이 그의 순수한 정신을 일으켜 세우는, 시 쓰는 행위에 대한 비유일 것이다. 시인이 그의 시 정신을 발동시키는 것, 바로 그것이 등불을 켜는 행위로 이미지화된 것이다. 이때 "불을 댕긴다"는 행위를 통해 시인이 본격적으로 그의 상상력을 가동시키는 순간을 떠올려 볼 수 있다. 이렇게 하여 등불은 켜지고 상상력은 뻗어 나간다. "등피 속 흰 눈송이 빛이면/ 나는 넉넉하다 빛의 부자"라는 뒷부분의 구절은 시인이 곧 정신의 풍요로움에 젖는 모습을 보여준다. 정신의 충만감에 휩싸여 가는 시인의 내면이 섬세하게 구체화된 작품이라 하겠다.

새는 책 속에 작은 둥지를 쳤다
책은 늙은이가 한평생 빈 하늘을 날아다니면서 친 둥지
늙은이의 가난한 보금자리
지는 저녁 햇살이 서재를 비춘다
책 속에 둥지가 황금의 등불을 켰다
늙은이는 등불에 물방울로 매달려 있다

— 「책을 읽는 노인」 부분

이 시에서 책, 햇살, 황금의 등불, 늙은이, 물방울은 모두 은유의 축을 형성하는 계열체다. "등불에 물방울로 매달려" 있는 노인은 그 자체로 빛 이미지가 된다. 앞서 보았듯 물방울, 즉 이슬은 그의 시에서 빛의 또 다른 모습이다. 그러니까 책을 읽는 노인은 그 자체로 빛의 의미에 값하는 것이다. 책을 읽는다는 것은 정신적 행위이며 인간이 스스로의 빛을 찾는 행위이다. 이렇게 김요섭은 책을 읽는 행위를 오브제로 하여 이를 빛의 이미지로 형상화해낸다. 「책을 읽는 젊은이」, 「책을 읽는 여인」에서의 세계도 같은 맥락을 갖는다.

이와 같이 김요섭의 많은 시편들에서 발견되는 빛 모티프에 주목하여 그 지향성을 살펴보았다. 그는 빛의 궁극적인 의미를 생성과 영원성에 그리고 숭고한 인간정신에 두면서 각각 상상력의 넓이를 한껏 보여주었다. 결국 빛을 생성의 원리로, 다시 이 원리를 무시간적인 영원성으로 형상화하면서 다른 한편으로는 숭고한 인간정신으로 표상하고 있음은 상상력의 폭과 아울러 시인의 총체적인 인식을 보여주는 일이기도 하다.

4. 결론

이상으로 김요섭 시의 세계를 조망하였다. 그가 남긴 시집들을 오가며 반복적으로 드러나는 시적 방법을 눈여겨보며 작품세계의 특성과 그 의미를 추출한 것이다. 우선 그의 작품들이 노정하고 있는 선명한 이미지의 조형과 이미지의 생성에 주목하여 '대비와 융합의 상상력'을 설정하고 이를 기반으로 하여 각 작품세계를 살폈다. 여기서는 흰색과 붉은색의 대비로 수렴되는 대비적 이미지의 조성과 다시금 이미지들을 융합시키는 역동적 상상력의 힘과 그 의미에 주목하였다. 이어 그의 텍스트 전반에 스며 있는 빛의 이미지와 그 역동적 상상력의 방향에 주목하여 의미의 지향점을 알아보았다. 여기서는 특별히 빛 모티프가 전경화된 경우의 텍스트를 중심으로 그 의미 방향을 추적했다. 이에 생성과 영원성으로서의 의미로 작동되는 빛 이미지를 발견할 수 있었다. 이때 우주의 생성, 그 자체로 대변되는 빛 이미지는 활기찬 가동성으로 형상화되면서 동시에 부동의 그것, 즉 영원성으로 화하는 장엄함을 현현하는 것이었다. 이어 빛 이미지가 인간정신의 숭고성으로 표상되는 현상에 주목하여 빛과 말씀, 빛과 정신의 아날로지를 찾아내었다. 이 부분에서는 특별히 인간 정신의 숭고성을 대상화하여 관조의 시점을 마련, 깊은 울림을 자아낸다는 점에 주목하였다.

　이상과 같이 김요섭 시의 세계를 따라가보았을 때 결국 그의 시가 신화적, 원형적 상상력에 기반하고 있음을 간파하게 된다. 그의 시 도처에 스며 있는 빛 이미지의 원형성에 대해서는 누차 말한 바 있거니와 대비적 이미지와 융합의 상상력 역시 "대극성의 소멸"[21]이라는 신화적 상상력의 한 기제임을 환기할 수 있기 때문이다. 신화적 세계는 우리에게 총체적 인식을 제공, 우리가 다시금 삶을 질서화하고 고양시키는 계기를 준다. 한편 이러한 신화적 세계에의 도입은 초기 이미지즘의 메마름을 보충해나간 영미의 모더니즘, 다시 말해 신고전주의의 주된 방법이기도 하다. 그들은 신화를 통해 상상력을 신장시키며 한편으로는 "작품을 좀 더 체계적이고 응집성 있게 조직"[22]하는 방법으로 신화의 체계를 모방하기도 하였다. 김요섭 시에서 작동되는 신화적 세계 역시 이와 같은 의미망을 갖는다.

---

21 위의 책, 98면.
22 김욱동, 「모더니즘」, 이선영 엮음, 『문예사조사』(민음사, 1997), 98~99면.

　요약한다면 김요섭은 군더더기 없이 대상의 선명한 인상에 주력한다
는 점에서 이미지스트로서의 면모를 잘 보여준다. 그러나 그는 단순히
감각적 이미지를 조성하는 데서 멈추지 않고 이미지를 가동시켜 가며
보다 근원적인 것을 탐색하고자 한다. 이는 그가 모더니스트로서의 면
모를 보여주는 일이 된다. 앞서 말한 대로 그의 시편들은 이미지즘에서
한걸음 더 나아간 모더니즘의 면모를 충실히 보여준 것이다. 이러한 시
적 세계는 그가 시작활동을 전개한 50년대부터 타계하기 직전까지 꾸
준하게 전개되었다. 이와 같이 그가 보여준 성과들은 한국 현대시에 있
어서의 모더니즘 범위와 그 내용을 보다 풍부하게 해주는 중요한 수확
물임을 부정할 수 없다.

조영서론 — '부재'의 전경화

조영서론 — '부재'의 전경화

1. 서론

조영서는 1920년대의 이장희가 보여준 참신한 감각미의 연장선상에서 그 높이를 더한 이 땅의 감각주의자라 할 만하다. 다시 말해 한국 현대시에서의 이미지즘 족적을 확연히 보여주는 시인이라 말할 수 있다. 그럼에도 시집별로 특성을 따라간 이건청의 「절제된 언어와 명징한 이미저리」[1] 외에 본격적 연구는 아직 진행된 바 없다. 생존시인이라는 점, 과작, 그리고 무엇보다도 긴 공백기간[2]이 원인이라고 본다. 이에 본고는 한국 현대시에서의 이미지즘 궤적을 찾아나서는 작업의

---

1 이건청, 『한국현대시인 탐구』(새미, 2004), 325~344면.
2 1975년, 제2시집 『햇빛의 修辭學』 상재 이후로 그는 긴 공백기를 갖다가 1995년 『현대시학』지 10월호에 소시집 특집을 통해 시작활동을 재개, 이후로 활발하게 작품을 발표하여 2001년에 3시집 『새, 하늘에 날개를 달아주다』를 상재하기에 이른다.

한 일환으로 조영서 시의 중요성을 절감, 그의 시작품들을 면밀하게 점검하려는 의도를 갖는다. 한편 그에 대한 연구가 아직 본격화되지 않았다는 사실을 감안하여 연구의 시발점으로서의 의의 또한 가지려 한다. 그간의 시집 해설과 평론에서의 언급, 단평 등을 참고하면서 되도록 그의 시세계의 특질을 명료하게 구체화하는 데 강조점을 두고자 한다.

시인 조영서는 1932년 경상남도 창원에서 태어났다. 문학적인 감수성을 천성으로 한 그는 피난지 부산에서 『신작품』 동인으로 문청 시절을 보낸다. 이어 1957년 『문학예술』지에 조지훈의 추천을 받아 정식으로 시인의 이름을 얻는다. 이 기간 그는 시인 김춘수, 천상병, 유병근, 한성기, 평론가 고석규 등과 교류하며 시를 향한 열정을 연마해갔다.[3] 이후로 시인은 서울로 거처를 옮겨 1960년대 초반에는 『60년대 사화집』 동인으로 참가하면서 시작에 몰두한다. 1969년에는 그 결실로 첫 시집 『言語』를 상재하여 60년대 시인으로서의 입지를 굳히게 되었다.

본고에서 다룰 조영서의 작품세계는 지금까지 상재된 1시집 『言語』(삼애사, 1969), 2시집 『햇빛의 修辭學』(일지사, 1975), 3시집 『새, 하늘에 날개를 달아주다』(문학수첩, 2001)를 대상으로 하여 살필 것이다. 제1시집에서 3시집까지의 시간적 거리는 상당하지만 조영서의 시편들은 이 거리 안에서 특별히 눈에 뜨일 정도의 변화를 시도하지는 않는다. 특히 꽃과 과실, 햇빛과 하늘의 주조음은 세 권의 시집을 관류한다. 그러한 가운데서도 이 모티프들은 점차 꽃과 과실에서 빛과 하늘로의 이행을 보여준다. 또한 점차 대상의 사물성 추구에 강조점을 둔다는 사실

---

3 이상의 자료는 시 계간지인 『시와 사상』(2005, 여름호) 〈부산과 시인〉란을 참고하였다.

이 발견된다. 이에 그의 세 시집을 하나의 텍스트로 상정하면서 시의 특질을 규명하는 한편 미세한 변화의 흐름과 이에 따른 의미 또한 놓치지 않으려 한다.

2. '꽃'과 '과실'에의 탐미

꽃과 과실 모티프의 시편들이 적지 않다는 것은 시인이 그만큼 심미주의를 지향하고 있음을 은연중 시사한다. "실재성이나 유용성 혹은 도덕성과 같은 외적인 목적과 상관없이 심미적 대상을 사심없이 관조"[4] 하는 데 꽃은 더없이 적절한 대상일 것이다. 과실, 역시 이 연장선상에 있는 모티프라 할 수 있다. 꽃과 과실 모티프의 시편들은 특히 제1시집에서 빈도가 높은 편이며 여기서 이 모티프들은 어느 정도 관념을 머금고 있다. 이 무렵 시인은 시간의 허무 안에서 명멸하는 목숨과 꽃의 현상성을 겹쳐놓고 있었기 때문이다. 즉 지상의 모든 것들을 태어나게 하고 다시 스러지게 하는 시간의 무상성 앞에서 아름다움을 향한 애착은 두드러질 수밖에 없다. 그리고 이 애착은 탐미적 감각과 허무의 관념을 섞게 한다. 첫 시집 『言語』에서의 「時間」은 이러한 시인의 심리적 기제를 잘 보여주는 작품으로서 그가 꽃 모티프를 즐겨하는 추이를 깨닫게 해준다.

> 오늘, 나는 피어오르는 꽃과 이울어가는 꽃을 同時에 봅니다. 하늘을 우러러
> 웃어대는 얼굴과 땅속으로 떨어져 가는 얼굴들―그것들은 당신이라는 이름으

---

4 한국평론가협회 편, 『문학비평용어사전(하)』(국학자료원, 2006), 601면 참조.

로 피었다가 죽어가는 한 목숨이 아닙니까. 아 죽어가는 날을 위하여 한 때를
마구 웃는 그러한 까닭은 참으로 어처구니 없는 외로움으로 平素에도 그 변두
리엔 슬픔이 떠나지 않았습니다. 그 실, 그들의 웃음은 슬픔에 대한 역겨움인
지도 모릅니다. 그러나 슬픔은 敵이 아닌 그들의 이웃이 되었던 것입니다. 그
들의 웃음은 죽음을 어기지 않았습니다. 죽음을 어길 수가 없었습니다. 그것은
당신이 언제나 그들을 노려 본 당신의 約束이기도 합니다. 참으로 무서운 일이
아닙니까. 당신이 있어 해마다 봄을 맞이했던 것입니다마는, 비라든지 바람이
라든지, 이런 것들은 모두 당신의 몸부림이 아닙니까, 그리하여 그들의 안타까
움은 그리움으로 되살아났습니다. 당신은 때론 微笑를 던져 주었습니다마는,
어느 한 때는 정말이지 미치광이었습니다. 그땐 당신도 당신을 가눌 수가 없었
습니다. 당신은 울고 있었습니다. ……피는 꽃이기도 하고, 또한 시들어가는
꽃이기도 한 당신은 하늘과 땅을 가로 지르는 숨결―바람입니다. 나도 한정없
는 그 바람속에서 피었다 사위어 갈 꽃이 아니겠습니까.

―「時間」 전문

　시간을 주재하는 절대적인 대상 '당신'을 상정하고 그에게 간절한 목
소리로 읊조리는 형식을 취하고 있다. "피어오르는 꽃"과 "이울어가는
꽃"의 "슬픔"은 당신이 관장하는 것이다. 그러나 이는 당신도 제어할
수 없는 섭리다. "당신도 당신을 가눌 수가 없"으며 그러한 당신도 "울
고 있"을 뿐이다. "하늘과 땅을 가로 지르는 숨결"의 끊임없는 파장 속
에서 피고 지는 일은 멈출 수 없는 사건이다. 피고 지는 일은 삶 자체이
며 "나도 한정없는 그 바람속에서 피었다 사위어 갈 꽃"인 것이다. 이
지상의 모든 현상들을 시인은 절대적인 어떤 힘으로서의 '당신'의 어
쩌지 못하는 몸부림으로 파악한다. 여기서 지상의 물상에 대한 한없는
연민이 샘솟는다. 물상을 쓰담으며 소멸하기 전의 순간의 세부를 각인
하고자 하는 그의 시작 방법은 이에 연유한다. 바로 이 지점에서 "감각

적인 이미지가 보석처럼 빛을 쏘는 충격"[5]미를 시인은 겨냥하게 된다. 한순간이나마 견고한 인상을 포획, 사라짐에의 허무를 덮어보려는 것이다. 이는 통상 모더니즘이 공간성에 주력하는 추이와 관련된다고 볼 수 있다. 이렇게 볼 때 위의 시 「時間」은 이후로의 시적 지향과 방법을 응축해 보여준다 하겠다. 다소 긴 분량의 전문을 인용한 것은 이와 같은 사정 때문이다.

시집 『言語』에서 꽃 모티프는 우선 데카당한 탐미의 대상으로 구현된다. 작품 「時間」에서 본 대로 사위어 갈 대상으로서의 순수 구현체, 꽃에 대한 안타까움의 시선은 퇴폐적 탄식을 동반하게 되는 것이다. 이 때 꽃은 사랑, 목숨과 동궤에 놓여져 주체의 열정과 절망을 동시에 피워낸다.

① 그
　　언젠가는
　　내 손에서
　　흘러나올
　　피로
　　저승의 다리 목 같은 데서
　　피어날
　　微笑여.
　　오늘
　　나의 〈驚愕〉이여.

— 「꽃이여」 부분

---

5 유병근, 「한 감각주의자를 위한 서설」, 『시와 사상』(2005, 여름호), 308면.

② …부풀어 오르는 초록빛 눈처럼. 아아 감
돌아드는 보랏빛. 그 속에 나의 少年時節
어느 봄날 뜰안의 午後, 微笑하는 꽃들의 發
言에 오히려 귀가 멍하던 —瞬—

—「창에는」 부분

③ …그것은 꽃밭이다.
꽃이, 꽃이 피어 자지러진 꽃밭이다.
꽃의 心臟 속으로 溺死하는 태양. 뜨거운 〈나르시스〉그 순간 사랑을 한
紅疫.

—「戰慄」 부분

　이상의 인용에서 보듯 꽃은 꽃 너머의 관념을 노출시킨다. ①의 경우는 죽음의식이 ②의 경우는 존재에의 놀라운 발현이 ③에는 보다 탐미적인 삶의 열정과 전율이 담겨 있다. 시집 『言語』에서는 이렇듯 꽃이 발현하는 순수한 아름다움을 통해 생의 허무감을 투사하려는 탐미적 감각에의 몰두가 엿보인다. 한편 이후로 차츰 꽃은 그 자체의 무심한 순수성으로 발현된다. 바로 "꽃이 예술작품(시)의 대상으로 자주 등장하는 것은 그것이 본질적으로 비효용적이어서 유희대상으로 적합한"[6], 그것으로 자리하게 되는 것이다. 그리고 여기 와서야 그의 감각적 표현은 제대로 생기를 얻는다고 봐야겠다. 시집 『햇빛의 修辭學』과 『새, 하늘에 날개를 달아주다』에서의 시편들에서 이러한 면모는 두드러진다.

---

6 이진홍, 『한국현대시의 존재론적 해명』(홍익출판사, 1995), 288면.

① 숨 할딱이며
　　뺨 부빈 꽃구름 사이
　　아지랑이 바람이
　　달뜬 가슴 불지르고 달아났다.
　　복숭아꽃, 그늘에서 본
　　복숭아빛 미친 하늘

—「복숭아빛이」부분

② 빛살이 사부작댔습니다
　　꽃둘레가 눈부시게 수줍었습니다
　　빛향기 서린 고요가 환하게 남실거렸습니다

—「춘란」부분

③ 잔털이 보슬보슬 속삭이는 저기 저 보랏빛 숨결

—「봄까치꽃」부분

④ 할미꽃 긴긴 수염에 조롱조롱 수줍은
　　햇볕.

—「할미꽃」부분

　①은 『햇빛의 修辭學』에서 ②, ③, ④는 『새, 하늘에 날개를 달아주다』에서 가져왔다. 여기에서의 꽃 시편들은 꽃의 세부들을 구체적으로 감각화하는 데 주력한다. 아직 시간에 마모되지 않은 한순간을 공고하게 그려내려는 것이다. 비유를 되도록 피하고 감각적인 서술어를 활용, 대상성을 그대로 살려내어 실감을 자아내고 있다. "사부작댔습니다", "남실거렸습니다", "보슬보슬 속삭이는", "조롱조롱 수줍은"에서와 같이 동적인 이미지로 세부를 정교하게 그려내고 있는 것이다. 이렇게 하

259

여 "꽃은 바라보고, 냄새맡고, 만져봄에 의한 즐거움으로써 우리의 미적 의식에 주어지는 순수한 부여물"[7]임을 한껏 활용한다. 이렇듯 조영서 시에서의 꽃 시편들은 관념을 거느리다가 차츰 관념을 덜어내면서 물상, 그 자체로 현현되는 즉물성을 보여주기에 이른다.

　과실 모티프 역시 꽃의 경우와 다르지 않다. 다만 열매가 주는 의미론적 뉘앙스를 다소 달리 할 뿐이다. 『言語』에서 시인은 특별히 〈꽃과 창〉, 〈果實에 대하여〉라는 부분을 따로 마련할 정도로 이들 모티프에의 경사를 나타내고 있다.

　　① 저 속엔 스스로 트이는 하늘이 있습니다. 해는 한 변두리와 알맞은 빛깔을 던졌고
　　　나는 意味가 익어가는 눈짓을 보내었습니다.

　　　　　　　　　　　　　　　　　　　　　　　　—「저 속엔」 부분

　　② 그렇다 좀 짙은 恩寵.

　　　나는 놀랍기도 한
　　　내 손 바닥에
　　　앉아라
　　　사과여.

　　　　　　　　　　　　　　　　　　　　　　—「내 손에 가을이」 부분

　　③ 그는
　　　곧

---

7 아지자·올리비에리·스크트릭 공저, 장영수 역, 『문학의 상징·주제 사전』(청하, 1989), 184면.

　　完熟한 자연으로
　　가을을 耳順한다.

—「한창 무르 익는」 부분

④ 노을빛이
　　넘실거리는 深淵에로 그의 웃음은 익어 떨어지는 果實과도 같이
　　스스로의 무게로 하여 가라앉는다

—「스스로의 무게로」 부분

　위의 시편들에는 통상적으로 과실에서 유추할 수 있는 관념들이 얼마간 투사되어 있다. 즉 ①, ②의 성숙과 은총, ③의 완숙과 耳順, ④의 다시금 엄중한 소멸로 이어지는 국면들은 삶의 순간들과 열매의 이미지가 겹쳐진 것이다.

　한편 『햇빛의 修辭學』에 이르러서는 과실 모티프 또한 관념의 투사보다는 이미저리 자체가 내세워지는 양상을 보이게 된다. 그의 대표작으로 거론되기도 하는 「가을 이미지」는 이를 잘 입증한다. 김춘수는 한국시의 계열을 정리하면서 피지컬한 계열(사물적인 시)의 것[8]으로 이 작품을 분석하고 있는데 관념이 아주 가시어진 것으로는 보지 않는다. 그러나 상대적으로 앞서의 방법과는 다르게 감각적이라는 사실에 주목된다.

　갑자기 鐘路에서 만난
　가을.

---

8 김춘수, 『김춘수 시론 전집 2』(현대문학사, 2004), 471~472면 참조.

　　　　－그 떫은 햇볕 때문에.

　　　　손수레위에 빠알간
　　　　감.

　　　　(하학길 歸心 달뜨게 한 紅柿)

　　　　소꿉같은 널판 위에 앉은
　　　　가을.

　　　　만나자 서너 발 앞서 橫斷路 건너는
　　　　손짓.

　　　　－金빛 그 햇살 때문에.

　　　　피맑은 살 속 깊이 나이든
　　　　하늘.

—「가을 이미지」 전문

　　손수레 위에 수북이 쌓인 감의 이미지를 빠알갛게 감각화하고 있다. 나무 위에 매달린 감을 대상으로 하였다면 이만큼 역동적인 이미지를 얻지는 못하였을 것이다. 시각 주체로부터 손수레가 멀어져 가면서 수레 위의 감들은 이미지의 변성을 보이고 있는데 이는 "상상력이란 무엇보다도 먼저 정신적 가동성의 한 유형, 가장 크고 제일 활발한 또 가장 생동적인 정신적 가동성의 한 유형"[9]임을 잘 보여준다. 시인은 이미지

---

9 가스통 바슐라르, 정영란 역, 『공기와 꿈』(민음사, 1994), 13면.

의 순수성을 겨냥하면서 주관의 이입을 최소화한다. 어린 시절의 추억을 꺼내들지만 이를 괄호로 묶는 것은 그러한 추이를 보여준다. 이 시에서 떫은 햇볕, 금빛 햇살, 손짓은 감의 이미지를 변성시킨 것들이다. 물상과의 조우로부터 차츰 멀어져가는 거리에서 다르게 변성해가는 모습을 따라간 것이다. "이미지는 고체도 액체도 아닌 수은처럼 민감하게 유동하고 안정하면서 복합과 분산으로 가변"[10]한다고 볼 때 이 시는 가을의 한 이미지를 복합하고 분산하면서 결국은 이미지의 생동감에 집중, 감각적 형상화로서 충실하게 자리한다. 한편 시인은 감각적 실감을 내세우기 위하여 행 처리에도 상당히 의식적이다. 가을/ 감/ 가을/ 손짓/ 하늘을 각기 독립된 행으로 처리하여 가을날의 투명한 감각을 도드라지게 하고 있는 것이다. 이미지의 변성을 한 시야 안에서 구도화하고 있는 이 가을의 선명한 인상에 대해 "시적 화자의 내면공간을 드러내기 위한 일종의 액자"[11]라고 보는 것도 적절할 것이다. 『새, 하늘에 날개를 달아주다』에서도 이러한 방법은 충실하게 견지된다.

> ① 덧니에 물린 가을은
> 신맛이다
> 새삼, 진분홍빛이 새콤하다
> 구시월 대낮에 총총 밝힌 나의 별
> 사랑아, 이빨을 상긋 닦아라
> 송송 박힌 하늘을 알알이 씹는다
> 내 귀 아득한 은하의 물결 소리
> 내 눈 초롱초롱 빛결치는 올 가을은

---

10 김광림, 『아이러니의 詩學』(도서출판 문학예술, 1995), 67면.
11 이건청, 앞의 책, 338면.

그 무게가 산뜻한

—「석류」 전문

② 저 능금 한 알에도 하늘 끝이 보인다 하늘이 익었다 볕살이 물씬하다 바
람도 무게를 다한다 부피가 나간다 마른 빗방울이 아직 촉촉하다 내 영근
그리움을 정산한 가을 저녁, 노을도 삭인 속살은 삼삼하다 그 빛맛이 달
콤새콤한 사랑아, 사랑은 완숙한 징벌이다 징벌은 황홀하다
　조금은
　하늘맛도
　향긋한

—「능금, 한 알」 전문

　①의 경우 석류가 자극하는 미각을 보다 여실하게 그려내고 있다.
"진분홍빛이 새콤하다"는 공감각의 이미지는 석류에의 집중을 단번에
응축한다. 다시금 시각과 미각에서 "아득한 은하의 물결 소리"로의 청
각적 이동은 이미지의 가동성을 유연하게 보여준다. 이 시에서의 "초롱
초롱 빛결치는 올 가을"은 가을날의 청명함이 석류의 이미지와 혼융하
는 섬세의 미학을 극단화하고 있다. ②의 경우는 완숙의 의미를 형상화
하는 데 주력하고 있지만 관념이 생경하게 겉돌지 않고 사과의 이미지
로 육화되어 감각미를 한껏 드러내고 있다. "달콤새콤한 사랑아"에서
와 같이 감정은 구체적 이미지로 감싸여지는 것이다. 이는 엘리엇이 설
파한 바의 '사상의 감각화'[12]로서의 한 방식으로 볼 수 있다.
　이상 꽃과 과실 모티프가 관념을 덜어내며 점차로 감각적 표현에 주

---

12 이창배, 『20세기 영미시의 형성』(민음사, 1981), 44면 참조.

력해가는 추이를 살펴보았다.

3. '빛'의 사물화

빛 또한 조영서의 시편들을 관류하는 으뜸 모티프라 할 수 있다. 빛은 꽃과 과실 모티프에도 꾸준하게 스며들어 있었다. 이후로 차츰 시인은 빛 자체에 주목하는데 이 경우에 빛은 질료화되어 구체인 질감을 부여받는다. 이때 시인은 그야말로 자유자재하게 빛과의 유희를 벌인다. 이러한 빛에의 몰두는 두 번째 시집, 세 번째 시집으로 가면서 더욱 두드러진다. 여기서 보여주는 빛의 감각이야말로 이미지스트로서의 면모를 한껏 발휘하는 기제라 하겠다. 이미지즘의 강령 중에서의 "조각같이 확연하고 눈에 명백히 보이는 시를 지을 것"[13]이 잘 환기되는 까닭이다. 물론 빛 이미저리는 시각적 명백성에서 끝나지 않고 공감각적 구체성으로 발현된다. 즉 빛과 관련하는 대부분의 시편들은 눈에 명백히 보이고 만져지는 듯한 감각미를 구사한다. 첫 시집의 경우에도 곳곳에 빛의 이미지는 틈입한다. 그러나 말한 대로 빛의 감각은 두 번째 시집에서부터 더욱 내세워진다. 시인은 이 시집 중간 중간에 자신의 시론을 펴는 중에 "시란 〈말의 소리〉를 듣고, 〈말의 빛깔〉을 만져보고 〈말의 리듬〉을 느끼는데서 비롯하는 것"[14]이라고 피력한다. 사실 그의 시편들은 소리, 리듬, 말의 빛깔에 상당히 의식적이다. 그만큼 시인은 점차로 관념보다는 감각미 자체에 강조점을 두고 있었던 것이다. 그는 빛을 소

---

13 김재근, 『이미지즘 연구』(정음사, 1973), 27면.
14 조영서, 시집 『햇빛의 修辭學』(일지사, 1975), 8면.

리와 리듬 그리고 빛깔로 물질화하면서 더불어 언어의 물질성을 겨냥한다. 그의 시에서 특히 빛과 관련된 造語가 많은 것은 이 때문이다. 그는 빛의 사물성을 포착하기 위해 바로 언어의 물질성을 필요로 했으며 결국 언어의 세공사가 되기에 이른다. 시 속에 언어 그 자체를 물상으로 놓기 위해 시인은 언어를 깎고 다듬는 것이다.

어린 것들이 햇빛을 몰고 와서 세배를 한다.
세배하고 일어선 자리에
소복한 햇싸라기.
세평 방 金빛 숨을 쉰다.

기지개 켜는 사방 벽—
올 봄 학교 갈 일곱 살 계집애가
두 손 가득 받은 빛가루를
年賀狀 흰 봉투에 담는다.

소꿉같은 손으로 다시 봉투에서
꺼낸
햇빛을 마신다.
새삼 빛을 퉁기는 속눈,
어린 눈에서
午前의 햇살이 뚝뚝 쏟아지기 시작했다.

—「新正」 전문

새해의 이미지를 빛의 갖가지 변성을 통해 형상화한 매우 감각적인 시다. 어린 소녀와 햇빛의 혼융은 새해의 신선한 분위기를 실감 있게 자아낸다. "소복한 햇싸라기", "金빛 숨", "두 손 가득 받은 빛가루",

"봉투에서/ 꺼낸/ 햇빛", "햇살이 뚝뚝 쏟아"진다는 표현들은 빛의 감각을 피부에 닿을 듯 인지시킨다. 마치 곡물 가루를 가지고 노는 듯 빛 이미지를 자유롭게 변성시키고 있다.

이 시를 두고 시인 박성룡은 "새해 새 아침 그 신선한 햇빛 속에서 세배를 하는 어린 인간상이 마치 진한 유화 물감으로 짓이겨"[15]놓은 듯하다고 말한다. 이는 빛의 흐름 안에서 사물을 파악하는 인상파 그림을 환기시키는 대목이기도 하다. 실제로 그의 빛의 시편들은 인상파적인 분위기를 풍긴다. "지속과 존속에 대한 순간의 우위, 모든 현상은 어쩌다가 그렇게 놓여 있을 뿐이라는 느낌"[16]을 깔고 있는 것이 인상주의의 분위기라면 조영서의 시편들도 이와 멀지 않다. 시간의 추이에 민감한 시인은 빛이 만들어내는 순간순간의 역동성을 잡아내어 한 순간의 인상만이라도 뚜렷하게 각인하고자 하기 때문이다. 이는 시인이 시간을 수긍하면서도 시간과 맞서려는 고독한 행위[17], 그것이기도 하다.

① (金빛 비늘 춤춘 南向 마루)

누나의 머리카락은
윤기 흐른 햇살을 빗고
있었다.

---

15 박성룡, 「동양적 서양화가」, 조영서, 앞의 책, 121면(그런데 박성룡은 이 부분에서 다시 이 시가 내면적으로는 동양화로서의 면모를 드러낸다고 보면서 이러한 측면을 높이 산다).

16 아놀드 하우저, 백낙청·염무웅 공역, 『문학과 예술의 사회사(현대편)』(창작과 비평사, 1984), 171면.

17 조영서, 시집 『새, 하늘에 날개를 달아주다』(문학수첩, 2001), 142면에서 시인은 시작이 고독한 행위임을 다음과 같이 고백하고 있다.
"시는 고독을 눈뜨는 고독의 발견이요, 또한 고독의 절규입니다."

(물기 빛나듯 반짝인 숨결)

―「그때 햇살을…」 부분

② 흰 종이에
담긴
빛,
빛.
햇빛이 熱을 앓아
금시
金싸라기 沙汰다.

―「恢復期」 부분

③ 새는 햇살을 줍는다. 빛가루를 줍는다.
빛을 먹는다. 목청을 뽑는다.
… (무엇에 놀란 것일까)

裸木가지에
앉은
겨울.

―새 한 마리 입 안으로 하늘을 연다.

―「겨울 아침 새 한 마리는」 부분

각 시편의 부분들은 특히 빛의 인상화라 할 만하다. ①에서는 수를 놓고 있는 누나가 ②에서는 병후의 주체가 ③에서는 새 한 마리가 빛과의 화음을 자아내며 빛과 하나가 되고 있다. 이때 빛은 다른 존재자들처럼 물성으로 화하며 주체의 감각에 만져질 듯 부려진다. 이러한 빛에의 사물성 부여는 꾸준히 유지되다가 3시집에 와서는 더욱 두드러진다. 특히 이 시집에서의 「빛결이」, 「빛눈이」, 「빛놀이」, 「빛갈이」, 「빛앓이」, 「빛살이」와 같은 시편들은 조어를 통해 빛을 더욱 즉물화시킨다. 여기서 언어와 빛은 일체가 되어 지상에 처음 발현하는 싱싱한 존재물이 된다. 이 중 한 편을 들어 그 실상을 보기로 한다.

한 움큼 꽉 움켜쥔 햇빛, 놓친, 빈손, 빈손에 비인 하늘, 빈 하늘 휘젓는 빈 빛바람, 비인 빛바람이 아롱지는 빛결무늬, 빛결무늬 너울지는 빛갈이, 빛갈이 빛살치는 빈 비인 몸부림,
빈 것이
가득 찬
찬란한 고요!

— 「빛갈이」 전문

시인 자신이 피력하는 바의 "눈으로 새로운 말을, 빛깔을, 소리를, 몸짓을, 몸체를 만들어낸다"[18]는 창조행위가 고스란히 드러나고 있다. 빛의 결을 세밀하게 파고든 인상파의 붓끝이 감지된다. 이 시에서 빛은 한 마리 새가 털갈이하듯 '빛갈이' 하며 "빛결무늬"를 아롱지게 하고 있다. '빛이 빛을 갈아 입는' 형상은 "빛살치는 빈 비인 몸부림"이 된다. 다시 말해 "빈 것"으로의 귀환을 위한 몸부림인 것이다. 빛의 치열한 존재성을 몸부림과 고요라는 대극 가운데서 찾는, 그 절차를 팽팽하게 응축하고 있는 작품이라 하겠다. 이 시에서는 빛 그 자체의 탄력이 곳곳에서 튕겨지는 듯한 감각을 맛볼 수 있다.

---

18 조영서, 앞의 책, 150면.

이상 빛을 즉물화하는 상상력의 실제를 살펴보았다. 여기서의 빛 이미지는 "상투적 표현과 거기에 따르는 기계적 반응에 치명적인 일격을 가해서 우리들로 하여금 대상들과 그것들의 감각적인 결(texture)을 고양된 상태에서 인식"[19]시키며 낯설게 파고드는 바로 그것이다. 물론 다른 시편들에서도 이와 같은 특성은 고루 나타난다.

4. '부재'의 전경화

꽃과 과실이라는 순수한 대상에의 탐미성, 찰랑이는 빛의 사물적 감촉을 떠낼 때 시인은 이것들의 가시화된 그 언저리가 아닌 더 깊은 안쪽을 향한다. 현상화되지 않은 곳을 향하여 그곳의 '있음'을 암시하고자 하기 때문이다. 이는 그의 시에서 두루 통용되는 방법이면서도 세 번째 시집에서 특별히 전경화된다. 여기서 전경화는 "표현행위, 즉 언표행위 자체를 내세우고 언어의 지시적 국면이나 논리적 국면을 배경화"[20]하는 전략으로서의 그것이다. 조영서의 시편들은 점차 표현행위를 극대화시키면서 부재, 혹은 無의 의미를 전경화한다. 그에게서 부재의 전경화는 단순히 부재는 부재가 아니라는 사실을 강화하는 전략이다. 시인은 스스로 "〈있음〉과 〈없음〉, 이는 경계가 없는 것이 아닙니까"[21]라고 자문하기도 하는데 그는 이 물음에의 답을 그의 시편들을 통해 보여주는 셈이다. 그리하여 조영서의 시편들은 '없다'라고 말하면서 '있다'라는 울림을 오래 자아낸다.

---

19 빅토르 어얼리치, 박거용 역, 『러시아 형식주의』(문학과 지성사, 1995), 226면.
20 M. H. 에이브람즈, 최상규 역, 『문학용어사전』(대방출판사, 1985), 259면.
21 조영서, 앞의 책, 143면.

하늘은 은가락지 낀 손가락 하나 없다.

—「皆旣月蝕」 전문

단 1행의 시다. 3시집의 시편들에 대하여 시인은 掌篇詩라는 명칭을 사용한다. "암시적이고 또 여운을 남기"[22]기 위한 방법으로 고안된 명칭이라는 것이다. 위의 시는 그가 시도하는 장편시 중에서도 가장 짧은 시다. 그만큼 고도의 응축미를 노린 작품인 것이다. '하늘은 없다' 라는 진술은 분명히 부재를 현전화한다. 그런데 그 사이에 "은가락지 낀 손가락"을 불쑥 내민다. 그리고는 곧 "없다"라고 거두어간다. 떠올랐던 은가락지의 이미지는 광활한 우주 속으로 사라지면서 우주의 무한을 울려낸다. 이렇듯 '없다' 라는 진술을 내세워 하늘의 충만성을 배가시키는 묘미를 얻는 것이다. 즉 "시인은 하늘의 그 광활한 빔의 공간을 〈은가락지 낀 손가락 하나 없〉음을 통해 명료하게"[23] 보여주는 것이다. 이는 1행으로의 압축과 나머지 여백과의 대비를 통해서도 그 효과를 얻고 있음은 물론이다. 김춘수는 이 시를 아주 즉물적이라고 단정짓는다.[24] 그는 뒤이어 이 시에서 관념을 읽어내지 않아야 된다고 말한다. 부재, 그 자체의 즉물화가 이 시가 성취해낸 미학이라고 보기 때문이다. 그럼에도 독자는 은은한 배음으로 처리된 관념의 기미를 간파하며 바로 여기서 감동을 얻게 된다. 따라서 시편들은 관념에서 완벽하게 자유로울 수는 없다. 다만 관념을 쉽게 노출시키지 않으려는 고도의 전략이

---

22 한편 이 부분에서 시인은 에즈라 파운드의 시작법에 관해 공감하는 의견을 피력, 이미지즘의 방법에 대한 호감을 드러낸다. 위의 책, 145면.

23 이진홍, 「虛의 미학과 탐미적 언어」, 조영서, 위의 책, 160면.

24 김춘수, 앞의 책, 472~473면 참조.

있을 뿐이다. 결국 위의 시에서 시인은 없음의 있음을 최대한 이미지화한 것이다.

다음의 경우를 다시 보기로 한다.

> 새는 하늘에 날개를 달아 주었습니다
>
> 하늘이 날아갔습니다
>
> —「날개」 전문

앞의 시에서와 마찬가지로 이 시에서도 시인은 마침표를 사용하지 않고 있다. 이는 3시집에서의 두드러진 장치이기도 하다. 1, 2시집의 경우는 대부분 행 단위별로 마침표를 사용하고 있었기 때문이다. 이는 그의 시가 점점 무한과 부재의 세계를 울려내려는 쪽으로 기울고 있음을 시사한다. 마침표를 떼어버리고 시인은 우주의 무한을 한껏 현시하려 하는 것이다. 위의 시에는 새가 날아가는 동적 이미지 뒤의 무한, 허공의 이미지가 아스라하게 펼쳐지고 있다. 아득히 무한 허공 속으로 사라진 새, 새가 사라짐으로 그 새가 휘젓던 하늘도 날아가 버리고 막막한 우주의 기운만 감지될 뿐이다. 무엇인가가 그 막막함을 가리켜 보이며 휙 지나간 듯한 인상이다. 무한으로 뻗는 여운이 끝없이 번져가고 있다. 만약 무한 허공 속을 한순간 휙 날아가는 듯한 예리한 감각이 없었다면 무한은 이렇듯 아련하게 감지되지 않았을 것이다. 이렇게 시인은 있는 것으로 없는 것을 말하기도 한다. 이와 같은 시적 방법은 이미지, 부호 사용의 민감성과 더불어 앞서와 마찬가지로 시행의 처리를 또 하나의 의장으로 삼으면서 효과적으로 성취된다. 「날개」의 경우, 각각 1

행을 한 연으로 하여 2연의 공간을 갖는다. 각 1행은 시적 발화로서 최대화되면서 하나의 연이 되고 그 파문으로 다음의 연을 만들어낸다. 긴장과 침묵의 기운을 마련하는 데 적절한 의장인 것이다. 이로써 조영서의 성공적인 시편들은 한 편, 한 편 존재 그 자체로 현현된다. 1시집에서부터 시인은 행 배열에 대해 유난히 의식적이었다. 또한 이에 따르는 리듬감에 대해서도 상당히 의식적이었다. 결국 그의 시적 공간은 오관의 감각이 전부 일어나 합주하는 곳이었다 하겠다. 그만큼 입체적인 형상화를 겨냥하고 있었던 셈이다.

시행의 처리를 통해 부재의 의미를 보다 효과적으로 투사하는 예는 다음에서처럼 시도되기도 한다.

바스락거리는

빈 바람,

바서지는

빈 늦가을,

빈 허수아비가 흔드는

빈 하늘,

빈손에

빈 무게,

빈 눈에 얼룩지는

빈 그림자,

빈 햇살 눈부시는

빈 들머리,

— 「허수아비」 전문

이 시의 오브제들은 온통 "빈" 것들이다. 연 구분 없이 행만으로 배열된, 한 행, 한 행은 모두가 "빈" 것을 내세워 보인다. 톡, 톡 점을 찍어놓은 듯한 각 행은 허공에서 이어지며 線이 되었다가 오랜 울림이 되고 있다. 즉 왼쪽의 'ㅂ'음들의 파장이 오른쪽의 여백으로 부서지며 선이 되고 울림이 되는 것이다. 이 울림이 가리키는 순수한 어떤 '빈 곳'은 현상의 출처로 작용되는 곳이다. 이곳은 구체적으로 '있다'라는 사실이 주어지기 이전의 생성의 터전과도 같은 곳이다. 따라서 개념으로 파악할 수 없는 곳이기도 하다. 아직 있음으로 화하지 않은 그 세계, 한 졸고에서 조영서의 시를 다루면서 이를 감성적 언표로서의 시라고 해명한 적이 있었다.[25] 이는 개념적 세계의 세례를 받기 이전의 원석과도 같은 경지를 구현하려는 그의 시편들을 읽어내려는 방편이었다. 위의 시가 보여주는 바와 같은 '빈' 것으로서의 세계는 우리의 몸이 스스로 감득하는 것으로서의 감성적 언표[26]와 맞닿아 있는 곳이다. 이 세계는 개념화된 세계에서 볼 때 그저 캄캄한 부재, 그것일 뿐이다. 그러나 그곳은 충만한 "빈 햇살 눈부시는" 세계임을 시인은 직관하는 것이다.

이상에서 본대로 부재 내세우기는 이미지의 생동감, 언어의 세공, 형식에의 배려를 바탕으로 하여 성취된다. 이렇게 하여 시인은 보이지 않는 세계, 막 밀치고 올라오려는 세계, 혹은 다시 무한으로 되돌아가는 세계를 보여주고자 한 것이다.

25 한영옥, 『한국현대시의 場』(푸른사상, 2004), 326~333면 참조.
26 "감성적 언표들의 의미는 개념작용 이전에 우리의 몸을 통해 포착된다." 이정우, 『가로지르기』(산해, 2000), 111면.

5. 결론

  이상으로 조영서의 작품세계에서의 감각적 표현들과 그 의미를 그의 전 작품을 오가며 살폈다. 한편 각 시집별로 드러나는 변화와 그 의미에도 주목해보았다. 그의 시편들은 이미지즘의 방법에 닿아 있지만 단순히 사물성에만 집착하는 고착된 이미지즘과는 거리를 유지하고 있었다. 이러한 면모를 이해하기 위해서는 다음의 글이 유용하다.

>   파운드의 이미지는 그가 이미지를 지적, 정서적 복합체로 본 점, 장식적이 아닌 기능적인 이미지를 강조한 점, 의미가 충만된 이미지를 주장한 점 등으로 보아 흔히 이미지스트의 시에서 보는 것과 같은 속이 텅빈 '머릿 속의 그림'에 불과한 이미지와는 다른 폭과 깊이를 지니고 있다. 그 점에서 그는 분명히 형이상학파 시의 이미지를 주장한 것으로서, 엘리엇의 이론으로 설명하면 그는 감각화 된 사상으로서의 이미지를 주장한 것이다.[27]

  이 글에서처럼 조영서 시의 이미지들은 사상의 감각화로서 충만한 의미를 내장하고 있다. 한편 그의 시 이미지들은 점차로 관념을 덜어버리고 즉물화되는 경향을 띠면서 오히려 충만한 의미를 내장하는 역설을 보여주고 있었다. 이렇게 본다면 조영서의 시편들은 이미지즘의 방법을 확충하고 심화하여 높은 시적 성취도를 보여준 셈이다.

  조영서 시에서의 이미지들은 일상의 지각이나 개념으로는 포착되지 않는 존재의 날 것, 혹은 내밀한 곳, 그 자체의 언표가 된다. 이렇게 하여 이미지들은 현존하는 것들의 출처인 부재의 세계와 그 의미를 팽팽

---

27 이창배, 앞의 책, 114면.

하게 투사한다. 이 과정에서 이미지들은 변성하며 한껏 생기를 머금게
된다. 이때의 대상들, 특히 빛은 갖가지의 살아 움직이는 무늬로 즉물
화하면서 존재의 생성과 소멸을 형상화한다. 잡을 수 없는 세계를 잡아
놓는 그의 시적 공간은 김춘수의 언급대로 "사이버공간"[28]일 수도 있
다. 그러나 이 공간은 속임수의 공간이 아닌, '있음'을 가능케 하는 '없
음'의 의미를 선명하게 응축해놓은 곳이다.

　조영서는 시력에 비하여 과작의 시인이다. 그럼에도 그가 지금까지
보여준 시편들은 독자적인 세계와 견고한 작품성으로 단단하게 무장되
어 있다. 이상에서 살핀 그의 시세계, 다시 말해 꽃과 과실 모티프를 통
해 본 탐미적 감각과 빛의 사물화된 이미지 그리고 무한과 영원을 투사
하는 부재의 전경화는 그의 시 전체를 아우르고 있었다. 이 가운데 '부
재'의 현존을 울려내는 쪽으로 강조점이 이동하고 있었다 하겠다. 이
강조점의 이동은 결국 있음과 없음의 경계를 지워가려는 지향성을 보
여주는 것이기도 하였다. 이렇게 하여 본고는 조영서의 시편들이 이 땅
의 이미지즘, 그 심화와 확대로서의 한 성과물임을 파악할 수 있었다.

---

28 김춘수, 앞의 책, 같은 곳.

노향림론 — '고통'의 건조한 외양들

노향림론 — '고통'의 건조한 외양들

1. 서론

시인 노향림은 1970년 『월간문학』을 통해 등단, 현재에 이르기까지 평단의 주목을 받으며 꾸준한 시작활동을 전개하고 있다. 감각수용기를 최대한 동원하여 받아들인 세계의 구체성을 세밀화로 펼쳐놓아 그만의 독자적 풍경을 만들어낸 노향림의 시편들은 특별히 이미지즘, 혹은 모더니즘의 시적 방법론과 관련하여 평단의 이목을 받아왔다.

현재까지 5권의 시집[1]을 상재하면서 역량 있는 시편들을 선보이고 있

---

1 『k읍 紀行』(현대문학사, 1977), 『눈이 오지 않는 나라』(문학사상사, 1987), 『그리움이 없는 사람은 압해도를 보지 못하네』(문학사상사, 1992), 『후투티가 오지 않는 섬』(창작과 비평사, 1998), 『해에게선 깨진 종소리가 난다』(창작과 비평사, 2005). 이외에 시선집 『練習機를 띄우고』(도서출판 연희, 1980)가 있으나 10편을 제외하고는 『k읍 紀行』의 내용을 재수록하고 있어 시인 스스로 시집 자료로 제외하고 있다. 그러나 이 시집에 새로 수록된 시편들은 첫 시집의 시편들과 함께 초기시를 해명하는 중요한 자료가 되어 본고는 연구 자료로 삼는다.

는 노향림은 그간 대한민국문학상, 한국시인협회상, 이수문학상 등 굵직한 상을 수상하며 이제 이 땅의 중진으로 확고하게 자리매김된 시인이다. 이에 보다 심도 있는 논의의 대상이 되기에 적절한 시점에 이르렀다고 볼 수 있다. 한편 노향림 시의 천착은 이 땅에 본격적인 시를 생산하는 추동력이 되었던 모더니즘, 구체적으로는 이미지즘의 계보를 적성해본다는 점에서도 의미를 크게 갖는다. 따라서 그의 시세계를 열어나가는 데 있어서 "노향림의 시적 세계는 김광균이 개척하였고 김춘수가 그 이론적 근거로 제시한, 그리고 김종삼이 훌륭하게 그 변주를 이룩한 암시적 세계의 묘사"[2]라는 김현의 지적은 매우 요긴하다. 이 지적은 노향림 시의 특성과 더불어 이미지스트로서의 시사적 위치점을 보다 분명하게 제시해주고 있는 까닭이다.

그간 노향림에 대한 논의는 잦은 월평이나 시집평 이외에 모더니즘, 혹은 공간에 대한 논의의 한 부분으로 다뤄진 바 있다.[3] 보다 확장된 논의로는 엄경희의 무게감을 더한 평론 「풍경 혹은 고통의 표정」[4]을 꼽을 수 있다. '노향림론'을 부제로 하고 있는 이 평문은 노향림 시의 기법과 의식을 '적막한 풍경화'로 요약하면서 이에 관련되는 시적 특성을 세밀하게 분석해 보여준다.

본 논문은 이와 같은 성과를 수렴하는 한편 앞서 언급한 바의 김현의 목소리를 확대하면서 노향림의 시가 보여주는 이미지와 이미지 조성의

---

2 김현, 「고통과 꿈」, 노향림 시선집 『練習機를 띄우고』(도서출판 연희, 1980), 138면.

3 정효구, 「1970년대의 우리시와 모더니즘의 문제」, 『현대시 사상』(1995년 가을) ; 김주성, 「1970년대 모더니즘 시 경향에 대한 일고찰」, 경희대학교 대학원, 『고황논집』 제36집(2005) ; 이세경, 『한국현대시의 공간인식』(청동거울, 2007).

4 엄경희, 「풍경 혹은 고통의 표정」, 『질주와 산책』(세움, 2003).

특성 그리고 이미지의 의미를 분석하는 데 주안점을 두고자 한다. 이는 앞서 말한 대로 70년대 이 땅의 중요한 이미지스트 시인으로서의 노향림에 주목해보려는 의도에서 비롯된다. 이와 같은 의도를 실현하기 위하여 5권의 시집 중 『k邑 紀行』과 『練習機를 띄우고』와 『눈이 오지 않는 나라』를 텍스트로 삼고자 한다. 시선집 『練習機를 띄우고』는 첫 시집인 『k邑 紀行』의 내용을 거의 재수록하면서 10편 내외의 작품을 신작으로 추가하고 있는 정도여서 시인 스스로 시집 리스트에서 제외하고 있으나 이 시집에 추가된 시편들과 시집 해설, 김현의 「고통과 꿈」은 매우 주요한 참조자료가 된다. 한편 첫 시집 『k邑 紀行』과 시선집 『練習機를 띄우고』에서의 시편들은 제2시집 『눈이 오지 않는 나라』에서 다시 일곱 편이 재수록되고 있는 바 결국 세 시집은 이미지스트로서의 노향림 초기 시편들을 한 묶음으로 보여주는 것이라 해도 무방하다. 물론 이 묶음에서 보여준 감각적 이미지의 세계는 최근에 이르기까지 꾸준히 이어지는 핵심적인 기법이라 할 수 있다.[5] 그럼에도 3시집 『그리움이 없는 사람은 압해도를 보지 못하네』에서부터 시인은 압도하는 삶의 무게를 피하지 못하고 전경화시켰던 사물들의 이미지를 후경화시키는 면모를 보인다.[6] 물론 이 점은 시인이 보다 풍요로운 시적 세계를 구축

---

[5] 시인 스스로도 근년에 "저는 이미지 시를 쓰고 이미지 시에 기여를 하고 싶어요"라 할 만큼 감각적 이미지를 창조하는 일은 사실상 노향림 시인의 주 지향점이다. 노향림, 「시를 사랑하는 사람들 초대석」, 『시를 사랑하는 사람들』(2008. 7, 8) 참조.

[6] 시인은 스스로 제2시집 『눈이 오지 않는 나라』에서 '이미지 위주에서 삶 쪽으로 내려오게 되었다'는 사실을 서두에서 밝힌 바 있다. 이는 어느 정도 앞선 시편들과의 차별성을 그어주는 말이 될 수 있겠지만 비교적 이 시집에 이르기까지는 이미지스트로서의 면모를 확연하게 보여준 것으로 사료된다. 이 시집의 해설을 맡은 최동호 교수의 "사물들의 모습이 철저하게 그려지고 있다"라는 지적은 이를 잘 대변한다. 최동호, 「부재의 인식과 사물들의 존재」, 노향림, 위의 책, 112면.

하고 있다는 사실을 감안할 때 반길 만한 일일 수도 있겠으나 이 글의 핵심을 모으기 위하여 제외한 것이다.

노향림이 초기 세 권의 시집에서 보여준 바의 감각적 이미지들은 '이미지즘'이 제시한 바의 '사물의 직접적인 취급'이나 '견고하고 명료한 시'[7]의 면모를 선명하게 떠올려준다. 한편 이 면모는 시인의 감정적 개입도가 최소화되는 비인간화의 거리가 조성하는 메마른 풍경으로 드러난다는 사실에 주목할 수 있다. 풍경 곳곳에 자리한 물상들을 의인화함으로써 사물성을 더욱 실감나게 응집해낸다는 사실 또한 주목을 요한다. 한편 이렇게 메마른 모습으로 현전하는 사물들은 정적인 듯하면서도 결국 삭아 내리며 흩어지는, 즉 기화의 흐름을 섬세하게 보여준다. 이와 같은 기화의 상상력은 그의 시를 관류하는 통일적 흐름으로서 결국 시인의 의식을 짚어내는 단서를 제공한다. 이에 이미지들이 투사하는 의미론에 이르러야 할 필연성이 자리하는 것이다. 즉, "이미지와 사상의 접합점"[8]에 주목하여 소멸의 비극성을 추론해내도록 시편들은 추동하는 것이다.

이상의 방법들은 서구 이미지즘의 경우에서처럼 단순히 선명한 감각의 표현만을 중시하는 것이 아니라[9] 또한 이미지가 "시인의 마음에 그 자체를 보여준 대로"[10]의 의식현상을 탐구하는 것으로 요약될 수 있겠다. 즉 이미지 자체의 존재성에 주목하면서 또한 이미지가 지향하는 시

---

7 '사물의 직접적 취급'은 1913년 에즈라 파운드가 제시한 3원칙 중에, '견고하고 명료한 시'는 1915년 올딩턴의 6원칙 중에 있다. 이철, 「이미지즘의 형성과 발전과정 연구」, 강릉대학교 인문과학연구소, 『인문학보』 30집(2000) 참조.

8 곽광수, 『가스통 바슐라르』(민음사, 1995), 127면.

9 김재근, 『이미지즘 연구』(정음사, 1973), 40면 참조.

10 위의 책, 같은 곳.

적 의미를 밝혀내는 이미지 현상학을 원용하여 시인의 시세계를 보다 온전하게 해명해보려는 것이다.

2. 공감각의 세밀화

노향림의 초기 시편들은 하나의 풍경을 섬세하게 그려내는 데 집중하고 있다. 이때의 풍경들은 우리를 위무하는 따뜻하고 풍요로운 이미지로 펼쳐지지 않는다. 풍경들은 섬뜩하고 메마른 감각을 불러일으키며 고통스럽게 우리 앞에 펼쳐지기 일쑤다. 대부분 시적 주체의 감정을 은폐하면서 시편들은 건조한 인상만을 우리 앞에 불쑥 펼쳐놓으며 다가선다. 살펴보면 이렇게 불쑥 다가오는 적막한 세밀화는 시적 대상으로부터 거리를 최대화하고 있는 비인간화의 시점으로부터 기인한다고 볼 수 있다. 즉 "심리적 거리는 최대화되고 감정적인 개입도는 최소화"[11] 되는 지점에서 대상을 조망한 데서 비롯된 것이다. 그런데 노향림 시의 특징적 면모는 대상과의 심리적 거리를 유지하는 데서만 얻어지는 것은 아니다. 심리적 거리를 두면서도 오히려 감각기관들은 오브제에 최대한 밀착, 구체성을 세밀하게 살려낸다는 데 있다. 때문에 자연스럽게 그의 시편들은 감각적 이미지의 장으로 넘쳐나기에 이른다. 시각, 청각, 촉각, 후각, 때로는 근육감각까지를 동원하면서 감각의 깊이와 넓이를 확보, 풍경의 세부를 훑어냄으로써 그만의 세공술을 확보하는 것이다. 첫 시집의 표제작이기도 한 「k읍紀行」을 통해 이 점을 확인해보기로 한다.

---

11 오르테가 E. 가세트, 장선영 역, 『예술의 비인간화』(삼성출판사, 1977), 325면.

오랜만에 만나는 분위기

하나의 線이 되어 平野가 드러눕는다

一帶는 무밭이 되어
회색집들을 드문 드문
햇볕 속에 묻어 놓고

몇 트럭씩
논밭으로 실려나가는
묶인 苦惱와
고장난 時間들

지나다 보면
낯이 선 사투리들이
발길에 툭툭 채였다

길가 사람들 속에서
구부정한 말채나무가
혼자 목을 쳐들고
할 일 없이 혼자 쳐들고 있다.

— 「k邑 紀行」 전문

'k邑'이라는 익명의 마을, 이곳저곳의 풍경을 조망하고 있다. 서술자는 냉랭하게 현상을 떠맡고 있을 뿐이다. 즉, 시각, 청각, 촉각의 감각들이 곧바로 대상을 떠안음으로써 마음이 들어설 자리가 없는 것이다. 따라서 대상들에는 감정의 물기가 전연 서려 있지 않다. 노향림 시에서의 이미지들은 대부분 이 시의 경우처럼 서술적으로 드러나면서 대상을 구체화한다. 6연의 이 시에서 5연, 6연은 특별히 공감적 이미지를 활용, 대상의 구체성을 세밀하게 살려내고 있다. "낯이 선 사투리들이/ 발길에 툭툭 채였다"에서는 청각의 촉각적 전이를, "구부정한 말채나무가/ 혼자 목을 쳐들고"에서는 시각의 근육감각적인 전이를 보여준다. 이 경우처럼 대부분의 시편들은 시각적 이미지만으로 이루어진 정적인 풍경을 그리지 않고 감각의 전이를 통해 존재감을 미세하게 역동화시킨다. 이렇듯 그의 시편들은 존재하는 것들의 떨림을 무심한 듯 그려내면서 시적 주체의 표정을 시편 밖으로 가지고 나온다. 다시 말해 텍스트에서 애써 시적 주체의 숨결을 지워내는 것이다.[12] 때문에 이미지들은 스스로 펼쳐지며 새로운 생성의 장을 열어보이게 된다. 즉 "감각은 아직 마음이 개입하지 않은 상태에서 단순히 몸이 자극에 감응하는 단계"[13]라고 할 때 노향림의 초기 시편들은 마음의 개입을 억제하면서 대상과 감각수용기와의 접점을 그려내는 데 주력하고 있다 하겠다. 접점의 순간에 떠오른 세계의 신선한 낯설음을 포착하려는 것이다. 이때의 낯설음은 평소 우리가 간과해버린 대상의 세부, 그것이라 하겠다. 바로 '구체성'의 현현, 그것이기도 하다. 생경할 정도로 구체적인 정황을 펼쳐내고 있는 경우를 더 보기로 한다.

철 지난 보트장엔 작은 못질 소리.

억센 쇠스랑 풀새에 다 큰 들쥐만한 그늘들이 우글거리는

---

12 이 점에 대해 정효구는 "그러니까 노향림은 대상으로 하여금 간접적으로 말하게 하기 또는 보여주기의 방법을 사용하고 있는 것인데 이러한 방법은 시인이 엄격하게 자기 자신과 지적 거리를 유지하고 자기 자신을 통제할 수 있을 때 가능하다"고 언급하면서 이를 노향림 시의 모더니즘적 특징으로 거론하고 있다. 정효구, 앞의 글, 168면 참조.
13 최봉영, 「감각」, 우리사상연구소, 『우리말 철학사전·3』(지식 산업사, 2003), 10면.

소리.

기어 나온 물결 떼들이 소리 없이 돌 틈에
하얀 입부리를 닦고

그 기슭엔
늦더위들이 벌겋게 탄 얼굴로 앉아 쉬고 있다.

나뭇잎 속에서 바람들이
쉴새없이 이 없는 입을 오물대는 소리

—「늦가을」 전문

늦가을의 쓸쓸하고 한적한 풍경이 소리 이미지를 구심점으로 하면서
펼쳐져 있다. 시의 도입부는 지극히 사실적인 묘사라 할 수 있는 "못질
소리"로 시작된다. 이어 2연부터는 상상력에 의한 극사실적 세부가 그
려진다. 2연의 "그늘들이 우글거리는/ 소리"는 시각을 미세한 청각적
상상력으로 전이시킨 것이다. "들쥐만한 그늘"이라는 시각 이미지가
청각 이미지로 변모되면서 "억센 쇠스랑 풀새"의 그늘, 그 현존성이 낯
설게 펼쳐져 있다. 3연에서는 다시 시각에서 촉각으로 4연 역시 시각과
촉각, 이어서 5연에서는 시각, 청각, 근육감각이 엉키며 지금까지 발견
된 적 없었던 '바람'의 현존을 찾아내고 있다. 바로 "이 없는 입을 오물
대는 소리"로서의 바람이 그것이다. 늦가을 강변, 사람의 자취가 끊기
고 남겨진 풍경들만 애써 그 존재감을 흔들어대는 현장 부근을 극사실
적으로 찍어낸 듯한 이 작품 역시 각 연의 이미저리마다 감정의 물기가
전연 없다. 대상의 세부 혹은 순간적 현존의 세부는 감정을 거둔 오직
순수한 감각적 포착에 의할 때 그 구체성을 오롯하게 확보할 수 있는

것이다. 이처럼 노향림의 시편들은 시적 주체가 최대한 열어놓은 감각 수용기에 걸려든 세계들을 있는 그대로 들여놓는 데 몰두한다. 시인은 특별히 시각, 청각, 촉각의 경계를 짓지 않고 공감각을 동원하여 오브제의 전모를 최대한 섬세하게 그려 보이는 것이다.

공감각적 이미지는 사물을 보다 구체적으로 지각시켜 준다는 사실에서 그 자체가 사물의 비유로 작용할 수 있다. 그만큼 사물의 전모를 구체적으로 유추하는 데 유용한 기제가 된다. 윌라이트가 "때로 공감각 역시 강력한 외유성을 도입하는데 그것은 한 가지의 감각적 인상과 또 하나의 다른 감각기관이 제공하는 감각적 인상을 비교할 때, 독자는 동시에 두 가지 감각 통로를 따라 관조하게"[14] 된다고 설파한 것은 이에 관련한다. 즉 다양한 감각인상으로 대상의 존재감을 미세하게 포착함으로써 대상 자체의 인상에 최대한 근접하게 되는 것이다. 그러므로 비유법을 되도록 사용하지 않는 노향림의 시편들에서 공감각적 이미지들은 최대한 오브제 자체에 근접하는 비유의 기제가 된다 하겠다.

노향림의 시편들에 거의 편재하는 공감각의 수법을 더 찾아보기로 한다.

① 벌겋게 손을 데어가지고 온
   햇볕이 억새밭에서
   신음소리를 내고 있어요

— 「용주사 가는 길」 부분

---

14 필립 윌라이트, 김태옥 역, 『은유와 실재』(문학과지성사, 1982), 74면.

② 풀잎이 한 개 시드는 소리를 내었다

—「鷄舍」부분

③ 깔깔거리는 바람들이
　몰려다니는 소리
　간간이 살이 긁힌
　바람도 섞여 있다

—「숲」부분

④ 일어서려고 불빛 아래 뒹구는
　바람들의 무릎이 하얗게 까져 빛난다

—「신촌에서」부분

각각 세 권의 시집에서 발췌한 부분들이다. ①의 경우는 시각과 청각, 촉각이 합세하여 억새밭에 내린 햇볕을 그려내고 있다. 한순간, 햇살의 현존성을 미세하게 잡아내고 있는 것이다. ②는 풀잎이 "시드는 소리"를 포착하여 존재의 예리한 한순간을 현존화한다. ①의 경우와 흡사한 이미저리를 보인다 하겠다. 이 경우처럼 노향림의 많은 시편들은 대상을 청각 이미지로 그려내는 경우가 많은데 이는 소리로 그려주는 풍경화 혹은 오브제들이 발성하는 미세한 음성이 울려나오는 듯한 구상화라는 느낌을 갖도록 한다.[15] ③의 경우는 시각, 청각, 촉각이 동원

---

15 따라서 노향림의 제5시집 『해에게선 깨진 종소리가 난다』에서의 "그런데 이번 시집에서는 새로운 모습이 보인다. 그것은 '소리'의 출현이다. 시인의 풍경 곳곳에서는 소리가 울려나오기 때문이다"라는 해설은 노향림 초기시의 특성을 간과한 것처럼 보인다. 박철화, 「풍경의 소리, 소리의 풍경」, 노향림 제5시집 『해에게선 깨진 종소리가 난다』(창작과 비평사, 2005), 31면.

되어 "바람"의 움직임을 따라가고 있으며 ④의 경우는 시각과 촉각을 동원하여 불빛 아래서 일렁이는 바람의 역동성을 형상화하고 있다. 바람은 한순간 감각을 촉발한 뒤 홀연히 사라져가며 그 존재성을 거두어가는 공기의 움직임이다. 시인은 이렇듯 일순 존재했다 사라지는 것들에게 감각의 렌즈를 들이대며 현존의 순간을 잡아두기에 몰두한다. 가령, "생목 울타리가에/ 오르간의 소리가 흩어져 있다"(「어떤 죽음」)의 경우에서도 이미 사라진 오르간 소리의 자취를 나무울타리 사이에서 찾아내고 있는데 이 역시 한순간 존재했던 것의 현존성을 포획하는 상상력의 힘을 잘 보여준다 하겠다.

한편 노향림은 관념적인 사실들에까지도 익숙하게 현실감을 부여하며 공감각의 촉수를 드리운다. 가령 "마지막 토한 깨알 같은 제 本心들이/ 까뭇 까뭇 머리맡에 흩어져 있고"(「시가댁의 봄」)의 경우는 시각과 기관감각으로 '본심'을, "풀리지 않는/ 생각 하나/ 짓무른 눈으로 앉았다 진다"(「匿名草」)에서는 촉각과 시각으로 '생각'을, "소문 한마디/ 등이 시퍼렇게 멍이 들어"(「기억 2」)에서는 시각과 촉각으로 '소문'을 그려낸다. 시인은 이렇듯 관념적인 것들까지도 우리의 감각 앞으로 능숙하게 데려와 그 존재감을 일깨워주는 것이다.

살펴본 대로 노향림 시에서는 사실적인 것, 관념적인 것들이 다 같이 존재감을 지니고 우리 앞에 다가와 그 현존의 찰나를 뚜렷하게 부려놓는다. 이리하여 시편들에는 존재성이 발현되는 순간의 스냅들이 가득하다. 이를 통해 독자들은 볼 수 없었던 것, 들을 수 없었던 것, 촉감으로 누리지 못했던 것들을 비로소 생생하게 감각하는 계기를 얻는다. 즉 "그 곁/ 재떨이 위에/ 눈감고 누운 靜寂이/ 영 일어날 기색을 보이지 않는다"(「빈집」), "재우지 않고 놓아둔 靜寂이/ 나와서/ 바람을 쏘이고"

(「골짜기」)에서와 같이 마치 정적의 육체를 느끼는 듯한 떨림을 누리게 되는 것이다.

3. 의인화 기법과 사물성의 응집

의인화 기법은 앞선 항목의 예에서도 발견되는 노향림 시 전반에 고루 분포된 특성이다. 그러니까 공감각적 이미지들은 때로 의인화 기법으로 시적 대상을 낯설게 조형해낸다. 이에 앞선 항목에서는 공감각적 이미저리와 대상의 미세한 그려주기에 초점을 두었다면 이번에는 의인화 기법 자체에 주목하면서 사물들의 질감을 체현하는 혹은 사실성을 부여받지 못한 것들까지 마치 구체적인 사물처럼 현존화시키면서 물성을 부여하고 있는 면모를 눈여겨보기로 한다.

노향림 시의 많은 이미지들은 인간적인 온기를 품지 않았음에도 불구하고 인간화된 외양으로 펼쳐지는 특성을 갖는다. 능청스러울 정도로 익숙하게 인간의 외양을 입은 이미지들은 바로 대상의 사물성, 그 자체로 펼쳐지는 것이다. 결국 노향림의 시편들은 의인화 기법[16]을 통해 박진감 넘치는 사물성을 구현해낸다고 볼 수 있다. 한편 인간의 체온을 배제한 채 인간적 세계의 외양만을 차갑게 입으면서 섬뜩하게 존재의 부피와 결을 드러내는 오브제들은 노향림 시의 독창적인 표현미를 그대로 대변한다.

---

16 엄경희는 노향림 시에서의 의인화 기법에 주목하면서 사물을 인간화시키는 것을 인간적 감정을 배제시키는 기제로 설명한다. 본고에서는 이 점에 수긍하면서 또 한편으로는 사물성을 응집시키는 기제라는 점에 더욱 주목하고자 한다. 엄경희, 앞의 글, 188면 참조.

빗물 소리 하나가
샛눈을 뜬 채
뜰 밑에
죽어 엎푸러져 있다.

마지막 토한
깨알같은 제 본심만이
까뭇까뭇 머리맡에 흩어져 있고

그 앞에 쇠의자 하나가
퀭한 눈으로
쭈그리고 앉아 보고 있다

千萬길의 햇볕들이
이마를 하얗게 씻으며
쌓여있는
저 뒷산의 참나무 숲에선

덜미를 잡힌 채
몰려나오는 가을이
발버둥치고 있었다.

— 「시가댁의 봄」 전문

위의 시는 각 연 단위마다 의인화 기법이 쓰이고 있다. 각 연이 모두
팽팽하게 긴장된 어감으로 빗물소리와 햇볕 그리고 가을을 현상적 사
물처럼 응집해내고 있다. 즉 세 곳의 장소를 제시하면서 각 장소마다
배치된 오브제의 체적을 섬뜩하게 내세우는데 다름 아닌 "샛눈을 뜬 채/
뜰 밑에/ 죽어 엎푸러져 있"는 빗물 소리와 "이마를 하얗게 씻으며/ 쌓

여있는” 햇볕, 그리고 덜미를 잡힌 채 “발버둥치”는 가을이 그것이다. 제시된 오브제들은 각기 자신들이 ‘이렇게 저렇게 분명히 존재하고 있다’는 사실을 스스로 증명하고 있다. 시적 주체의 감정은 조금도 드러내지 않은 채로 의인화를 통해 대상들을 무심하게 개시해주고 있을 뿐이다. 그런데 개시된 현상들은 하나같이 고통스러운 표정을 담고 있다. 제목에서 암시되는 봄의 분위기는 저만큼 밀려난 채로 막 봄이 오려는 즈음의 을씨년스런 풍경들만 내세워진 것이다. 봄을 텍스트의 내면으로 깊숙하게 침잠시키면서 오히려 봄의 충만함을 가늠하도록 만드는, 울림이 큰 시라 하겠다. 이상 봄의 음화로 자리하는 각 오브제들의 질감이 구체적으로 잡힐 듯 사물성을 확보하는 데 의인화 기법이 적절하게 작동되고 있음을 살펴본 셈이다. 이 외에 다른 경우를 더 보기로 한다.

풀죽은 돌들이 야윈 풀 속에
목을 움츠리고 있다

자그마한 露店이 붙어 있고
그 뒤로 길이 하나
무심히 공간과 몸을 섞고 있다.

재우지 않고 놓아둔 靜寂이
나와서
바람을 쏘이고

한구석에 처박힌
개울물이
입 벌린 채 신음소리를

　　덧없이 삼키고 있다.

　　부신 햇빛 속에서
　　떠난 것들이
　　한갓 공허로
　　희끗희끗 날리고 있다.

—「골짜기」 전문

　메마른 골짜기의 이곳저곳이 카메라의 시선으로 포착되고 있다. 노향림의 시편들이 전개되는 공간은 늘 이렇듯 건조하다. 건조하고 쓸쓸한 풍경을 포착하여 곳곳에 놓인 사물들과 분위기 혹은 사건의 질감을 고통스러운 인간적 외양으로 바꿔 펼쳐내는 데 시인은 익숙하다. 이렇게 하여 드러나는 형체들은 건조한 인상을 한껏 입은 채 적막하기 짝이 없는 존재감을 예리하게 투사한다. 1연에서는 '돌'이, 2연에서는 '길'이, 4연에서는 '개울물'이 인간의 외양으로 나와 앉아 스스로 물성을 현시하고 있다. 이때의 사물성은 "목을 움츠리고 있다", "몸을 섞고 있다", "입 벌린 채 신음소리를/ 덧없이 삼키고 있다"에서와 같이 분명한 '있음'을 투사하는 것으로 현시된다. 한편 각 오브제들의 메마른 사물성은 골짜기 전체에 퍼지면서 한순간 골짜기를 하나의 사물로 다시 응축한다. 각 연의 이미지들이 스크럼을 짜면서 한 편의 이미지를 다시 구축하는 것이다. 때문에 노향림의 시편들은 대부분이 꽉 짜여진 풍경화의 구조를 보이게 된다.

　이상에서 살펴본 대로 노향림 시에서 의인화된 이미지들은 사물적 질감을 띠면서, 섬뜩한 체적을 드러내면서 펼쳐진다. 이렇듯 인간적 외양으로 펼쳐진 낯선 존재의 한 층위는 우리의 감각을 찌르며 오는 푼크툼(punctum)[17]이 되기에 족하다고 볼 수 있다. 즉 그가 조성하는 낯설고 고통스러운 이미지들은 우리의 감각에 상처를 입히며 파고드는 '우연'과도 같다. 앞서 언급한 「시가댁의 봄」에서의 '덜미를 잡힌 채 발버둥 치며 몰려나오는 가을'이나 「골짜기」에서의 '입 벌린 채 신음소리를 덧없이 삼키고 있는 개울물'과 같은 처연한 이미지들에서 특히 푼크툼의 효과는 두드러진다. 여기서 '가을'과 '개울물'은 평소 우리의 지각작용을 거부하면서 전연 낯선 이미지의 사물로 응집되어 우리를 찌르는 충격적인 우연성으로 파고드는 것이다.

> ① 손발이 큰 말오줌나무가
> 　　허탈 속에서
> 　　고의춤에
> 　　손을 찌르고
> 　　서 있었다
>
> 　　　　　　　　　　　　　　　　—「갈멜修女院」 부분

> ② 눈 내리깐 채 허리동아리 뿌옇게
> 　　얼어버린 겨울 해
>
> 　　　　　　　　　　　　　　　　—「몇 채의 마을」 부분

---

17 "사진의 푼크툼(punctum)은 그 자체가 나를 찌르는(또한 상처 입히고 주먹으로 때리는) 우연이다." 바르트는 사진이 주는 작가의 의도, 지시적 내용을 스투디움(studium)으로, 전혀 의도와는 다르게 우리에게 충격을 입히며 다가서는 찌르는 듯한 충격을 일으키는 사진의 세부를 푼크툼으로 설명한다. 본고는 이와 관련하여 우리의 감각을 오래 불러 세우며 섬뜩한 충격을 입히는 노향림 시에서의 생경한 존재의 층위들은 충분히 푼트쿰으로 작용한다고 본 것이다. 롤랑 바르트, 조광희 역, 『카메라 루시다』(열화당, 1986), 32면 참조.

③ 잔털 많은 고개를 묻고 우는
　 먼 길에서 발목 부은 바람

—「겨울풀잎」 부분

④ 풀밭 속에 다 낡은 샌들을 신고 산발한 달빛들이
　 늘 어른거렸다

—「幼年」 부분

세 시집에서 골라본 의인화 이미지의 예들이다. 모두 서술적 이미지를 사용하고 있다. 비유적 이미지가 아닌 서술적 이미지는 오브제의 사물성을 곧바로 현시하는 데 보다 효과적이다. 보는 바와 같이 제시된 이미지들은 능숙하게 인간의 외양을 걸치고 있다. ①의 말오줌나무, ②의 겨울 해, ③의 바람, ④의 달은 인간의 모습을 빌어 구체적 체적을 응집하고 우리의 감각을 오래 붙든다. 앞서 언급한 푼크툼, 즉 우리의 감각을 찌르며 다가서는 오브제들은 잠재된 사물성을 낯설게 투사하며 존재의 새 층위를 충격적으로 개시하는 것이다. 노향림의 초기 시편들은 이처럼 독창적인 이미지를 통해 사물성을 응집, 낯선 세계를 생성해 보이며 시적 긴장감을 높인다. 이는 결국 시 텍스트 자체가 새로운 생성의 장이 되는 경지를 구가한 것으로서 노향림의 시가 보여주는 감동적 국면이 아닐 수 없다.

4. 氣化의 상상력과 소멸의 비극성

앞의 두 항목에서 시인의 주관적 감정이 철저히 배제된 채 묘사된 사물들의 세계가 각각 공감각적 표현과 의인화 기법에 의해 드러나는 양상에 대해서 살펴보았다. 이제 메마르고 고통스럽게 조성된 그 세계[18]들의 저층에 자리 잡은 시인의 의식에 대해 살펴볼 차례다. "문학적 이미지는 제 아무리 즉자적이라고 자처하더라도 실은 숙고된 이미지, 감찰된 이미지, 어떤 검열을 통과한 다음에야 자유를 찾은 이미지"[19]라는 사실은 자명한 것이기 때문이다. 따라서 결국 "이미지의 현상학은 그 마지막 작업에 있어서 이미지의 독창성뿐 아니라 이미지 가운데서의 사상의 탄생을 드러내야"[20] 한다는 데 이를 수밖에 없다. 한마디로 이미지가 지향하는 바의 의미를 점검해보아야 하는 것이다. 철저하게 사물의 묘사에 몰두하여 사물성, 그 자체를 오롯하게 드러내고자 하는 사물시의 경우에도 "하나의 사물의 적확한 묘사에 그치는 것이 아니라 하나의 극도로 개인적인 견해를 형상화하기 위한 모티브로서 대상을 받아들인다"[21]는 사실을 환기할 때, 이미지의 의미론에 이르러야 한다는 사실은 더욱 분명해진다.

이상과 같은 전제에서 볼 때 노향림의 시편들이 불러일으키는 의미의 세계는 바로 소멸하는 것들의 비극성이라 할 수 있다. 시인이 즐겨 사용하고 있는 저녁, 가을, 겨울, 앙상한 뼈의 햇볕, 마른 풀, 잦아드는 소리 등의 모티프는 바로 소멸하는 것들을 세심하게 따라가기 위한 기제다. 시인은 봄, 아침, 따뜻함, 싱싱함, 정오의 모티프를 극도로 제한

---

18 엄경희는 이에 대해 "수많은 고통과 비애의 표정을 가득 담고 있는 노향림의 사물들은 처연한 아름다움으로 독자의 시선을 붙잡는다"고 말하면서 궁극적으로 고통과 비애가 죽음이라는 사건 앞에 당도하게 된다고 언급한다. 엄경희, 앞의 글, 189면 참조.

19 가스통 바슐라르, 정영란 역, 『대지 그리고 휴식의 몽상』(문학동네, 2002), 353면.

20 곽광수, 앞의 책, 127면.

21 전영애, 「릴케의 『신시집』의 사물과 자아」, 김광규 편, 『현대독문학의 이해』(민음사, 1984), 137면.

하면서 소멸의 비극성이 투사되고 있는 현상에만 집요하게 머문다. 이렇게 하여 시간의 운명을 거역할 수 없는 세계의 빛바랜 풍경을 무심한 듯 찍어내는 감각 뒤의 의식은 바로 소멸의 비극성을 기반으로 하고 있다는 사실을 알게 된다. 소멸의 슬픔이 격렬할수록 삶은 무의미해지고 이는 "시에서 철저하게 삶을 배제하는 접근법"[22]으로 텍스트화되었던 것이다. 이럴진대 결국 우리는 노향림 특유의 메마르고 공포스런 이미지가 우리를 찔러오는 그 전율을 피할 수 없다.

새소리들이 쌀톨처럼
서쪽 하늘에 흩어졌다.

고개를 쳐박고
하체를 흔드는
소리들.

그들을 보고 있으면
어린 날이 보인다.

빗줄기들이 발소리를 굴리며
어느 구름 끝에
뛰어다니는지

흐린 날
하늘 끝에서
폐를 부풀리는 나무

---

22 최동호, 앞의 글, 114면.

히스트라짓 냄새 가득한
바람이
햇볕이
하늘에 기대어 쓰러져 있고

누가 그걸 일으켜 세우는지
서쪽으로
하얗게 삭아서 날이
저문다.

나무들이
뚫린 입으로
가득 저녁을 물고

같이 삭는 소리.

—「서쪽 하늘」 전문

이 시는 "하체를 흔드는/ 소리들"과 "같이 삭는 소리"에서와 같이 '소리' 이미지를 통해 소멸의 안타까움을 연출하고 있다. 노향림 시편을 관류하는 '소리' 이미지는 대부분 육체성을 소거해가는 과정, 공기 속으로 기화되는 것으로 제시된다. 즉 육체는 사라지고 그가 흘리는 소리마저 잦아드는 지점의 "삭는 소리"를 예리하게 찍어내는 것이다. 때문에 많은 경우 그의 시편들은 소리로 그려내는 그림이라는 독특한 인상을 자아내는 것이다. 위의 작품에서와 같이 '서쪽 하늘'은 동원된 오브제들이 점차 삭아서 저물어가는 비극적 공간이다. 이때 시인은 늘상 하던 방식대로 감정의 물기를 거두고 현상을 그려주기에만 집중하고 있으나 결국 시인이 선택한 풍경은 특유의 비극적 분위기를 자아내면서 이에 투사된 의식을 읽게 한다.

시골 幼稚園이었다.

生木 울타리 가에
오르간의 흐미한 소리가 흩어져 있다.

하루살이 풀 속에
세 발 자전거가 넘어져 있다.

벌써 죽은 햇볕들이 그 附近에
앙상하게 흰 가슴뼈를 드러내놓고 있다.

아이가 떠난 쇠줄 그네엔
동그마니 하늘이 앉아 흔들거린다.

—「어떤 죽음」 전문

이 작품에서도 '소리' 이미지는 기화의 상상력을 통해 전개된다. 아이가 떠나가고 그가 생존했던 시간의 기억으로부터 환기되는 오르간 소리가 울타리가에서 "흩어져" 있다. 흩어진 소리는 차츰 공기 중으로 사라져버릴 것이다. 이렇듯 아이의 죽음은 오르간 소리가 흐미하게 남았다 사라지는 '소리' 이미지에 실리며 부재감을 고조시킨다. 이외에도 주체의 시선은 넘어진 세발자전거, 혼자 흔들거리는 쇠줄 의자 쪽으로 이동하면서 부재의 의미를 막막하게 흘려보내고 있다. 여기서 아이의 죽음은 "벌써 죽은 햇볕"의 "흰 가슴뼈" 이미지를 통해 그 비극성을 다시금 극대화한다. 흐미하게 흩어진 오르간 소리와 함께 쇠잔해가는 저녁의 햇볕은 아이의 죽음과 등가를 이루고 있는 것이다. 이 시에서처

럼 '소리'와 더불어 '햇볕'의 이미지 역시 노향림 시에서 반복적으로
제시되는 모티프다. 그의 시에서 대부분 '햇볕'은 점차 사라져가는 것
으로서의 쇠잔한 빛으로 제시된다. 따라서 그의 시에서의 햇볕, 다시
말해 빛 이미지는 빛의 보편적 상상력[23]을 벗어나 메마르고 앙상하게
기화하는 소멸과 죽음의 이미지로 펼쳐지곤 하는 것이다.

> 함께 오다 보면
> 잔디풀 사이
> 숨을 죽인 채
> 日暮의 잔광들이
> 마음 지우고
> 허리 지우고
> 두 발을 지우고
> 앙상한 살로 잠시
> 남아 있네.
>
> —「저무는 날」 부분

이 시에서 보이는 것처럼 노향림 시에서의 햇볕은 "잔광"일 뿐이다.
이 잔광은 모든 것을 지워가면서 마침내 어둠을 불러올 것이다. 햇빛이
"앙상한 살로" 잠시 잔디풀 사이에서 존재감을 드러내는 지점을 예리
하게 포착하여 섬세하게 비극미를 연출하고 있다.

이와 같이 앙상하게 말라가는 잔광 아래서 소멸을 향해 있는 풍경들
은 우리에게 삶의 고통을 환기시킬 수밖에 없는 것이다.

---

23 노향림 시에서의 햇볕이나 햇살은 사실상 '빛' 이미지로 드러나는데 이때의 '빛'은 '빛'의
  일반적 상징인 신성함, 새 생명의 탄생이 아닌 소멸과 죽음의 지향성을 보인다. 진 쿠퍼, 이
  윤기 역, 『세계문화상징사전』(까치, 1994), 194~195면 참조.

산에는
창백한 햇볕이 하나 걸려서
제 뼈가 마르는 소리를
듣고 있네

—「郊外」 부분

살이 하얗게 무른
臥病中인 햇볕이
나와 앉아 있다

—「여름날」 부분

햇살들은 손 위에서 금세 시들어 목을 꺾었다

—「下官」 부분

한 뼘 만한 햇볕의
흰 뼈를 추려서
누가 날리는지

—「가을 영안실」 부분

　　세 권의 시집에서 골라본 예들이다. 보는 대로 햇볕은 마르고, 무르
고, 시들고, 날리고 있다. 곧 대기 중으로 사라져버릴 소멸의 직전을 섬
뜩하게 찍어낸 것이다. 김현의 지적처럼 "노향림에게 가장 강력하게 작
용한 시적 방법은 감상을 가능한 대로 배제하고 주위의 풍경들을 암시
적으로 제시함으로써 자기 마음의 움직임을 보여준다는 것"[24]이라고

---

24 김현, 앞의 글, 138면.

할 때 이 미세한 이미지들이 암시하는 것은 무엇보다 이와 같은 소멸의 슬픔, 소멸의 공포일 것이다. 그러니까 소멸과 죽음의 비극성은 시인의 마음이 움직여 다다르는 궁극적 의식이 된다. 때문에 "안개 꽃들/ 쌀알처럼 삭고 있"(「저무는 날」)는 광경과 "어둠이 새떼처럼/ 까맣게 흩어져/ 날아"(「記憶 2」)가는 기미와 "살 없이 뼈만 떠 있는 희디 흰 바다"(「바다 3」)를 그려낼 수밖에 없는 것이다. 보는 바와 같이 이렇듯 처연한 죽음의 이미지들을 반복적으로 그려내는 것은 바로 의식의 지향점을 보다 분명하게 보여주는 일이 된다.

5. 결론

1930년대 일군의 이미지스트들, 즉 김기림, 정지용, 김광균 등에 의한 '자족적인 미적 성취물'로서의 시 텍스트에 대한 자각으로부터 한국 현대시는 본격적인 궤도에 접어들 수 있었다. 이들 이미지스트들의 연장선상에서 노향림 초기시의 특성을 거론할 수 있음은 서론에서 김현의 언급을 빌어 말한 바와 같다. 되짚어 요약한다면 노향림은 70년대의 우리 시단의 중요한 이미지스트 시인이라는 전제에서 출발하여 이를 확인해간 것이 본 논문의 흐름이었다. 김혜순은 노향림의 네 번째 시집인 『후투티가 오지 않는 섬』 표지 글에서 "뭉개진 검은 연탄 위의 희디 흰 밥풀처럼, 그녀의 시선을 받은 만물은 얼굴을 붉히며 피어난다"[25]고 말한 바 있다. 시적 대상을 낯설도록 명료하게 현존화시키는 노향림 특유의 방법을 잘 지적한 말이다. 이는 특별히 노향림의 초기

---

25 김혜순, 노향림 제4시집 『후투티가 오지 않는 섬』(창작과비평사, 1998), 뒤표지.

시편들에 더욱 적중된다. 물론 현재의 작품에 이르기까지 노향림은 신선한 감각을 놓치지 않고 있지만 텍스트 전체에 걸쳐 드러나는 특성은 아니다. 일정 부분 이제 시인은 자신의 목소리를 삽입하고 있기 때문이다. 본고가 이미지스트로서의 노향림을 논하기 위해 초기 시편을 대상으로 삼은 것은 이런 이유에서였다.

시인의 초기 시편을 대변하는 세 권의 시집을 관류하는 특징은 말한 대로 특유의 독창적 상상력에 의해 낯선 이미지의 세계를 펼쳐낸다는 데 있다. 김혜순이 '만물은 얼굴을 붉히며 피어난다'고 수사적으로 표현했을 때, 이는 지금까지 현현된 적 없었던 만물의 새로운 층위를 감각의 세계로 불러낸다는 의미에 다름 아니다. 그런데 시인이 펼쳐내는 낯설 정도의 생경한 존재의 층위는 살펴보면 구체성 확보, 그것이라 할 수 있다. 바로 구체성의 세계를 조형하기 위해서 시인은 공감각을 동원하여 풍경에 밀착하였던 것이며 또한 의인화 기법을 통해 오브제들의 체적을 실물화하고 있었던 것이다. 이와 같이 공감각적 묘사를 통해 얻는 이미지나 의인화 기법을 통한 사물성의 확보는 노향림 특유의 독창적인 표현미를 창출하는 기제가 됨으로써 의의를 더한다. 이런 전제에서 바슐라르가 힘주어 말하는 '무엇보다 독창성, 그리고 혁신적인 언어 기능으로서의 문학 이미지'[26]만이 의미를 갖는다는 사실에 노향림의 시편들은 잘 부합된다.

이어서 노향림 시편들에서 공감각적 묘사와 의인화 기법에 의해 창출되는 독창적인 표현미는 '소멸의 비극성'을 목도하는 냉철한 시선에서 비롯된다는 사실을 발견할 수 있다. 반복적으로 제시되는 기화의 상

---

26 가스통 바슐라르, 정영란 역, 『공기와 꿈』(민음사, 1994), 497~499면 참조.

상력이 이를 잘 입증한다. 시인은 비극성을 직접 표출하는 대신 소멸 현상의 미세한 지점들을 포착, 기화되어 스러져가는 현상들을 구체화 시키는데 이 구체화는 다름 아닌 독창적인 표현미로 거듭나면서 시의 완성도를 높이는 기제가 되었던 것이다.

이상으로 앞선 논의들을 다시 확인해가며 노향림 초기시편들이 보여 준 바의 특성들을 요약해보았다. 앞으로 현재에 이르기까지의 그의 전 작품을 수렴하는 논의를 통해 또 다른 시적 면모가 보다 풍부하게 도출 되기를 기대한다.

1. 논문및 평론 · 단평

고형진, 「회화적 상상력의 확산과 동양시학의 계승」, 『또 하나의 실재』, 새미, 2003.

권도현, 「이장희 론」, 김재홍 편저, 『봄은 고양이로다』, 문학세계사, 1983.

김광균, 「30년대의 시운동」, 『김광균전집』, 국학자료원, 2002.

______, 「서정시의 제문제」, 『김광균전집』, 국학자료원, 2002.

______, 「전진과 반성」, 『김광균전집』, 국학자료원, 2002.

김기림, 「삼십년대의 시단동태」, 『시론』, 백양당, 1947.

김요안, 「박남수 시 연구」, 한양대 박사학위논문, 2000.

김용직, 「30년대 모더니즘의 전개」, 김용직 외 편, 『문예사조』, 문학과지성사, 1981.

김우창, 「감각과 그 紀律」, 『지상의 척도』, 민음사, 1981.

김욱동, 「모더니즘」, 이선영 엮음, 『문예사조사』, 민음사, 1997.

김은정, 「박남수 시 연구」, 충남대 박사학위논문, 1998.

김인환, 「주제의 명징성」, 김재홍 편저, 『봄은 고양이로다』, 문학세계사, 1983.

김주성, 「1970년 대 모더니즘 시 경향에 대한 일고찰」, 경희대 『고황논집』 제36집, 2005.

김진국, 「새의 비상, 그 존재론적 歡悅」, 박이문 외, 『현상학』, 고려원, 1992.

김춘수, 「기질적 이미지스트」, 『30년대의 모더니즘』, 범양출판부, 1987.

______, 「박남수論」, 『박남수 전집 2』, 한양대 출판원, 1998.

김학동, 「사계의 감각과 그 회화성」, 김재홍 편저, 『봄은 고양이로다』, 문학세계사, 1983.

김현, 「고통과 꿈」, 노향림 시선집 『練習機를 띄우고』, 도서출판 연희, 1980.

김현아, 「현실인식의 반영과 판타지의 시학」, 김학동 외, 『한국전후문학전집 5』, 예림기획, 2005.

김흥규, 「세계내적 초월의 비전과 절제」, 『김종길 시선─河回에서』, 민음사, 1977.

노향림, 「시를 사랑하는 사람들 초대석」, 『시를 사랑하는 사람들』, 2008. 7 · 8.

박성룡, 「동양적 서양화가」, 조영서, 『햇빛의 修辭學』, 일지사, 1975.

박이문, 「현상학」, 『문학과 현상학』, 고려원, 1992.

박철석, 「박남수론」, 『박남수 전집 2』, 한양대 출판원, 1998.

박호영, 「장만영 시에 나타난 환상성 연구」, 『국어교육』, 2004. 2. 28.

백운복, 「파편적 이미지의 형상화」, 『정지용 연구』, 새문사, 1988.

범대순, 「박남수의 새」, 『박남수 전집 2』, 한양대 출판원, 1998.

엄경희, 「풍경 혹은 고통의 표정」, 『질주와 산책』, 세움, 2003.

유병근, 「한 감각주의자를 위한 서설」, 『시와 사상』, 2005년 여름호.

유종호, 「점잖음의 미학」, 『동시대의 시와 진실』, 민음사, 1982.

이남호, 「명징성과 염결성」, 『김종길 시선─天地玄黃』, 미래사, 19991.

이선아, 「박남수 시 연구」, 이화여대 석사학위논문, 1995.

이선이, 「박남수 시 연구」, 경희대 석사학위논문, 1994.

이승훈, 「램프의 시학」, 『정지용 연구』, 새문사, 1988.

______, 「박남수와 새의 이미지」, 『박남수 전집 2』, 한양대 출판원, 1998.

이영걸, 「서구 이미지즘 시학의 성립과 전개과정」, 『현대시』, 1994. 4.

이재오, 「김광균 시의 주제체계에 관한 연구」, 『30년대 모더니즘』, 범양출판부, 1987.

이진흥, 「虛의 미학과 탐미적 언어」, 조영서, 『새, 하늘에 날개를 달아주다』, 문학
　　　　수첩, 2001.

이철, 「이미지즘의 형성과 발전과정 연구」, 강릉대인문과학연구소, 『인문학보』 제
　　　　30집, 2000.

이혜원, 「박남수 시의 상상력 연구」, 고려대 석사학위논문, 1990.

이희중, 「역사의 부침과 시의 행로」, 송하춘 · 이남호 편, 『1950년대의 시인들』, 나
　　　　남, 1994.

장도준, 「정지용 시의 연구」, 연세대학교 박사학위논문, 1989.

전영애, 「릴케의 『신시집』의 사물과 자아」, 김광규 편, 『현대독문학의 이해』, 민음
　　　　사, 1984.

정효구, 「1970년대의 우리시와 모더니즘의 문제」, 『현대시 사상』, 1995년 가을호.

조동민, 「김광균론」, 『30년대의 모더니즘』, 범양출판부, 1987.

최동호, 「부재의 인식과 사물들의 존재」, 노향림 시선집 『練習機를 띄우고』, 도서

출판 연희, 1980.

______, 「성숙에의 동경과 고독감」, 정한모 · 김용직 편저, 『한국대표시평설』, 문
　　　학세계사, 1983.

최봉영, 「감각」, 우리사상연구소, 『우리말 철학사전 · 3』, 지식산업사, 2003.

최일수, 「장서언의 문학」, 『월간문학』, 1971. 8.

흄, 「낭만주의와 고전주의」, D. 로지 엮음, 윤지관 외 옮김, 『20세기 문학 비평』,
　　　까치, 1984.

2. 단행본

곽광수, 『가스통 바슐라르』, 민음사, 1995.

구상 · 정한모 편, 『30년대의 모더니즘』, 범양출판부, 1987.

김광균, 『瓦斯燈』, 남만서점, 1939.

______, 『寄港地』, 정음사, 1947.

______, 『黃昏歌』, 산호장, 1957.

______, 『秋風鬼雨』, 범양사, 1986.

______, 『壬辰花』, 범양사, 1989.

______, 『臥牛山』, 범양사, 1985.

김광림, 『아이러니의 詩學』, 도서출판 문학예술, 1995.

김기림, 『시론』, 백양당, 1947.

______, 『김기림전집 2』, 심설당, 1988.

김요섭, 『체중』, 문성당, 1954.

______, 『달과 機械』, 성문각, 1965.

______, 『國語의 主人』, 문원사, 1970.

______, 『빛과의 關係』, 보진재, 1973.

______, 『얼굴이 없는 얼굴』, 금연재, 1976.

______, 『달을 몰고 달리는 진흙의 巨人』, 동서문화사, 1977.

______, 『바이킹 155호를 쏘라』, 문천사, 1978.

______, 『銀빛의 神』, 동화출판공사, 1980.

______, 『검은 시간이 무덤을 파고』, 청하, 1983.

______, 『맥』, 한국문연, 1987.

______, 『빛의 뿌리』, 홍일, 1988.

______, 『63억 광년을 산 이슬』, 가꿈, 1994.

______, 『김요섭詩選』, 계몽사, 1997.

김용직, 『한국현대시사 2』, 한국문연, 1996.

김우창, 『궁핍한 시대의 시인』, 민음사, 1978.

______, 『지상의 척도』, 민음사, 1981.

김유중, 『김광균』, 건대출판부, 2000.

김윤식, 『한국현대시론비판』, 일지사, 1976.

김윤식 · 김현, 『한국문학사』, 민음사, 1979.

김재근, 『이미지즘 연구』, 정음사, 1973.

김재홍 편저, 『이장희 평전』, 문학세계사, 1983.

김종길, 『시론』, 탐구당, 1965.

______, 『聖誕祭』, 삼애사, 1969.

______, 『河回에서』, 민음사, 1977.

______, 『黃沙現象』, 민음사, 1986.

______, 『天地玄黃』, 미래사, 1991.

______, 『달맞이꽃』, 민음사, 1997.

______, 『詩와 詩人들』, 민음사, 1997.

______, 『해가 많이 짧아졌다』, 솔, 2004.

김준오, 『시론』, 삼지원, 1982.

김춘수, 『시의 位相』, 둥지, 1991.

______, 『김춘수 시론 전집 2』, 현대문학사, 2004.

김학동, 『정지용 연구』, 민음사, 1987.

______ 외, 『김광균 연구』, 국학자료원, 2002.

______ 외, 『정지용 연구』, 새문사, 1988.

김학동 · 이민호 편, 『김광균전집』, 국학자료원, 2002.

김현, 『프랑스 비평사』, 문학과 지성사, 1981.

노향림, 『k읍 紀行』, 현대문학사, 1977.

______, 『練習機를 띄우고』, 도서출판 연희, 1980.

______, 『눈이 오지 않는 나라』, 문학사상사, 1987.

______, 『그리움이 없는 사람은 압해도를 보지 못하네』, 문학사상사, 1992.

______, 『후투티가 오지 않는 섬』, 창작과 비평사, 1998.

______, 『해에게선 깨진 종소리가 난다』, 창작과 비평사, 2005.

로만 야콥슨, 신문수 편역, 『문학 속의 언어학』, 문학과지성사, 1989.

롤랑 바르트, 조광희 역, 『카메라 루시다』, 열화당, 1986.

리샤르, 윤영애 역, 『시와 깊이』, 민음사, 1991.

마글리올라, 최상규 역, 『현상학과 문학』, 대방출판사, 1986.

문덕수, 『한국 모더니즘시 연구』, 시문학사, 1981.

문혜원, 『한국근현대시론사』, 도서출판 역락, 2007.

미르치아 엘리아데, 이재실 역, 『이미지와 상징』, 까치글방, 2000.

바슐라르, 민희식 역, 『대지와 의지의 몽상』, 삼성출판사, 1977/1982.

______, 곽광수 역, 『공간의 시학』, 민음사, 1990.

______, 김현 역, 『몽상의 시학』, 기린원, 1990.

______, 이가림 역, 『물과 꿈』, 문예출판사, 1993.

______, 정영란 역, 『공기와 꿈』, 민음사, 1994.

______, 정영란 역, 『대지 그리고 휴식의 몽상』, 문학동네, 2002.

박남수, 『초롱불』, 동경 : 삼문사, 1940.

______, 『갈매기 素描』, 춘조사, 1958.

______, 『神의 쓰레기』, 모음사, 1964.

______, 『새의 暗葬』, 문원사, 1970.

______, 『사슴의 冠』, 문학세계사, 1981.

______, 『서쪽, 그 실은 동쪽』, 인문당, 1992.

______, 『그리고 그 以後』, 문학수첩, 1993.

______, 『小路』, 시와 시학사, 1994.

박이문, 『현상학과 분석철학』, 일조각, 1982.

______ 외, 『현상학』, 고려원, 1992.

박철희, 『서정과 인식』, 이우출판사, 1982.

백철, 『신문학 사조사』, 신구문화사, 1968.

빅토르 어얼리치, 박거용 역, 『러시아 형식주의』, 문학과 지성사, 1995.

서정주 외, 『한국시인전집 8』, 신구문화사, 1963.

아놀드 하우저, 백낙청 · 염무웅 공역, 『문학과 예술의 사회사(현대편)』, 창작과 비평사, 1984.

아지자 · 올리비에라 · 스크트릭 공저, 장영수 역, 『문학의 상징 · 주제 사전』, 청
　　　하, 1989.

양왕용, 『정지용 시 연구』, 삼지원, 1988.

에마 융, 박혜순 역, 『아니마와 아니무스』, 동문선, 1995.

에이브람즈, 최상규 역, 『문학용어사전』, 대방출판사, 1985.

오르테가 E. 가세트, 장선영 역, 『예술의 비인간화』, 삼성출판사, 1977.

오세영, 『20세기 한국현대시 연구』, 일지사, 1990.

＿＿＿, 『20세기 한국시연구』, 새문사, 1998.

오형엽, 『현대시의 지형과 맥락』, 작가, 2004.

유종호, 『동시대의 시와 진실』, 민음사, 1982.

유진 런, 김병익 역, 『마르크시즘과 모더니즘』, 문학과지성사, 1986.

이건청, 『한국현대시인 탐구』, 새미, 2004.

이글턴, 김명환 외 역, 『문학이론입문』, 창작과비평사, 1989.

이세경, 『한국현대시의 공간인식』, 청동거울, 2007.

이어령, 『시 다시 읽기』, 문학사상사, 1985.

이정우, 『가로지르기』, 산해, 2000.

이지훈, 『예술과 연금술』, 창작과 비평사, 2004.

이진홍, 『한국현대시의 존재론적 해명』, 홍익출판사, 1995.

이창배, 『20세기 영미시의 형성』, 민음사, 1981.

이형기, 『감성의 윤리』, 문학과 지성사, 1976.

＿＿＿, 『한국문학의 반성』, 백미사, 1980.

＿＿＿, 『시와 언어』, 문학과 지성사, 1987.

장 이브 타디에, 김정란 외 역, 『20세기 문학비평』, 문예출판사, 1995.

장만영, 『羊』, 자가출판, 1937.

＿＿＿, 『축제』, 인문사, 1939.

＿＿＿, 『幼年頌』, 산호림, 1948.

＿＿＿, 『현대시감상』, 산호장, 1953.

＿＿＿, 『밤의 서정』, 정양사, 1956.

＿＿＿, 『저녁종소리』, 정양사, 1957.

＿＿＿, 『里程標』, 신흥출판사, 1958.

______, 『장만영 시선집』, 성문각, 1964.

______, 『그리운 날에』, 박문출판사, 1965.

______, 『저녁놀 스러지듯이』, 규문각, 1973.

______, 『놀따라 등불따라』, 경운출판사, 1988.

장서언, 『장서언 시집』, 신구문화사, 1959.

정지용, 『정지용 시집』, 시문학사, 1935.

______, 『백록담』, 문장사, 1941.

정태용, 『한국현대시인연구』, 어문각, 1976.

정한모, 『현대시론』, 보성문화사, 1982.

조병춘, 『한국현대시사』, 집문당, 1980.

조연현, 『한국현대문학사』, 성문각, 1990.

조영서, 『言語』, 삼애사, 1969.

______, 『햇빛의 修辭學』, 일지사, 1975.

______, 『새, 하늘에 날개를 달아주다』, 문학수첩, 2001.

진 쿠퍼, 이윤기 역, 『세계문화상징사전』, 까치, 1994.

최동호, 『현대시의 정신사』, 열음사, 1985.

최유찬, 『문예사조의 이해』, 실천문학사, 1995.

최재서, 『문학과 지성』, 인문사, 1938.

피츠제럴드, 이상옥 역, 『루바이야트』, 민음사, 1975.

필립 윌라이트, 김태옥 역, 『은유와 실재』, 문학과지성사, 1982.

한국평론가협회 편, 『문학비평용어사전(하)』, 국학자료원, 2006.

한영옥, 『한국현대시의 場』, 푸른사상, 2004.

후설, 이영호 역, 『현상학의 이념』, 삼성출판사, 1977.

Allex Preminger, *Princeton Encyclopedia of Poetry and Poetics*, Princeton university Press, 1974.

David Perkins, *A History of Modern Poetry*, The Belknap : Press of harvard Uni. Pr., 1976.

T. S. Eliot, *Selected Essays*, Faber and faber limited London : Boston, 1980.

:: 찾아보기 ::

ㄱ

저자 **한영옥**(韓英玉)

성신여대 졸업, 성균관대 대학원에서 박사학위 취득.

1973년 『현대시학』으로 등단.

현재 성신여대 국어국문학과 교수.

시집 『안개편지』, 『비천한 빠름이여』, 『아늑한 얼굴』 외.

저서 『한국여성시의 이해와 감상』(공저), 『한국현대시의 의식
   탐구』, 『한국현대시의 場』 외.

한국예술비평가협회상, 천상병시상, 최계락문학상, 한국시인협
회상 수상.

한국 현대 이미지스트 시인 연구

인쇄 2010년 8월 20일 | 발행 2010년 9월 10일

지은이 · 한영옥

펴낸이 · 한봉숙

펴낸곳 · 푸른사상사

등록 제2-2876호

주소 서울시 중구 을지로3가 296-10 장양B/D 7층

대표전화 02) 2268-8706(7) | **팩시밀리** 02) 2268-8708

메일 prun21c@yahoo.co.kr / prun21c@hanmail.net

홈페이지 www.prun21c.com

@ 2010, 한영옥

ISBN 978-89-5640-763-0 93810

값 22,000원